CW01313507

A.N.G.E.

DU MÊME AUTEUR

Déjà parus

Les Chevaliers d'Émeraude
Tome 1 : *Le Feu dans le ciel*
Tome 2 : *Les Dragons de l'Empereur Noir*
Tome 3 : *Piège au Royaume des Ombres*
Tome 4 : *La Princesse rebelle*
Tome 5 : *L'Île des Lézards*
Tome 6 : *Le Journal d'Onyx*
Tome 7 : *L'Enlèvement*
Tome 8 : *Les Dieux déchus*
Tome 9 : *L'Héritage de Danalieth*
Tome 10 : *Représailles*
Tome 11 : *La Justice céleste*
Tome 12 : *Irianeth*

Les Ailes d'Alexanne
Tome 1 : *4 h 44*
Tome 2 : *Mikal*
Tome 3 : *Le Faucheur*
Tome 4 : *Sara-Anne*

À paraître

Les Ailes d'Alexanne
Tome 5 : *Spirales*

A.N.G.E.
Tome 3 : *Perfidia*

ANNE ROBILLARD

A.N.G.E.

2. Reptilis

© Lanctôt Éditeur et Anne Robillard, 2007
© Éditions Michel Lafon, 2010,
pour tous les pays francophones à l'exception du Canada,
© Michel Lafon Poche, 2015, pour la présente édition.
118, avenue Achille-Peretti
CS70024 – 92521 Neuilly-sur-Seine Cedex

www.lire-en-serie.com

...001

Pour un endroit qui n'était pas censé exister, la base d'Alert Bay bourdonnait d'activité. C'est dans cet abri souterrain que l'ANGE entraînait ses futurs agents. L'Agence en avait grandement besoin, car les démons de l'Alliance en avaient tué plusieurs, quelques mois plus tôt. L'ennemi avait aussi détruit la base montréalaise, ainsi que tout le quartier qui se trouvait juste au-dessus. Les enquêteurs du Service de sécurité incendie avaient attribué cette tragédie à une gigantesque poche de gaz, et une malheureuse étincelle…

L'explosion dévastatrice avait fait disparaître toute trace des opérations secrètes souterraines. Du haut des airs, on ne voyait plus qu'un immense cratère, comme si un astéroïde avait frappé la ville. Le bilan était catastrophique. La police avait d'abord annoncé qu'un millier de personnes avaient perdu la vie, mais des noms ne cessaient de s'ajouter tous les jours. Il avait été facile de recenser les habitants des rues volatilisées, mais plus compliqué d'établir le nombre de véhicules qui y circulaient au moment de la tragédie et l'identité de leurs passagers.

Cindy Bloom était assise, les jambes croisées, sur le lit capitonné de sa petite chambre d'Alert Bay. Elle lisait tous les journaux depuis son arrivée à la base de formation de l'ANGE. Ce matin-là, les pages centrales d'un quotidien de Montréal énuméraient les noms des disparus en longues colonnes, comme sur un monument commémoratif. Son cœur s'arrêta presque de battre lorsqu'elle vit le sien sous les « B » : Cindy Hélène Bloom. Ses parents avaient certainement dû être informés de son décès. Comment avaient-ils réagi ?

Songeuse, elle poursuivit sa lecture et trouva les noms d'Océane Chevalier, de Yannick Jeffrey et de Vincent McLeod. « Pourquoi Cédric Orléans n'y est-il pas ? » s'étonna-t-elle. Le chef de la division montréalaise s'était remis de ses blessures quelques jours après son hospitalisation en Colombie-Britannique. Resplendissant de santé, il s'était rapidement éclipsé. Chaque fois que Cindy demandait à le voir, on lui répondait qu'il était en réunion…

En ce beau matin, pourtant semblable à tous les autres dans cet endroit enfoui sous la terre, la jeune femme décida de tenter sa chance une nouvelle fois. Elle se rendit aux Renseignements stratégiques d'Alert Bay. Cette base était divisée exactement comme celle de Montréal : même long couloir, mêmes portes portant les mêmes écriteaux. Lorsqu'elle y avait été formée, Cindy n'avait eu le droit de circuler que dans les galeries plus profondes, là où se trouvaient les salles de cours.

— Bonjour Randy ! s'exclama-t-elle joyeusement en entrant dans la vaste salle tapissée d'écrans et d'ordinateurs.

Le technicien lui décocha un regard agacé. Ce n'étaient pas tous les vêtements roses que portait la nouvelle venue qui l'indisposaient. C'était plutôt le nombre de ses visites à la centrale. Randy savait que les agents de Montréal n'avaient rien à faire en attendant leurs nouvelles affectations. Ils avaient seulement hâte de reprendre du service. S'il avait été l'un des dirigeants de l'ANGE, Randy leur aurait rapidement donné une nouvelle mission.

— J'aimerais parler à monsieur Orléans, ajouta Cindy avant qu'il puisse la saluer.

— Il est en réunion avec monsieur Shanks et monsieur Jeffrey.

— Personne ne peut être en réunion pendant des semaines.

Randy soupira avec découragement.

— Je ne suis qu'un exécutant dans cette agence, lui répéta-t-il pour la centième fois. Je n'en sais pas plus.

— Ça veut dire que Cédric n'est plus à Alert Bay, n'est-ce pas ? Où l'ont-ils emmené ? Que sont-ils en train de lui faire ?

— Monsieur Orléans n'a pas quitté la base et j'ignore ce qu'ils font dans cette salle de conférences.

— Merci quand même.

Elle tourna les talons. Il y avait sûrement une autre façon d'obtenir les renseignements qu'elle cherchait. Elle revint sur ses pas, grimpa un escalier en colimaçon dans la salle de formation et présenta le cadran de sa montre au lecteur optique qui permettait l'accès à la salle de tir. Depuis leur arrivée au centre nerveux de l'ANGE, Océane Chevalier passait presque tout son temps à cribler de balles tous les types de cibles que possédait la base.

Cindy décrocha du mur le serre-tête antibruit et ajusta les coussinets sur ses oreilles avant de franchir les portes de verre. Adoptant la position idéale recommandée par les manuels d'espionnage, Océane tenait son revolver à deux mains et appuyait régulièrement sur la détente sans sourciller. La recrue attendit qu'elle ait vidé le chargeur avant de s'approcher. Les silhouettes en carton glissèrent en file indienne et s'arrêtèrent devant l'agente. La région du cœur de chacune d'elles ressemblait à une passoire.

— Est-ce que c'est défoulant, au moins ? demanda innocemment Cindy en retirant le serre-tête.

Océane en fit autant.

— En partie, répondit-elle. Le truc, c'est de superposer un visage que tu détestes sur leurs faces en papier, comme celui d'Ahriman, par exemple.

— On dirait bien que c'est efficace, remarqua la plus jeune en passant ses doigts dans les trous.

— Il n'y a pas grand-chose à faire ici. On nous défend tous les autres niveaux.

— Alors pourquoi Yannick participe-t-il à ces réunions et pas nous ?

— C'est probablement en raison de son ancienneté.

Cindy capta le clin d'œil de l'aînée. L'aveu du professeur au sujet de son âge véritable avait d'abord secoué Océane, puis elle en avait fait l'objet de plaisanteries. La jeune femme n'agissait pas ainsi par manque de sérieux. Elle possédait, au contraire, un esprit beaucoup plus rationnel que la plupart de ses collègues. Mais l'humour était sa façon d'éviter la souffrance.

— Dis-moi la vraie raison, insista Cindy.

— Yannick a participé à plusieurs missions internationales. J'imagine que ça le place un cran au-dessus de nous.

— Je ne l'ai vu que deux fois depuis qu'on nous a enterrées ici.

— C'est déjà mieux que moi.

— Tu l'évites ?

— Je dirais que c'est plutôt le contraire.

Océane plongea la main dans le casier rempli de chargeurs. Sa jeune amie lui saisit le bras pour arrêter son geste.

— Pourquoi se déroberait-il ? Il est évident, même pour moi, qu'il t'adore !

— C'est un amour impossible, Cindy. Si nous devions laisser libre cours à notre passion, je serais expulsée de l'Agence et Yannick ne pourrait pas accomplir sa mission divine. Je lui ai déjà enlevé la moitié de ses pouvoirs, est-ce que tu l'ignores ?

— Non... Océlus me l'a mentionné, et je trouve ça très injuste.

— La vie est parfois comme ça.

Pour se changer les idées, la recrue décida elle aussi de s'exercer au tir. Océane l'observa du coin de l'œil : Cindy était habile, mais inconstante. Elle atteignait les cibles, mais pas toujours à un endroit où elle aurait pu neutraliser son adversaire.

— J'ai envie de prendre l'air, soupira-t-elle au bout d'un moment.

— À moins de connaître une porte secrète, je ne vois pas très bien comment tu pourrais sortir d'ici, la taquina Océane.

— On dirait que tu aimes ta captivité.

— Ma captivité ? répéta-t-elle en riant. Nous ne sommes pas emprisonnées ici, voyons. Nous sommes temporairement inactives, c'est tout. Tu fais toujours des drames pour rien.

— Ce n'est pas vrai !

Leurs montres se mirent à vibrer en même temps. Elles baissèrent les yeux et découvrirent que les chiffres clignotaient en vert.

— Tu vois bien que tu t'énerves inutilement, renchérit Océane.

Un code vert signifiait une réunion pressante. Dans cette base, elle ne pouvait avoir lieu ailleurs qu'aux Renseignements stratégiques. L'aînée poussa Cindy devant elle. Les deux agentes quittèrent la salle de tir, dévalèrent l'escalier en colimaçon, traversèrent la salle de Formation et débouchèrent dans le long couloir, artère centrale de toutes les bases de l'ANGE.

— À ton avis, demandent-ils à nous voir pour nous replacer ? chuchota Cindy.

— Ce serait gentil de leur part.

Océane appuya le cadran de sa montre sur le cercle prévu à cet effet sur la porte des Renseignements stratégiques. Le panneau métallique glissa prestement devant les jeunes femmes. Les techniciens les regardèrent passer sans dire un mot. Si Cindy ne s'aperçut pas de leur intérêt, il n'échappa cependant pas à Océane. « Que savent-ils ? » se demanda-t-elle.

Un employé de la base, qui ne portait pas la blouse de mise, mais plutôt un complet noir impeccable, leur ouvrit la porte de la salle de conférences. Cindy lui adressa un regard courroucé, car on lui avait, à maintes reprises, refusé l'accès à cette pièce durant les dernières semaines. Elles entrèrent et remarquèrent tout de suite qu'il n'y avait que des hommes autour de la grande table : Cédric Orléans, Christopher Shanks, Kevin Lucas et Michael Korsakoff les attendaient, l'air sévère. « Ils sont plus beaux en personne que sur un écran », ne put s'empêcher de remarquer Océane. Christopher Shanks, le directeur d'Alert Bay, leur fit signe de s'asseoir. Yannick Jeffrey et Vincent McLeod brillaient par leur absence.

— Mademoiselle Chevalier, mademoiselle Bloom, merci d'avoir répondu aussi rapidement à notre appel, commença poliment Kevin Lucas avec son terrible accent anglais.

— Nous aurions fait honte à nos anciens professeurs si nous n'avions pas reconnu l'urgence d'un code vert, répliqua Océane avec un sourire provocateur.

Cédric lui décocha aussitôt un regard menaçant.

— Votre esprit de repartie est légendaire, reconnut le chef de l'Agence canadienne sans pour autant sourire. Cependant, il s'agit d'une rencontre dont le but est on ne peut plus sérieux.

— On peut travailler tout en s'amusant, vous savez.

Si Cédric avait pu l'étrangler, il l'aurait fait.

— Venons-en aux faits, s'impatienta Michael Korsakoff.

Son regard pâle et glacial transperça la jeune femme. Le vétéran n'avait pas besoin de durcir le ton, toute sa personne imposait l'autorité.

— Nous voulions vous faire part de nos dernières décisions, poursuivit Lucas. Tout d'abord, la base montréalaise sera reconstruite. Comme vous pouvez l'imaginer, cela nécessitera un certain temps. Monsieur Orléans a exprimé son désir de conserver son équipe. Donc, en attendant que vos nouveaux locaux soient prêts, nous avons décidé de vous affecter ailleurs. Nous ne voulons surtout pas que vous perdiez vos excellents réflexes.

« S'il m'envoie aux Faux prophètes d'une autre ville, je lui saute à la gorge », grogna intérieurement Océane.

— La base de Toronto a un urgent besoin d'agents pour une affaire très spéciale, dit-il plutôt.

Océane releva un sourcil.

— Vous partirez ce soir, conclut-il.

— Puis-je savoir si les agents Jeffrey et McLeod seront aussi affectés à Toronto ? demanda Océane tout en sachant fort bien qu'elle transgressait le protocole.

— Il s'agit d'un sujet qui ne concerne que monsieur Orléans.

La jeune femme se tourna vers Cédric qui avait baissé les yeux vers la table. Cette attitude de soumission ne lui ressemblait tout simplement pas.

— Oui, bien sûr, marmonna-t-elle pour éviter une sanction.

— Vous pouvez aller rassembler vos effets personnels, ajouta Lucas.

La réunion était terminée. Océane salua les dirigeants d'un mouvement sec de la tête et se dirigea vers la sortie. Cindy lui emboîta tout de suite le pas. Elle attendit d'avoir quitté les Renseignements stratégiques avant de lui dire sa façon de penser.

— Franchement, ils auraient pu nous dire ça dans nos écouteurs, maugréa-t-elle.

— Fais attention, murmura Océane, ils nous entendent.

— Toi, tu as un plan, comprit la plus jeune en baissant la voix.

— Allons faire nos valises ! annonça joyeusement l'aînée.

— Pour mettre quoi dedans ?

Océane avait tout perdu lorsque non seulement la base, mais aussi le quartier où elle habitait, avaient explosé. L'agence avait fourni très peu de vêtements aux agents de Montréal.

— Ton bikini, ta brosse à dents et tous tes chandails roses, railla Océane.

— Pour aller vivre à Toronto ?

Elles retournèrent à la salle de Formation d'où elles pouvaient accéder à leurs chambres temporaires. Océane fit un clin d'œil à Cindy et pénétra dans la sienne. On avait placé sur son lit une valise remplie de vêtements. Elle les examina rapidement. Celui ou celle qui avait choisi ces tenues la connaissait fort bien. Pouvait-il s'agir de Yannick ?

La porte chuinta derrière elle. Océane se retourna vivement. Quelle ne fut pas sa surprise de voir entrer Cédric Orléans. Il plaça un index sur ses lèvres pendant qu'il sortait de sa poche un petit appareil circulaire, pas plus gros qu'une noix. Il le plaça sur la commode avec beaucoup de délicatesse.

— Tu connais l'existence des dispositifs d'interférence ? s'étonna Océane.

— Je savais tout ce que faisait Vincent.

Il alla s'asseoir sur le lit, à côté de la valise.

— Ils sauront quand même que tu es ici, l'avertit la jeune femme.

— La caméra n'enregistrera pas ma présence et il n'y a pas de micros ici.

Océane remarqua alors son air mécontent.

— Ils n'ont pas accédé à tes demandes, n'est-ce pas ? soupira-t-elle.

— Cela n'était peut-être pas très évident tout à l'heure, mais je me suis battu pour obtenir le peu qu'ils m'ont accordé. Je suis vraiment chanceux qu'ils me permettent de reprendre mon équipe lorsque la base de Montréal sera fonctionnelle.

— C'est tout ce qu'ils t'ont concédé ?

— Je ne voulais pas qu'ils vous séparent, Cindy et toi. Elle a encore besoin d'un guide d'expérience.

— Moi, je trouve qu'elle se débrouille très bien.

Océane poussa la valise et s'assit près de lui.

— C'est le dossier qu'ils nous réservent qui te met dans cet état ?

— C'est plusieurs choses, soupira-t-il.

— Vide-toi le cœur.

Cédric la fixa un moment avant de se décider à parler. Océane eut l'impression qu'il cherchait à lire son âme.

— Kevin veut se servir de vous pour protéger un candidat politique en Ontario.

— Quelqu'un qui a reçu des menaces, donc.

— Ton intelligence a toujours été supérieure, avoua Cédric avec admiration. Je n'ai pas tous les détails de cette affaire qui ne me regarde plus, mais après avoir écouté le discours de cet homme à la télévision, il m'a été assez facile de comprendre qu'il aura besoin de nous.

— Et si l'ANGE est appelée à s'en mêler, c'est qu'il s'agit aussi d'une menace internationale.

— Je n'ai pas d'autres détails, je suis désolé.

Elle trouva étrange que les niveaux supérieurs refusent de partager cette information avec l'un de leurs dirigeants.

— Qu'ont-ils décidé au sujet de Yannick? voulut-elle plutôt savoir.

— Il a été cédé à Michael Korsakoff jusqu'à ce que nous soyons prêts à reprendre le collier à Montréal.

— Où a-t-il l'intention de l'envoyer?

— Je n'en sais rien et même si on me l'avait dit, je ne pourrais pas te le répéter.

— Il faut que je parle à Yannick tout de suite. Il ne faut pas que Korsakoff l'envoie en Israël.

— Yannick est déjà parti.

Océane marcha en rond dans la petite pièce, comme un fauve en cage. Cédric se contenta de l'observer.

— Pourquoi est-il dangereux qu'il retourne là-bas? l'interrogea-t-il. Que sais-tu que j'ignore?

Elle s'immobilisa, tiraillée entre sa loyauté envers l'ANGE et son amour pour Yannick.

— Je l'ai entendu parler à des entités invisibles, avoua Cédric. De qui s'agit-il?

— Tu ne me croirais pas si je te le disais.

— J'ai vu bien des choses incroyables depuis le début de ma carrière. Certaines te feraient dresser les cheveux sur la tête.

Elle se mordit la lèvre inférieure tandis qu'elle tentait de déterminer ce qu'elle pouvait lui dire sans mettre son ancien amant dans l'embarras.

— Tu connais bien les textes bibliques, n'est-ce pas? commença-t-elle.

Il hocha doucement la tête. Évidemment, il les avait tous lus, puisqu'il était un homme assoiffé de savoir. Elle lui rappela donc les passages qui traitaient des deux Témoins et des trois Anges que le ciel enverrait aux hommes dans les derniers temps avant la montée de l'Antéchrist, et la victoire du Christ sur les démons.

— De quelle façon est-il relié à cette prophétie ? demanda Cédric.

— Il en fait partie.

Le chef montréalais n'eut pas la réaction à laquelle s'attendait Océane. En fait, il n'en eut aucune.

— Ne me dis pas que tu t'en doutais ! s'exclama-t-elle.

— Mes soupçons à son sujet ne sont pas récents, mais je croyais plutôt qu'il était un espion européen.

— Yannick ? Tu ne dis pas ça sérieusement ?

Cédric Orléans n'était pas le genre d'homme qui aimait plaisanter. Depuis qu'elle le connaissait, Océane l'avait rarement vu rire. Elle reprit place près de lui, estomaquée.

— Yannick n'est pas un agent double, le défendit-elle.

— Les premières vérifications que nous avons faites à son sujet ont révélé qu'il nous avait fourni des renseignements exacts. Mais, au fil des ans, nous sommes tenus de fouiller davantage le passé de nos agents, à leur insu. Sa sœur et ses parents étaient des gens bien réels, qui habitent toujours l'Angleterre, mais ils ne le connaissent pas.

— Si tu cherches à interroger sa famille, tu perds ton temps. Ils sont morts il y a deux mille ans.

— Aucune créature, d'ici ou d'ailleurs, ne vit aussi longtemps.

— Sauf s'ils sont des envoyés de Dieu.

Cédric soupira profondément, car il ne croyait pas à cette puissance supérieure qui décidait du sort des hommes, peu importait le nom qu'on lui donnait. À son avis, les religions avaient été inventées par des hommes qui voulaient dominer les autres, et elles ne servaient qu'à engendrer des guerres.

— Tu es un athée endurci, n'est-ce pas ? devina Océane.

— Quand tu seras d'âge à occuper une fonction de direction dans cette agence, tu comprendras que tout type de croyance peut nuire à ton efficacité.

— Si tu es incroyant, comment peux-tu travailler efficacement sur les dossiers de l'Antéchrist ?

Il se contenta de la fixer dans les yeux sans rien dire. « Il n'est même pas convaincu de son existence », s'étonna la jeune femme. Pourtant, il avait autorisé la mise en place d'une base de données à son sujet.

— Je voulais surtout savoir jusqu'où pouvait aller Yannick, confessa-t-il finalement.

Océane revint à la charge :

— Où l'avez-vous envoyé ?

— Il ne sert à rien d'insister.

Très inquiet, il ramassa le minuscule appareil d'interférence et se dirigea vers la porte. Juste avant de sortir, il tourna la tête pour contempler le visage combatif de cette jeune femme qu'il avait appris à apprécier avec le temps.

— Soyez prudentes, recommanda-t-il.

Il quitta la chambre. Océane se laissa retomber sur le matelas un peu trop dur. Elle avait retourné dans tous les sens les affirmations de Yannick. Tout comme son patron, elle avait d'abord douté qu'un homme puisse vivre aussi longtemps, sauf dans les films de science-fiction, bien sûr. Mais connaissant l'honnêteté de ce fantastique agent de l'ANGE, elle avait été forcée de le croire. « Pourquoi faut-il que le ciel et l'enfer se mêlent de nos affaires ? désespéra-t-elle. N'avons-nous pas suffisamment de problèmes comme ça ? »

...002

Tout aussi torturée que sa collègue, Cindy Bloom vida sa valise et examina ses nouveaux vêtements avant de les y ranger à nouveau avec ses chandails roses. Elle n'avait pas de famille à Toronto, mais elle y avait fait une courte visite jadis avec ses parents. Elle était très jeune à l'époque. Elle se rappelait seulement la grande tour. Que se passerait-il si elle rencontrait quelqu'un qui la croyait morte ? Un frisson d'horreur parcourut tout son corps.

— J'aurais dû être actrice, grommela-t-elle en refermant la valise.

Puis elle se rappela que Vincent n'avait pas encore quitté la base. Elle fila directement aux Laboratoires. Ces derniers étaient beaucoup plus grands que ceux auxquels elle était habituée, plus occupés aussi. Vincent McLeod partageait sa table de travail avec une vingtaine de savants de tous âges. Cependant, au lieu de travailler sur leurs propres projets, ils s'étaient tous rassemblés devant l'ordinateur du génie montréalais. Cindy s'approcha à pas feutrés pour écouter ce qu'il disait.

— J'ai créé ce programme à la suite d'un commentaire de mon directeur, expliquait-il timidement. L'ANGE possédait déjà un système d'identification des suspects. Il était rapide, mais pas assez pour permettre à la force d'intervention de cerner les assassins de l'Alliance.

Vincent promena un carré rouge sur l'écran où apparaissaient une centaine de personnes grimpant l'escalier d'une bouche de métro. Le carré se mit à clignoter rapidement. Vincent ne pressa qu'une touche, élargissant l'image. Un visage apparut au centre de la cible, en même temps qu'une légende en lettres vertes, fournissant le nom du criminel ainsi que ses derniers déplacements.

— Impressionnant, admit l'un des vétérans.

— L'information peut ainsi être relayée instantanément sur le terrain, ajouta Vincent. Je n'ai malheureusement pas eu le temps de faire profiter le reste des divisions de ma découverte.

Il faisait évidemment référence à la destruction de la base de Montréal. Les scientifiques retournèrent devant leurs propres machines pour télécharger cette petite merveille.

— Tu as réussi à reconstituer ce logiciel à partir de rien ? s'exclama Cindy, qui fit sursauter Vincent.

— Ce ne sont que des codes, rétorqua-t-il en haussant les épaules. Je n'ai pas eu le temps de les oublier.

— Yannick a donc raison de dire que tu es un génie.

L'informaticien chercha à éviter son regard. Cindy s'assit et fit rouler sa chaise près de sa table de travail.

— Es-tu encore capable d'intercepter toutes les communications ? chuchota-t-elle.

— Probablement, balbutia-t-il nerveusement, mais dans ce cas je préférerais ne pas écraser d'orteils sensibles. Que veux-tu savoir ?

— Que vont-ils faire de Yannick ?

— Ce serait maladroit de ma part d'espionner les chefs, tu ne crois pas ?

Il fit un signe discret, invitant sa collègue à le suivre.

— J'ai vraiment besoin d'un café, déclara-t-il d'une voix forte.

Sans laisser paraître son intérêt, Cindy le suivit à la salle de Formation. Elle était déserte à cette heure. Vincent s'en était rapidement assuré sur son écran avant d'y convier son amie. Il se versa du café et rejoignit Cindy à la table la plus éloignée. Il décrocha de sa blouse ce qui ressemblait à une épingle à cravate dorée et fit tourner l'objet rectangulaire entre ses doigts. De petits points lumineux coururent sur sa surface.

— Nous ne sommes plus sous écoute, pour l'instant, annonça-t-il.

Il déposa le minuscule détecteur devant lui.

— Dis-moi ce que tu sais, insista Cindy.

Vincent baissa la tête, en proie à un terrible sentiment de culpabilité. L'agente posa doucement sa main sur la sienne.

— Il faut que je le sache, le pressa-t-elle.

— Cédric s'est battu pour conserver son équipe, soupira-t-il.

— Et ?

— Ils ont quand même cédé Yannick à la division nord-américaine.

— Pour toujours ? s'alarma Cindy.

— Ils prétendent que c'est temporaire et qu'il nous sera rendu lorsque la base de Montréal aura été reconstruite. Le problème, c'est que les agents de Korsakoff ne vivent jamais très longtemps.

— Tu oublies qui est vraiment Yannick.

— Justement, j'ai pris le temps de relire les textes sacrés qui traitent des Témoins et tout le tralala. Ils ont des pouvoirs extraordinaires, mais ils ne sont pas à l'abri de la mort. Il est même prédit qu'ils seront torturés et décapités sur la place publique, ce qui signalera le retour du prophète Jésus sur la Terre.

— Mais Océlus n'est même pas physique ! riposta Cindy.

— Ce n'est pas parce qu'il possède la faculté de se déplacer à sa guise dans l'espace qu'il est forcément immatériel.

La jeune femme demeura silencieuse un moment, très inquiète du sort qui attendait le bel étranger qui lui avait si souvent sauvé la vie.

— Et toi, où t'envoient-ils ? demanda-t-elle en reprenant contenance.

— Je comprends qu'Océane, Yannick et toi ayez envie de vous lancer aux trousses du monstre qui a tué nos collègues et tous ces innocents qui vivaient à la surface...

— Pas toi ?

— Non... Je serai plus utile à l'ANGE en modernisant ses installations de formation.

— Tu as peur que le Faux Prophète te capture une seconde fois ?

Vincent frissonna.

— Cédric ne m'a jamais lancé dans la mêlée parce qu'il avait besoin de moi à la base, explosa-t-il. Il préférait que j'invente des machines au lieu de traquer les tueurs de l'Alliance sur le terrain.

Cindy posa la main sur celle de Vincent.

— Ce qui est important, c'est que tu continues de servir le bien, assura-t-elle avec un sourire encourageant.

— Merci d'accepter ma décision. Je ne voudrais surtout pas que tu penses que je suis un lâche.

— Cela ne m'a jamais effleuré l'esprit.

Vincent avala le reste de son café en tremblant. Le pauvre homme avait été enlevé et supplicié par l'ennemi. En fait, il devait sa vie à Yannick Jeffrey qui l'avait retrouvé à temps.

— On dit que Toronto est une belle ville, dit le savant pour encourager Cindy.

— Tu n'y es jamais allé ?

— Durant toute ma vie, je n'ai vécu qu'à Alert Bay et à Montréal. J'enviais tellement Yannick quand il me racontait ses voyages à travers le monde. Jamais je n'aurais osé faire la même chose.

— Je ne suis pas une aventurière non plus, tu sais. On dirait par contre que la vie me pousse dans cette direction.

— Océane rirait si elle t'entendait dire ça.

Cette remarque sembla réjouir le savant. Qui aurait pu lui reprocher la terreur qui voilait son regard ? Il avait vu le diable lui-même !

— Vous allez me manquer..., souffla Vincent.

— Ne peux-tu pas fabriquer un truc pour que nous puissions rester en contact ?

— Vous partez aujourd'hui. Je n'aurais pas assez de temps.

— Oui, c'est vrai.

Cindy était déçue, mais elle comprenait que ce type d'invention nécessitait des heures de travail.

— Nous nous reverrons à Montréal dans un an ou deux, alors, lança-t-elle joyeusement.

La joie de vivre de la jeune femme allait terriblement manquer à Vincent. Cependant, il avait aussi besoin de solitude pour soigner ses blessures émotionnelles. Alert Bay était l'endroit par excellence : il pourrait passer des jours entiers dans ses différents laboratoires sans jamais être importuné.

Cindy le serra dans ses bras, l'embrassa sur la joue et lui recommanda de ne pas mettre les pieds dans le plat en son absence. Puis elle le quitta lorsqu'elle sentit qu'elle allait se mettre à pleurer. Plus triste que jamais, elle alla réorganiser une fois de plus sa valise.

À l'heure convenue, elle se rendit aux Transports. Curieusement, un membre de la sécurité se tenait devant la porte de ce secteur. Il la salua avec courtoisie avant de lui livrer son message :

— Bonsoir, mademoiselle Bloom. Monsieur Shanks aimerait vous voir dans son bureau.

— Pourquoi n'a-t-il pas utilisé le système de communication habituel ?

Le jeune homme n'était qu'un messager. Il ne connaissait évidemment pas la réponse à sa question. Elle poursuivit donc sa route dans le long corridor et entra aux Renseignements stratégiques. Les techniciens étaient rivés à leurs écrans. Ils ne se préoccupèrent pas d'elle lorsqu'elle traversa la vaste salle. La porte du bureau du directeur de la base d'Alert Bay s'ouvrit avant même qu'elle puisse s'annoncer. « C'est de plus en plus curieux », songea-t-elle. Elle pénétra prudemment dans la pièce.

— Mademoiselle Bloom, salua poliment Christopher Shanks. Veuillez vous asseoir.

Par précaution, elle examina rapidement le bureau. Il n'y avait aucun autre agent. Elle prit place sur la chaise capitonnée sans quitter des yeux le patron. Shanks était un très bel homme. Grand et musclé, malgré une cinquantaine avancée, il portait ses cheveux blond foncé très courts. Ses yeux bleu ciel étaient perçants.

— Y a-t-il eu un changement de programme ? s'enquit-elle.

— Il n'est pas aussi facile qu'on le croit de faire décoller un avion à partir d'une montagne, répondit-il avec un sourire moqueur, surtout lorsqu'on ne veut pas que les radars conventionnels le captent. Ne vous inquiétez pas. Ce court délai est d'ordre purement technique.

— Vous faites attendre tous les voyageurs dans votre bureau ?

— Non. Je dois avouer que c'est plutôt inhabituel. En réalité, cela fait partie de la dernière requête de monsieur Orléans. Il m'a dit que vous étiez encore une recrue et que vous aviez besoin d'être traitée avec un peu plus de délicatesse.

— C'est gentil de sa part, mais je préférerais attendre l'avion avec ma collègue, si vous n'y voyez pas d'inconvénients.

L'expression du directeur s'assombrit brusquement, comme si on venait de lui apprendre une terrible nouvelle.

— Il y a aussi une autre raison, confessa-t-il.

« Je devrais faire davantage confiance à mon intuition, se dit Cindy. Je savais que quelque chose ne tournait pas rond. »

— Je voulais vous parler de votre affectation. Votre nouveau directeur s'appelle Andrew Ashby. Il ne mène pas sa base de la même façon que Cédric Orléans.

— Je ne m'attends pas à ce que tous les dirigeants de l'ANGE soient identiques.

— En fait, ce que j'essaie de vous dire, c'est que si jamais vous deviez préférer sa façon d'agir à celle de votre directeur précédent, messieurs Korsakoff et Lucas seraient disposés à rendre votre nomination plus permanente.

— Dans ce cas, je verrai si je me plais à Toronto, répondit-elle avec un air de parfaite innocence.

Shanks lui sembla soulagé de l'apprendre.

— Monsieur Shanks, l'avion est maintenant prêt à recevoir les deux agentes, annonça une voix électronique.

Le dirigeant proposa d'accompagner Cindy jusqu'au hangar, mais elle l'assura que même une recrue pouvait retrouver son chemin dans ces bases qui se ressemblaient toutes. Elle retourna donc aux Transports. Plus personne n'en gardait la porte. Elle composa le code sur le clavier à numéros et entra dans cette importante section de la base. Au lieu d'être un immense garage, comme à Montréal, elle contenait plusieurs étages de véhicules pouvant se déplacer par les airs. Elle vit alors Océane, debout près d'un avion à réaction, sa valise à la main. Le petit escalier était déplié, mais elle hésitait à monter à bord.

— Me voilà ! annonça Cindy.

— Je craignais de devoir partir seule, rétorqua Océane.

Cindy jugea plus prudent de ne pas lui parler tout de suite de son entretien avec Christopher Shanks. Elle s'efforça plutôt de conserver une attitude enjouée, comme si ce voyage à l'autre bout du pays était une partie de plaisir. Sautillant comme une gazelle, elle grimpa dans l'avion. Océane la suivit sans pouvoir se débarrasser de ce curieux pressentiment qui l'empoisonnait depuis sa rencontre avec les dirigeants de l'ANGE.

Les deux femmes n'eurent pas besoin qu'on leur dise de s'attacher. Le pilote faisait déjà tourner les moteurs. L'homme en charge de la sécurité jeta un coup d'œil averti aux ceintures de ses passagères, puis il alla prendre place au fond de l'appareil. Le bruit devint assourdissant. Cindy jeta un coup d'œil par le hublot. Elle vit alors les lampes incrustées dans le mur de roc défiler à une vitesse effarante. Tout son corps s'enfonça dans son siège, abrégeant son cri de surprise.

— Ce n'est pas un comportement digne d'une employée d'Air Éole, la taquina Océane.

— Les avions ordinaires ne font pas de décollages pareils ! protesta la plus jeune, l'estomac à l'envers. Je n'aurais pas dû manger.

En effet, elle avait un teint plutôt verdâtre. Océane se tourna légèrement en faisant mine de chercher une position plus confortable. Leur chaperon lisait un magazine tandis qu'ils prenaient de l'altitude.

— Est-ce que tu as eu une conversation avec le directeur avant de partir ? murmura Cindy dans son oreille.

L'aînée secoua légèrement la tête pour dire non. Cindy la lui résuma en peu de mots. Elle savait fort bien que les bases et les véhicules de l'ANGE étaient constamment sous écoute. Même si cette information n'était pas dangereuse à première vue, sa formation lui recommandait toujours la plus grande prudence.

— On dirait qu'ils veulent nous séparer, conclut Cindy.

— Ou se débarrasser de Cédric, ne put s'empêcher d'ajouter Océane.

Cette pensée n'avait pas effleuré la recrue et lui causa beaucoup de chagrin. Elle ignorait le sort réservé aux directeurs qui ne répondaient plus aux exigences de l'Agence, mais elle se doutait que la division internationale pouvait fort bien les faire disparaître sans remords. Que reprochait-on à Cédric ? Le tenait-on responsable de la destruction de la base de Montréal ? Ce n'était pas le moment d'en parler à Océane. Elle garda donc le silence jusqu'à l'atterrissage à Toronto, au milieu de la nuit.

...003

Le pilote de l'avion privé de l'ANGE suivit les directives de la tour de contrôle à son arrivée à Toronto. Après un atterrissage impeccable, il fit rouler l'appareil jusqu'à un hangar privé. Les deux agentes descendirent le petit escalier et trouvèrent deux limousines noires devant la porte de l'abri métallique. Des membres de la sécurité de la base torontoise les prirent sans façon par le bras pour les diriger vers les véhicules, mais en direction opposée.

— Attendez ! s'opposa Cindy. Nous allons au même endroit.

— Vous avez des rendez-vous différents, se contenta de répondre l'homme habillé en noir qui continuait de la tirer vers l'une des automobiles.

Océane fit alors signe à la jeune femme d'obtempérer. Elle avait acquis suffisamment d'expérience dans l'Agence pour savoir que ses protestations ne feraient que lui attirer des ennuis. Cindy fut poussée sur la banquette de cuir. Elle voulut voir si on emmenait aussi Océane, mais la portière se referma brusquement devant son nez.

— Je veux une preuve de votre identité, exigea Océane en s'arrêtant à quelques pas de la deuxième limousine.

Son gardien lui montra sa montre sur laquelle il fit apparaître son code, l'espace d'une seconde. Ces hommes appartenaient bel et bien à l'ANGE. Alors pourquoi agissaient-ils comme des fiers-à-bras ?

— Où m'emmenez-vous ? demanda-t-elle sur un ton qui ne prêtait pas à rire.

— Monsieur Korsakoff veut vous parler.

— À moi seule ?

— C'est tout ce que je sais.

Océane entra dans la voiture sans résister. Ses pensées tournaient à cent kilomètres à l'heure. Korsakoff n'était pas le directeur de la base de Toronto. En fait, personne ne savait vraiment d'où il opérait. Il était un cran au-dessus de Kevin Lucas qui, lui, commandait tous les dirigeants provinciaux. Korsakoff était une légende à Alert Bay depuis des années, il menait l'Amérique du Nord avec une main de fer. « Il est aussi celui qui inflige les châtiments aux agents réfractaires », se rappela Océane. Elle ne méritait certainement pas d'être punie pour avoir gardé une vieille montre de Yannick et s'en être servie pour lui venir en aide lors de la fusillade au cégep…

Le trajet lui parut interminable. Pour ajouter à ses tourments, il se mit à pleuvoir. Elle ignorait où se trouvait la base de Toronto. Il lui était donc impossible de savoir si son chauffeur s'en éloignait. Elle se mit à songer à Cindy qui devait être terrifiée de se retrouver seule avec une bande d'inconnus, après ce qui était arrivé à Montréal.

Océane aperçut alors les contours des grands immeubles. Ils traversaient le centre-ville. Elle fit un effort pour lire le nom des rues à travers les fenêtres opaques. La limousine tourna abruptement vers la droite et s'enfonça dans un garage souterrain. « Ils ne sont pas très créatifs », se dit l'agente en voyant le mur de béton glisser à l'approche de la voiture. On avait employé le même genre de passage secret à Montréal.

Elle suivit docilement les hommes habillés en noir dans un ascenseur qui n'effectua aucune décontamination.

Ils ne se trouvaient donc pas dans une base. Océane allait continuer à interroger ses accompagnateurs lorsque les portes métalliques s'ouvrirent. Le spectacle qui s'offrit à elle lui coupa le souffle. Frappée d'admiration, elle ne songea même pas à sortir de la cabine. Elle sentit qu'on saisissait à nouveau son bras pour la faire avancer. Les portes se refermèrent derrière elle avec un chuintement, et les membres de la sécurité la laissèrent poursuivre son chemin, seule.

« Les portails interdimensionnels existent-ils ? » se demanda-t-elle. Vincent lui avait rebattu les oreilles de cette théorie abracadabrante dès son arrivée à l'Agence. Pourtant, elle semblait bien se trouver dans un autre monde ou un autre temps. On aurait dit l'un des grands salons du *Titanic*. Le tapis orné de fleurs de lys dorées sur fond vermeil était si épais qu'elle avait l'impression d'y laisser des empreintes en marchant. Tous les murs étaient recouverts de boiseries en acajou si finement travaillées qu'elles auraient pu être exposées dans un musée.

Océane caressa le dos d'un animal étrange sculpté dans une colonne. Son regard remonta vers le plafond inondé de lustres de cristal. Les milliers d'ampoules qui s'y cachaient donnaient l'illusion de la lumière du jour. « C'est une bien curieuse salle de conférences », se dit l'agente en continuant d'avancer. Elle aperçut une imposante table de billard reposant sur des pattes de lézard en argent. Derrière se dressait un bar en bois ouvré à la manière d'un orgue d'église. Sur de longues planches minces s'alignaient des centaines de coupes qui devaient valoir chacune une petite fortune. Dans le grand miroir où étaient accrochées les tablettes, Océane vit un foyer où brûlait un bon feu. « En plein centre-ville ? » s'étonna-t-elle.

Elle se retourna pour mieux en distinguer la composition. Il semblait fait de pierres grises de différentes dimensions. Elle traversa la pièce pour aller l'examiner de plus près et sursauta en trouvant un homme assis dans l'une des bergères, à quelques pas de l'âtre. Une fois revenue de sa stupéfaction, Océane reconnut son visage.

— Monsieur Korsakoff, quelle surprise, fit-elle en s'efforçant de ne pas laisser paraître son irritation.

— On dirait que l'endroit vous plaît, mademoiselle Chevalier.

Son accent aurait pu être charmeur en d'autres circonstances. Océane savait fort bien qu'il ne s'agissait pas d'un rendez-vous galant, même si elle ignorait encore les véritables intentions de cet espion de renom.

— J'ai toujours adoré les casinos, se moqua-t-elle.

— Vous trouvez que mon antre ressemble à une maison de jeux ?

Il éclata d'un rire déconcertant qui semblait pourtant sincère.

— Je vous en prie, asseyez-vous, poursuivit-il une fois qu'il eut repris son sérieux.

De toute façon, avec les chiens de garde postés devant la porte de l'unique ascenseur, où aurait-elle pu aller ? Elle prit place dans l'autre fauteuil, étonnamment confortable.

— Pourquoi m'avez-vous fait emmener ici ? l'interrogea-t-elle.

— Vous ne perdez pas de temps, à ce que je vois.

— Je n'aime pas les jeux et les devinettes.

— Moi non plus.

Le visage du grand chef nord-américain se durcit jusqu'à prendre le faciès d'un dieu grec de la guerre.

— Mithri Zachariah m'a demandé de faire ma propre enquête sur la destruction de la base de Montréal, dévoila-t-il. Les rapports de la division de Québec indiquent que seule une quantité impressionnante d'explosifs pouvait pulvériser une installation de cette taille.

Océane l'écoutait, sur ses gardes : il cherchait un coupable.

— Comment l'ennemi a-t-il pu y entrer afin d'y déposer toute cette dynamite, selon vous ?

— Je n'y étais pas lorsque l'explosion s'est produite, se contenta de répondre l'agente.

— Ce qui est aussi fort étonnant, ne trouvez-vous pas ? Le directeur de la base, qui a l'ordre de ne jamais quitter son poste, ainsi que ses quatre agents, se trouvaient à l'extérieur.

— Qu'insinuez-vous, monsieur Korsakoff ?

— Rien du tout, ma chère. J'essaie seulement de comprendre ce qui s'est passé.

— L'ANGE possède pourtant toutes les ressources requises pour percer ce type de mystère.

— Mais elle semble avoir de la difficulté à démasquer les traîtres.

— C'est moi que vous accusez ? se fâcha Océane.

— Pas encore.

— Je ne sais pas où vous êtes allé pêcher cette théorie absurde.

— Offrez-m'en une autre.

Océane commença par calmer sa respiration. Il ne lui servait à rien de se mettre en colère devant un homme aussi imperturbable que ce héros de légende.

— J'ai rempli un rapport, comme tous mes collègues, l'informa-t-elle. L'avez-vous au moins lu ?

— Maintes et maintes fois. Je dois avouer que votre état mental m'inquiète beaucoup.

— Vous enquêtez sur l'Antéchrist depuis des dizaines d'années et vous vous étonnez de le voir débarquer chez nous ?

Malgré tous ses efforts, la jeune femme n'arrivait pas à garder son calme. Michael Korsakoff possédait pourtant l'autorité nécessaire pour l'exiler à tout jamais à Alert Bay, ou pire encore.

— Les textes bibliques sont des paraboles, mademoiselle Chevalier. On peut en tirer de grandes leçons, mais ils ne peuvent jamais être pris au pied de la lettre.

— C'est facile à dire à partir d'un palais comme le vôtre. Vous n'avez pas vu cet énergumène créer des boules de feu au creux de ses mains et les lancer sur ses poursuivants. Vous n'avez pas non plus vu les balles de nos revolvers lui passer à travers le corps, sans lui faire le moindre mal. Moi non plus, je ne croyais pas aux démons avant d'en voir un de mes propres yeux.

— Plusieurs anomalies sont survenues aux alentours des dates que vous mentionnez dans votre témoignage. Vous les attribuez toutes à cet être supposé surnaturel ?

— Je ne sais pas ce que vous espérez obtenir, mais tout ce que je peux faire, ce soir, c'est de vous exposer les faits exactement de la même manière que dans mon rapport.

Korsakoff se cala dans la bergère, son regard incisif planté dans celui de l'espionne.

— Vous n'êtes pas sans savoir que nous épluchons sans cesse le passé de tous ceux qui travaillent pour nous.

« Soupçonne-t-il Yannick, lui aussi ? » s'inquiéta Océane.

— Certains d'entre vous nous ont caché des renseignements pourtant importants.

— Bon, vous avez enfin découvert mes origines extraterrestres, soupira l'agente dans un style qui lui ressemblait davantage. Qu'avez-vous l'intention de faire de moi, maintenant ? Me remettre aux mains des savants ?

— Je connais très bien votre famille, mademoiselle Chevalier. Je sais d'où elle vient.

La plaisanterie ne lui avait même pas étiré la commissure des lèvres. Au contraire, il semblait encore plus menaçant.

— Laissez ma famille en dehors de ça, répliqua Océane sur un ton agressif.

Korsakoff se leva avec une souplesse dont la plupart des gens de son âge ne jouissaient plus et alla se verser un verre d'une liqueur dorée, sous le regard meurtrier de la jeune femme.

— Pourquoi Cédric Orléans a-t-il quitté la base de Montréal le soir de l'explosion ? demanda-t-il sans même se tourner vers elle.

— Il a activé le code *Adonias*, avoua-t-elle, sachant très bien qu'il était inutile de lui mentir.

— Cette activation ne figure sur aucun de nos comptes rendus.

— Je vous dis la vérité. C'est lorsque nous nous en sommes aperçus que nous sommes partis à sa recherche. Nous savions qu'il tenterait de coincer lui-même le Faux Prophète.

— Et vous vouliez l'en empêcher ? s'étonna Korsakoff en se retournant.

— Pas exactement, mais nous tenions à ce que Cédric reste en vie.

— Ignoriez-vous que monsieur Orléans avait déjà fait ses preuves sur le terrain, bien avant d'être promu directeur ?

— Pas contre Ahriman.

— Vous tenez le même discours que l'agent Jeffrey, on dirait.

— Écoutez, monsieur Korsakoff, je ne croyais pas non plus à toutes ces histoires de prophéties et de fin du monde avant d'être témoin de ce que les gens ordinaires appellent des miracles. Il ne vous servira à rien de me demander de renier ce que j'ai vu moi-même.

Il avala un peu d'alcool et revint vers la jeune femme. Il était impossible de déterminer à son expression impassible s'il la croyait ou pas.

— C'est Cédric que vous soupçonnez ? voulut savoir Océane.

— Mon travail est de douter de tout le monde.

— Où est-il, en ce moment ?

— Ne vous faites pas de mauvais sang pour lui. Il est en lieu sûr.

— Et Yannick ?

— Vous êtes toujours amoureuse de lui, n'est-ce pas ?

— Il est difficile de ne pas s'inquiéter de quelqu'un qu'on a aimé, même lorsque la relation a pris fin.

— Nous avons décidé de l'utiliser à son plein potentiel.

— Ne me dites pas que vous l'avez envoyé en Israël…

— Il semble connaître ce pays encore mieux que nos agents qui y sont nés, alors nous profitons de son expertise. Si votre Antéchrist se trouve où que ce soit, c'est là-bas.

— Je n'ai pas dit que nous avions affronté l'Antéchrist. J'ai dit que nous avons dû repousser le Faux Prophète, son bras droit. Ce sont deux personnes différentes, bien qu'aussi maléfiques l'une que l'autre.

Le directeur nord-américain alla se planter devant une immense fenêtre en forme de demi-cercle qu'Océane n'avait même pas remarquée jusque-là. Il garda le silence un long moment en observant le ciel.

— Le comportement de Cédric Orléans vous a-t-il paru étrange par moments ? demanda-t-il.

— À part qu'il se fait constamment du souci pour nous, non. Je le connais depuis dix ans. Il me semble que je l'aurais remarqué s'il avait agi bizarrement.

Elle songea à la théorie de Vincent sur les reptiliens, aux apparitions d'Océlus et à la mission de Yannick sur la Terre. Comment Cédric aurait-il pu être plus anormal qu'eux ?

— Vous vivrez dans cette ville durant les prochains mois, alors si jamais vous vous souveniez tout à coup de petits détails insolites, j'aimerais que vous me les rapportiez sans délai.

— Je ne connais même pas votre code d'accès.

— Vous n'avez qu'à signaler à monsieur Ashby que vous désirez me parler. Il fera le nécessaire pour me retrouver.

Il fit signe à ses gardes du corps de conduire Océane à la base torontoise. Cette dernière ne se fit pas prier. Malgré la magnificence de l'endroit, elle ne désirait plus que quitter son atmosphère glaciale. Elle leur emboîta donc le pas avec plaisir.

...004

Cindy Bloom garda le silence pendant tout le trajet de l'aéroport à la base. Elle avait un mauvais pressentiment au sujet de cette nouvelle affectation. Elle craignait qu'elle ou Océane ne coure un grand danger. « Pourquoi nous a-t-on séparées ? » continuait-elle de se demander. Même si sa collègue lui avait répété deux fois, dans l'avion, que Cédric avait tout fait pour qu'elles restent ensemble, Cindy commençait à croire qu'on leur avait menti.

Soudain, elle aperçut dans la nuit la silhouette d'une imposante bâtisse. Il ne s'agissait nullement d'un immeuble moderne, mais d'un vieux château avec des tours !

— Sommes-nous toujours à Toronto ? demanda-t-elle à l'homme de la sécurité.

— Oui, mademoiselle.

Elle n'avait jamais entendu parler d'une telle fortification en Ontario et pourtant, elle avait grandi à Ottawa. Elle n'eut pas le temps de l'admirer davantage. Une trappe s'ouvrit dans le parking, engouffrant la limousine de l'ANGE. « Ici, ils font les choses en grand », constata-t-elle. Toutefois, lorsqu'elle descendit finalement du véhicule, elle retrouva exactement le même genre de garage en béton qu'à Montréal.

— Processus d'identification et de décontamination engagé, annonça la voix électronique dans l'ascenseur.

— Pourquoi ne dit-il pas ça en anglais ? s'étonna la recrue.

Personne ne lui répondit. Ses deux gardiens se tenaient au garde-à-vous, de chaque côté d'elle. La cabine s'illumina en blanc, puis en bleu, leur donnant un teint de glace.

— Processus terminé.

Les portes s'ouvrirent sur l'éternel long couloir gris de l'ANGE.

— Plus ça change, plus c'est pareil, soupira Cindy.

Les membres de la sécurité agissaient comme si elle n'était pas là. Elle se demanda comment ils réagiraient si elle faisait demi-tour pour retourner dans la cabine. Océane aurait probablement eu le courage de faire un geste aussi téméraire, mais pas Cindy. Elle suivit les deux hommes avec docilité jusqu'à la porte des Renseignements stratégiques, qu'ils ouvrirent pour elle.

Andrew Ashby vint à sa rencontre. Christopher Shanks avait eu raison de dire qu'il était très différent de Cédric. Ashby était minuscule, à peine plus grand que Cindy. Un large sourire semblait sculpté en permanence sur son visage, même lorsqu'il parlait.

— Soyez la bienvenue, mademoiselle Bloom ! s'exclama-t-il d'une voix aiguë.

Ses yeux noisette étaient constamment en mouvement, comme ceux d'une proie craignant l'approche d'un prédateur. Ses cheveux blond foncé, qu'il coiffait vers l'arrière, étaient parsemés de mèches argentées. Il avait le visage d'un adolescent, mais ses pattes-d'oie trahissaient son âge.

— Je vous en prie, suivez-moi.

Il marchait d'un bon pas, si bien que Cindy fut obligée de courir pour le rattraper. Si toute la base torontoise ressemblait à celle de Montréal, le bureau de son directeur, par contre, offrait un contraste frappant avec celui de Cédric. Ce dernier avait choisi la sobriété. Ashby, apparemment, préférait un style plus cossu.

— Faites comme chez vous, mademoiselle Bloom.

Elle prit place dans l'un des deux fauteuils de cuir brun, aussi imposant que celui où s'installa Ashby, derrière la table de travail en bois foncé. Cette dernière était massive et rappelait le vieux style des rois britanniques. Il n'y avait aucune bibliothèque dans cette pièce, aucune étagère, aucun livre. Les murs étaient couverts de tableaux exquis. Cindy promena son regard sur la surface du meuble : elle nota tout de suite l'absence d'ordinateur, encastré ou autre. En fait, on n'y trouvait qu'un porte-crayon, un panier pour le courrier et un téléphone plutôt courant.

— Je suis tellement content que monsieur Lucas vous ait affectée ici, assura-t-il en joignant ses mains avec bonheur.

— J'imagine que vous aviez hâte de remplacer vos agents qui ont été éliminés par le Faux Prophète.

— Nous ignorons la véritable identité des hommes qui les ont assassinés. Nous n'avons que leurs noms de code, mais ce ne sont que des suppositions. Comme vous le savez probablement déjà, nous sommes incapables de confirmer quelque information que ce soit au sujet de l'Alliance.

— On m'a pourtant dit que l'agent Jeffrey avait identifié plusieurs de ces tueurs lors de sa mission à Jérusalem.

— Nous avons pris ses commentaires en note, mais aucun document ne les corrobore.

— Vous pensez vraiment que l'Alliance en laisserait traîner ici et là ?

— Votre sens de l'humour est vraiment divertissant ! s'égaya-t-il.

« Il va se tordre sur le plancher quand il rencontrera Océane », songea Cindy.

— Monsieur Sélardi va vous adorer !

— Monsieur qui ?

— James Sélardi, un professeur de l'université de Toronto, est dans la course à la direction du parti mondialiste.

Cindy n'en avait jamais entendu parler, probablement parce qu'elle ne faisait jamais attention aux nouvelles concernant la politique.

— Il était temps qu'un nouveau mouvement soit créé. Nous vivons dans des temps modernes qui nécessitent des structures modernes.

— Depuis quand l'ANGE se mêle-t-elle de politique ? s'étonna la jeune femme.

— Elle n'en fait rien, rassurez-vous. J'exprimais seulement une opinion personnelle. Notre engagement se limitera à protéger monsieur Sélardi.

— Pourquoi a-t-il besoin de protection ?

— Parce que certaines personnes n'aiment pas le changement.

— A-t-il officiellement reçu des menaces ?

— Surtout des appels anonymes. Nous n'avons pas pu les identifier, mais nous n'avons aucune raison de douter de sa bonne foi.

— Mais vous doutez de celle de l'agent Jeffrey.

— Ce n'est pas du tout la même chose.

« Océane va le réduire en bouillie », pensa Cindy.

— Quand dois-je rencontrer ce politicien ?

— L'élection du nouveau chef se fera demain dans un hôtel. L'ANGE y sera, de façon discrète, sauf pour vous. Nous ferons croire à monsieur Sélardi que vous êtes une envoyée spéciale de la Gendarmerie royale, et que votre seule mission consiste à le garder en vie jusqu'à sa victoire.

— Cette force policière ne s'occupe-t-elle pas déjà de ce genre de rassemblement ? s'étonna la jeune femme.

— Ses agents seront aussi sur place.

— Alors ils sauront tout de suite que je ne suis pas des leurs.

— Vous oubliez que nous travaillons en étroite collaboration avec la Gendarmerie royale du Canada. Ils ne vous empêcheront pas de faire votre travail.

Ashby posa les mains sur sa table de travail. Il avait l'air plutôt satisfait de cette rencontre. Sans qu'il ait prononcé quelque ordre que ce soit, une femme entra dans son bureau. Elle s'arrêta près de Cindy.

— Veuillez lui remettre votre montre, je vous prie, l'invita le directeur en conservant son sourire d'enfant.

— Nous ne sommes pas censés nous en séparer, protesta Cindy.

— Nous allons vous en remettre une autre.

— Pourquoi ?

— Vous posez beaucoup de questions, mademoiselle Bloom.

« C'est la faute d'Océane », grommela-t-elle intérieurement.

— Les membres de la sécurité obéissent aux ordres sans discuter, expliqua-t-elle. Les agents secrets de l'ANGE sont formés pour évaluer les dangers de toutes les situations.

— Oui, bien sûr. Et c'est mon devoir, en tant que directeur, de vous fournir toutes les informations que je possède sur votre nouvelle affectation. Disons que cette nouvelle montre est configurée de façon différente, pour votre protection. Elle fonctionne exactement comme celle qu'on vous a remise en sortant d'Alert Bay, mais elle nous permettra aussi de capter vos conversations sans que vous ayez à l'activer. De cette façon, si quelqu'un devait vous intimider, nous pourrions réagir tout de suite.

Cindy détacha sa montre à regret. Tout aussi distante que les deux gardes du corps qui l'avaient escortée à

Toronto, la technicienne tendit la main. Elle fit prestement disparaître l'ancienne montre dans la poche de sa blouse et tendit la nouvelle à l'agente.

— Merci..., soupira Cindy, dépitée.

— Vous ne regretterez pas d'avoir accepté ces nouvelles fonctions, je vous l'assure ! s'exclama Ashby. Je vais maintenant vous faire conduire dans votre nouvel appartement.

— J'espère que vous avez un gros budget de logement, chuchota l'agente en attachant l'appareil de communication sur son poignet.

Elle repartit par le même chemin qu'elle était venue, flanquée des deux armoires à glace. Elle remonta dans la limousine sans dire un mot et en redescendit lorsqu'elle atteignit sa destination, à une quinzaine de minutes de la base.

— Où est mon accès personnel ? demanda-t-elle aux deux hommes.

— Quelqu'un viendra vous chercher demain.

Ils ne la quittèrent qu'au seuil de l'appartement. L'un d'eux déverrouilla la porte, inspecta rapidement l'endroit puis remit la clé à la jeune femme.

— Bonne nuit, mademoiselle Bloom.

Elle était trop lasse pour se plaindre du traitement qu'on lui faisait subir depuis son arrivée en Ontario. Elle se fit par contre un plaisir de claquer la porte au nez de ses gardes. Elle avança au milieu du salon en enlevant ses souliers et lança sa valise sur le sofa fleuri. Les meubles étaient neufs, les rideaux aussi. Elle inspecta la salle de bains qui contenait déjà tous les produits de beauté qu'elle aimait. La chambre était immense, le lit particulièrement tentant. Un petit détail attira soudain son attention. Sur l'édredon immaculé reposait une feuille blanche pliée en deux.

Cindy oublia toute sa fatigue. Elle sauta sur le lit et s'empara de la note. Elle était bel et bien d'Océlus.

JE VEILLE SUR VOUS – O.

Ces mots la calmèrent aussitôt. Cette fois, le deuxième Témoin ne lui annonçait pas une autre catastrophe. Tout ce qu'elle désirait, c'était une bonne nuit de sommeil pour mieux faire face aux imprévus qui surgissaient sans cesse sur sa route.

— Océlus, êtes-vous là ?

Elle attendit sa réponse, en vain. Il devait être occupé à protéger Yannick qui, lui, était certainement en danger. Tout en se débarrassant de ses vêtements, Cindy se mit à penser à ses premiers compagnons de travail. Océane était une femme extraordinaire, une espionne sans peur et sans reproche. Elle disait ce qu'elle pensait, en plus d'être une actrice talentueuse. Elle avait à cœur la protection de cette planète, pas pour elle-même, mais pour tous ses habitants. Cindy avait bien hâte de savoir où on l'avait conduite ce soir.

Elle songea ensuite à Vincent, un savant brillant, mais un homme qui manquait de confiance en lui. Il avait bien sûr vécu une expérience éprouvante aux mains de l'ennemi. Il mettrait du temps à s'en remettre. Ses manières douces et son regard timide lui manqueraient beaucoup.

Ses pensées s'arrêtèrent finalement sur Yannick. Son amour pour Océane lui avait fait perdre la moitié de ses pouvoirs. « Le savait-il lorsqu'il a succombé à sa passion ? » se demanda Cindy. Si oui, il avait fait le plus grand de tous les sacrifices, puisqu'il se retrouvait aujourd'hui bien démuni pour affronter un adversaire démoniaque et sans scrupules.

Elle se souvint alors des paroles de Vincent et l'effroyable image des deux Témoins décapités surgit dans son esprit. Elle éclata en sanglots et pleura longtemps dans son oreiller. Pourquoi la vie était-elle si injuste ?

...005

À l'autre bout du monde, dans un tout petit appartement surplombant la Ville sainte, Yannick Jeffrey songeait lui aussi à ceux qu'il avait abandonnés pour poursuivre son importante mission. Il s'était pourtant juré, en devenant membre de l'ANGE, qu'il ne s'attacherait à personne. Il y était si facilement parvenu pendant plus de deux mille ans ! Pourquoi avait-il flanché ? Les yeux moqueurs d'Océane continuaient de le hanter jour et nuit. Sa voix, son rire, la douceur de ses cheveux... tout en elle l'attirait comme un aimant. « Pourquoi... ? » se torturait-il.

Le soleil se levait à peine et un vent tiède balayait déjà Jérusalem. Certains de ses quartiers n'avaient pas changé, d'autres avaient subi l'assaut du modernisme. Ce n'était cependant pas l'architecture qui ramenait toujours le professeur d'histoire dans ce pays. Il y avait longtemps vécu, plus longtemps que partout ailleurs. Sa soif d'apprendre lui avait fait parcourir le monde, mais son cœur n'avait jamais réussi à quitter la Judée.

Debout devant la fenêtre, il observait le ciel depuis plusieurs heures. Laissant la place à l'astre du jour, les étoiles avaient disparu les unes après les autres. Il se rappelait la sienne...

— Tu es triste, Képhas, fit Océlus en posant la main sur son épaule.

Yannick n'avait même pas senti son approche. Libre comme l'air, son partenaire dans la lutte contre l'Antéchrist pouvait aller et venir à sa guise.

— J'aimerais aller me recueillir à l'église, mais le diable garde jalousement cette ville comme si elle lui appartenait, maugréa Yannick.

— Ne te rappelles-tu pas les paroles du maître ? Il nous a mis en garde contre les temples et les idoles. Tu peux prier ici même et il t'entendra.

— J'aime les vibrations qui émanent des lieux où des âmes pieuses se sont rassemblées.

Un sourire effleura les lèvres d'Océlus. Képhas était son ami depuis toujours et il aurait fait n'importe quoi pour lui. Il n'entrevit qu'une seule façon de le tirer de sa mélancolie : il ferma les yeux et le transporta miraculeusement dans un autre endroit. Yannick se raidit en constatant qu'il n'était plus dans son nouvel appartement.

— Océlus, où sommes-nous ?

La faible luminosité ne lui permettait pas de distinguer son nouvel environnement. Il fit un pas et entendit crisser le sable sous ses pieds.

— Ne te fie pas à tes sens physiques, l'encouragea son ami.

Yannick s'appliqua à chasser sa peine, sinon il n'aurait pas eu accès à ses facultés divines. Seul l'amour pouvait les mettre en action. Il ressentit d'abord un picotement sous ses pieds, puis une intense chaleur monta le long de ses jambes. En quelques secondes, il fut submergé par les vibrations passionnées de milliers de personnes. Cette vague de bien-être poursuivit sa route et quitta son corps par le sommet de sa tête.

— Comment est-ce possible ? s'étonna-t-il.

— Je t'ai emmené dans un ancien lieu de prières que les gens ont oublié au fil du temps.

Le professeur d'histoire fouilla sa mémoire. Il avait accumulé un si grand nombre de souvenirs depuis son incarnation auprès de Jeshua…

— Les grottes secrètes ! se rappela-t-il.
— Les premiers chrétiens s'y réunissaient pour ne pas être tourmentés par les soldats.
— Je pourrai donc venir me recueillir ici.
— Cette galerie est difficile d'accès, Képhas. Son entrée se situe dans l'arrière-boutique d'un café. Même le propriétaire ignore qu'elle se trouve derrière une de ses armoires.
— Dans ce cas, je te demanderai de m'y emmener. Laisse-moi voir cette caverne.

La peau d'Océlus devint si lumineuse que Yannick réussit à distinguer les murs de couleur grège où les dévots avaient dessiné des symboles, ou écrit des bouts de phrases dans une langue que les deux hommes pouvaient encore lire et parler. Le plafond de la grotte était si bas qu'il touchait presque les cheveux sombres du professeur d'histoire.

— J'ai une autre surprise pour toi, annonça alors Océlus.

Il prit les devants dans un tunnel qui s'ouvrait au fond de la grotte. Intrigué, son compatriote le suivit. Ils aboutirent finalement devant une large porte de cuivre.

— Elle est récente, remarqua Yannick en observant ses gravures. Elle ne date pas de notre temps.
— Évidemment, puisque je l'ai empruntée à un musée.
— Quoi ?
— Elle se trouvait au sous-sol, cachée dans une caisse de bois recouverte de poussière. Je la leur rendrai en temps et lieu.
— Pourquoi as-tu eu besoin d'une porte ?
— Pour cacher et protéger le contenu de cette deuxième grotte, répondit Océlus avec un sourire espiègle. Elle est

magique, bien sûr. Je lui ai insufflé ta force vitale. Tu n'as qu'à y appuyer la paume pour l'ouvrir.

— Je trouve que tu commences à prendre un peu trop d'initiatives.

L'éclat de rire d'Océlus se répercuta sur le mur de pierre.

— Et à t'amuser, en plus ! le taquina Yannick.

— J'ai compris beaucoup de choses en fréquentant les agents de l'ANGE. J'aurais dû participer à tes activités bien avant aujourd'hui.

— Je ne sais pas si cela aurait été souhaitable.

N'y tenant plus, Yannick appuya la main sur la surface métallique de la porte. Elle s'ouvrit en grinçant. Une lumière surnaturelle éclaira aussitôt la grotte. Le professeur ouvrit la bouche pour exprimer sa surprise, mais aucun son ne s'en échappa. Il avait devant lui tous les meubles de son loft et, surtout, tous ses livres !

— J'ai à peine eu le temps de les sauver du feu, expliqua Océlus.

Son ami fit volte-face et le serra dans ses bras de toutes ses forces.

— Merci, merci, merci ! s'exclama-t-il.

— Le maître a aussi dit que nous ne devions pas nous attacher aux biens de ce monde.

— Il comprendra que ces bouquins me permettent de mieux le servir.

Yannick pénétra dans la caverne, tellement ému qu'il ne savait plus de quel côté se tourner. Océlus avait non seulement ramené ses bibliothèques, mais également ses meubles et même sa table de travail et son ordinateur. Ce dernier ne lui serait pas utile cependant dans cet endroit privé d'électricité.

— Je ne savais pas très bien quoi faire avec cette décoration, déplora Océlus en pointant l'index vers la table basse.

47

Le bras mécanique qui supportait l'œil électronique de l'ordinateur du loft s'y trouvait. Même s'il avait pu identifier tous les fils multicolores qui s'en échappaient, Yannick n'aurait pas su où les brancher.

— À moins que tu aies récupéré le panneau central encastré près de la porte, il ne me sera d'aucun secours.

Le regard hésitant de son ami confirma qu'il ne savait pas de quoi il parlait.

— Ce n'est pas important, le rassura le professeur. Il serait inutilisable, de toute façon. En fait, je n'ai besoin que de mes livres.

Il se rendit devant les premières étagères et caressa la couverture de ses ouvrages les plus précieux. Certains étaient des pièces uniques qui n'existaient plus ailleurs sur cette planète.

— À quoi pourraient-ils bien te servir maintenant, puisque tu les as déjà tous lus ? s'étonna Océlus.

— Je n'en avais pas nécessairement besoin pour résoudre une énigme au moment où je les ai consultés. Il arrive que les textes que j'ai épluchés ne me servent que des années plus tard.

Yannick tira son livre préféré d'une étagère à la hauteur de ses yeux.

— *Impossibilis*, murmura-t-il en lisant le titre avec tristesse.

Il s'agissait d'un traité écrit par un grand philosophe du VIIe siècle. Yannick avait réussi à se faire admettre parmi ses élèves. Sa théorie sur les limitations qu'imposaient les hommes à leur esprit continuait de le fasciner. Il l'ouvrit avec tendresse et y découvrit, à son grand étonnement, une photographie d'Océane, le jour de leur unique escapade de l'ANGE. Ils avaient laissé leurs montres dans leurs appartements respectifs pour aller passer la journée à la plage. Yannick se rappela le parfum de sa peau, les petites rides au coin de ses yeux lorsqu'elle s'esclaffait, et le seau d'eau glacée qu'elle avait versé sur son dos !

— Tiens-toi loin de Cindy, Océlus, souffla-t-il.

— Je ne commettrai pas la même erreur que toi, se défendit son compatriote.

— Tu crois vraiment que c'était mon but lorsque j'ai rencontré Océane ?

— Bien sûr que non. Pardonne-moi.

Yannick se tourna vers lui, les yeux emplis de larmes.

— L'amour est la plus belle émotion que peut ressentir un homme, mon frère. Mais il nous est défendu.

En proie au désespoir, le professeur vacilla sur ses jambes et se laissa tomber sur le sofa, soulevant un nuage de poussière.

— Je t'ai abandonné pour satisfaire mes sens…

— C'est faux ! protesta Océlus en s'approchant vivement. Même au milieu de ta passion, tu n'as jamais oublié ce que nous étions revenus faire sur Terre. Képhas, tu es l'érudit que je ne serai jamais. Je ne pourrais pas terminer cette mission sans toi. Tu es le plus important de nous deux.

— C'est pourtant toi que le maître aimait le plus.

— Ne me rappelle pas ma honte, je t'en conjure.

— L'histoire t'a maltraité, mon pauvre Océlus, mais tu seras innocenté à la fin des temps. Il te l'a promis, car ton étoile est…

— … la plus brillante au ciel.

Ces derniers mots semblèrent insuffler du courage au professeur. Il essuya ses yeux du revers de la main.

— Tu veux rapporter ce livre avec toi ? lui demanda son ami.

— Ce serait trop dangereux. Connais-tu beaucoup d'archéologues qui se promènent avec un traité du VIIe siècle écrit de la main de son auteur ?

— Toi ?

Yannick alla le remettre à sa place. Il aurait voulu garder la photographie, mais s'il était capturé par l'ennemi, il risquait de mettre la vie d'Océane en danger. Il revint vers Océlus en inspirant profondément.

— C'est quoi, un archéologue ? s'enquit ce dernier.
— C'est une personne qui étudie les choses anciennes comme les monuments, les poteries de notre époque.
— Dans quel but ?
— Pour mieux comprendre ceux qui ont vécu il y a très longtemps.
— Ils n'ont qu'à te le demander.
— Ils ignorent qui je suis vraiment.

Comprenant que son compatriote n'arriverait pas à prier dans cet état de détresse, Océlus posa les mains sur ses épaules et le ramena dans son appartement.

...006

L'appartement d'Océane n'était pas très éloigné de l'immeuble de Michael Korsakoff, à peine dix minutes en voiture. « Il veut me tenir en laisse », comprit la jeune femme en entrant dans son nouveau logis. Elle marcha vers la fenêtre du salon en se demandant si Cindy habitait tout près. La vue de la ville était époustouflante à cet étage. Océane promena son regard sur les gratte-ciel qui commençaient à se découper dans les couleurs du levant. Ses pensées revinrent tout naturellement vers Yannick. Où était-il ? L'ANGE l'avait-elle placé dans un poste dangereux ?

Elle baissa les yeux sur son poignet et étudia la nouvelle montre qu'on venait de lui remettre. Les dirigeants ne les changeaient pas sans avoir une bonne raison. Elle se rappela alors que Yannick en avait reçu une autre, le jour de son premier départ pour Israël... Elle se sentit très seule, tout à coup. Une idée se forma alors dans son esprit. Pourrait-elle rejoindre ses amis en utilisant les canaux secrets de l'Agence ? Elle sortit les nouveaux écouteurs de son sac à main.

— OC neuf, quarante, demande une communication avec YJ sept, cinquante.

— Il est impossible d'établir le relais pour des raisons de sécurité.

Océane s'en doutait bien.

— Puis-je communiquer avec CB trois, seize ?

Il y eut un court moment de silence. « Ça y est, ils vont m'électrocuter », se dit la jeune femme.

— Mademoiselle Chevalier, je suis Andrew Ashby. Nous n'avons pas encore eu le bonheur de nous rencontrer.

Elle arqua un sourcil, intriguée.

— Je suis votre nouveau directeur. Mais puisqu'il était tard, j'ai pensé que vous préféreriez vous reposer plutôt que de me rendre visite à la base.

— C'est gentil de votre part, mais pourquoi m'empêchez-vous de communiquer avec mes compagnons de travail ? Les bases fonctionnent-elles différemment en Ontario ?

— Il s'agit seulement de courtoisie. Mademoiselle Bloom est au lit depuis un petit moment.

— Vous faites surveiller son appartement ?

— C'est plus prudent, si on considère qu'on a tenté plusieurs fois de l'assassiner chez elle.

— Y a-t-il aussi des caméras chez moi ?

La brève hésitation du directeur fit sourire Océane.

— Vous avez aussi été une cible de l'Alliance, expliqua finalement Ashby.

— Puisque vous êtes mon nouveau directeur, c'est donc à vous que je dois demander la permission de parler à Yannick Jeffrey.

— Les règlements sont pourtant clairs, mademoiselle Chevalier. Vous ne pouvez communiquer qu'avec les agents de votre propre division et l'agent Jeffrey n'en fait pas partie. Vous devriez plutôt penser à vous coucher, car mes hommes viendront vous prendre vers onze heures.

— Merci tout de même, monsieur Ashby. Faites de beaux rêves.

Océane enfonça le cadran tout neuf pour rompre la transmission. Elle n'avait jamais rencontré Andrew Ashby, mais déjà elle ne l'aimait pas. Elle se consola en se répétant, jusqu'à la douche, que c'était une affectation temporaire. Bientôt, elle pourrait rentrer à Montréal et revoir tous ses collègues.

— Dire qu'il y a quelques mois à peine, je rêvais de faire partie de la division internationale, grommela-t-elle en retirant ses vêtements.

Elle ne dormit que quelques heures, mais elles lui firent le plus grand bien. Après ses étirements matinaux et ses exercices de yoga, elle enfila un tailleur-pantalon noir et un chemisier blanc. Elle accrocha son sac à bandoulière sur son épaule et, devant la glace de l'entrée, elle ébouriffa ses cheveux noirs coupés en dégradé. Puis elle jeta un coup d'œil à sa montre et ouvrit la porte au moment même où un membre de la sécurité allait frapper.

— Où déjeunons-nous, ce matin ? demanda-t-elle avec un large sourire.

L'homme n'afficha aucune réaction. Océane passa devant lui et se dirigea vers l'ascenseur, lui laissant le soin de refermer la porte de l'appartement. Elle accompagna docilement son garde jusqu'à la voiture et contempla la ville sous un jour différent. En fait, vue d'en bas, elle ressemblait un peu à Montréal. Elle changea vite d'avis lorsqu'elle vit apparaître le château au détour du chemin. Deux gros autobus vides étaient garés dans le parking. Ils obstruaient suffisamment la vue des touristes qui s'étaient massés devant la porte principale pour que la limousine puisse s'enfoncer dans le sol sans causer d'émoi.

Elle fut ensuite conduite dans une salle de conférences dix fois plus grande que celle d'Alert Bay. Une vingtaine de personnes, toutes habillées en noir, grignotaient de curieuses pâtisseries. Certaines étaient des agents, d'autres des membres de la sécurité. Océane était si affamée qu'elle en prit une sur une table et l'avala presque d'un seul coup. Ayant passé beaucoup de temps chez une tante qui préparait des mets exotiques, elle s'était habituée à manger n'importe quoi.

Après une bonne tasse de café, elle se mit à la recherche de Cindy. Un homme réclama alors l'attention des agents. Faisant preuve d'une discipline digne d'un commando d'élite, ils se tournèrent tous en même temps vers leur chef en mettant fin à leurs conversations. Océane vit alors sa jeune amie, à quelques pas de leur nouveau directeur. Elle avait le teint pâle de quelqu'un qui avait à peine dormi.

— Merci d'être là, ce matin, commença Ashby.

« Parce qu'on pourrait avoir le choix d'être ailleurs ? » s'amusa intérieurement Océane.

— La division canadienne nous a demandé de surveiller étroitement l'élection du chef du parti mondialiste dans un premier temps. Comme vous le savez tous, des élections provinciales seront tenues en Ontario dans quelques mois.

Plusieurs personnes hochèrent doucement la tête, mais Océane n'était pas au fait de la scène politique de cette province. Elle tenterait d'en apprendre davantage au cours de cette mission.

— Un seul des candidats a reçu des menaces de mort. Il s'agit de James Sélardi. Nous avons de fortes raisons de croire que l'Alliance voudra l'empêcher de l'emporter, car il a des idées avancées. Votre travail, durant la course à la présidence, sera de patrouiller dans les lieux où se tiendra le vote et d'appréhender toute personne suspecte. Vous devrez la conduire, le plus discrètement possible, au bureau que le parti a bien voulu mettre à la disposition de monsieur Fletcher, où elle sera ensuite interrogée.

« Ces gens ont-ils déjà eu affaire à un démon de l'Alliance ? » s'étonna Océane. À Montréal, Hadès s'était servi d'une mitraillette au beau milieu d'un auditorium bondé d'élèves et de professeurs !

— Discrètement…, siffla-t-elle entre ses dents.

— C'est un mot qu'aiment bien utiliser nos flegmatiques voisins, chuchota un homme près d'elle.

Océane cessa d'écouter le discours d'Ashby pour étudier le visage de son interlocuteur. Il avait certainement son âge, et n'était pas tellement plus grand qu'elle. Dans ses cheveux noirs comme l'ébène, plusieurs mèches rebiquaient malgré une évidente tentative pour les coiffer, comme tous les autres mâles de l'Agence. Il avait le teint foncé et un nez fin.

— Je suis de descendance amérindienne, murmura-t-il.

Embarrassée de l'avoir ainsi dévisagé, Océane se tourna une fois de plus vers son directeur.

— Restez où vous êtes, conclut ce dernier. Vous formerez une équipe avec les collègues qui sont près de vous.

— Quelle chance, souffla l'Amérindien en esquissant un sourire.

Pendant qu'Aaron Fletcher divisait les groupes et les faisait partir les uns après les autres, Océane en profita pour faire plus ample connaissance avec l'inconnu en se présentant, à voix basse.

— Je suis Océane Chevalier, de Montréal.

— Aodhan Loup Blanc, du Nouveau-Brunswick.

L'expression de surprise sur le visage de la jeune femme le fit sourire.

— Mais qui vous a donné un nom pareil ? articula-t-elle enfin.

— Ma mère écossaise a choisi mon prénom et mon père micmac s'appelait Thomas Loup Blanc.

— Vous êtes à Toronto depuis longtemps ?

— Quelques semaines seulement. Il fallait bien remplacer les agents qui ont été tués lors des raids. Qui surveille Montréal depuis la destruction de votre base ?

— Des capteurs supervisés par la base de Québec et de Sherbrooke.

Océane allait lui demander de lui parler davantage de sa province, lorsqu'on leur indiqua de suivre le membre de la sécurité chargé de transporter leur équipe jusqu'à l'hôtel où se tenaient les débats. Elle grimpa près d'Aodhan dans la fourgonnette, en faisant bien attention de ne pas le regarder. Au bout d'un moment, elle constata qu'elle avait complètement oublié de prendre contact avec Cindy. « Je lui parlerai sur place », décida-t-elle.

— Qu'est-ce que ça veut dire, Aodhan ? chuchota-t-elle finalement.

— Ça signifie « feu » en celte.

— Est-ce un avertissement ?

Le ton moqueur de la jeune femme plut aussitôt à l'Amérindien. Depuis son arrivée, il ne s'était lié d'amitié avec personne, mais il sentait que cela allait changer. Malgré ses vêtements modernes, il avait l'âme d'un guerrier et croyait aussi à l'intervention du ciel dans la vie des hommes.

— Seulement pour l'ennemi, répondit-il.

Océane n'avait pas besoin de lui demander s'il était marié ou s'il avait donné son cœur à une femme, car les agents de l'ANGE ne devaient jamais s'attacher émotionnellement. Elle n'avait jamais vraiment compris son coup de foudre pour Yannick, surtout en début de carrière, car elle avait passé à un cheveu de se retrouver à tout jamais à Alert Bay.

— Nous sommes donc l'eau et le feu, plaisanta son nouveau collègue.

— Moi qui pensais que j'allais mourir d'ennui dans cette nouvelle ville, répliqua Océane.

On fit descendre son équipe dans le garage souterrain de l'hôtel. L'élection du nouveau chef du parti mondialiste se déroulait dans plusieurs salons communicants d'un même étage. Les agents de l'ANGE le parcoururent d'une manière discrète, apprenant à distinguer les délégués des policiers habillés en civil. Il y avait des entrées partout dans ces vastes salles. Elles ne seraient pas faciles à surveiller. « C'est pour cette raison qu'on a recruté une petite armée », comprit Océane. Elle souriait aux gens qu'elle rencontrait en étudiant leurs visages. Ses recherches sur les quelques assassins connus de l'Alliance lui avaient appris que leurs yeux les trahissaient toujours : ils étaient immobiles, froids et inhumains.

— Ce sera une entreprise ardue, murmura Aodhan. Ils se ressemblent tous.

Océane réprima un sourire. En effet, ils nageaient dans une marée d'hommes vêtus de complets gris. Le parti comptait très peu de femmes, apparemment.

Les deux agents se postèrent au fond de la salle. Ils promenèrent calmement leur regard sur l'assemblée, cherchant ce petit détail qui éveillerait leurs soupçons.

— Que savez-vous du parti mondialiste ? lui demanda Aodhan à voix basse.

— J'ignorais son existence jusqu'à cette mission, avoua Océane.

— Je travaillais à la Mondialisation lorsqu'on m'a envoyé ici.

Il lui parlait sans la regarder, occupé à scruter chaque centimètre devant lui.

— Il est étrange que ce parti ait vu le jour dans plusieurs pays en même temps, ajouta-t-il.

— Êtes-vous en train de me dire que cette unification planétaire est une idée de nos petits amis à cornes ?

— C'est ma théorie.

— La maladie de la théorie s'attrape aussi au Nouveau-Brunswick ? se moqua Océane.

— Faites-moi donc connaître la vôtre.

— J'étais la seule parmi nos agents à ne pas en avoir. Pour Yannick, c'était le retour de l'empereur romain Hadrien en Europe. Pour Vincent, c'était la poussée d'êtres reptiliens vers la surface de la Terre, et pour Cindy...

Cindy ! Océane chercha aussitôt à la repérer.

— Qu'avez-vous vu ? l'interrogea Aodhan en restant très calme.

— Ma collègue de Montréal n'est nulle part. Nous avons été séparées à notre arrivée. Elle devrait pourtant être ici.

Habituellement, il était facile de trouver la jeune femme blonde toujours habillée en rose. « Que portait-elle tout à l'heure durant la réunion ? » tenta de se rappeler Océane.

— Il y a fort à parier que vous ne travaillerez plus ensemble à Toronto, lui rappela son collègue.

— Elle était en formation lorsque notre base a été détruite. Elle n'est pas prête à agir seule.

— Et vous êtes maternelle en plus.

— Si vous la connaissiez, vous comprendriez mon inquiétude.

— Nous ne recrutons que les meilleurs élèves. Je suis certain qu'elle se débrouillera.

Un homme grassouillet, arborant un sourire d'enfant, grimpa sur la tribune pour annoncer que le vote allait bientôt commencer.

...007

Cindy n'était pas montée dans les mêmes véhicules que les autres agents de l'ANGE. Ne pouvant quitter sa base, Andrew Ashby l'avait confiée à Aaron Fletcher. La jeune femme était si contente que son nouveau directeur lui accorde autant de confiance, qu'elle en oublia les règles élémentaires de sa profession. Sans s'informer davantage de sa mission, elle suivit Fletcher jusqu'à l'hôtel et se laissa conduire dans une petite pièce juste au-dessous de l'étage du congrès. On lui demanda de prendre place sur le sofa tandis qu'ils attendaient leur invité de marque.

James Sélardi se présenta quelques secondes plus tard, flanqué de deux impressionnants gardes du corps, sortis tout droit d'un magazine d'haltérophilie. Ses yeux noir charbon se fixèrent tout de suite sur la ravissante demoiselle qui caressait le velours des coussins.

— Elle est parfaite, murmura le politicien entre ses dents.

Aaron Fletcher bondit à la rencontre de Sélardi. Ce dernier lui serra la main comme s'il eût été un vieil ami.

— Je suis heureux de constater votre légendaire efficacité, le félicita l'homme du jour.

— Nous ne faisons que notre travail, je vous assure. Je vous présente Cindy Bloom.

Enfoncée dans le sofa, elle eut du mal à se lever. Sélardi devança Fletcher et lui tendit la main. Avec un sourire intéressé, il l'aida à se remettre debout.

— Je suis enchanté de faire votre connaissance, mademoiselle, lui dit le politicien en lui faisant un baisemain.

— Tout le plaisir est pour moi, monsieur Sélardi.

— À partir de cet instant, vous devrez m'accompagner et vous assurer que rien ne m'arrive jusqu'à ce que je sois le chef de ce parti et, bientôt, le Premier ministre de ce pays.

Cindy jeta un coup d'œil inquisiteur du côté des deux colosses qui l'attendaient près de la porte. Comment pourrait-elle le protéger mieux qu'eux ?

— Venez, j'ai quelque chose à vous montrer, la pressa-t-il.

L'agente se tourna vers son chef de mission. Ce dernier lui fit signe d'obéir. Elle laissa donc Sélardi la conduire dans le long couloir où des policiers habillés en civil se tenaient immobiles devant presque toutes ses nombreuses portes. L'un d'eux ouvrit celle d'un salon qui portait le nom de Dracon. « Ce n'est pas très engageant », songea Cindy. Elle se retrouva en plein quartier général des supporters du candidat. Ils étaient tous partis voter, mais les traces de leurs activités étaient encore très visibles.

— Voulez-vous manger quelque chose ? s'enquit Sélardi, en pointant de la main les tables couvertes de victuailles.

— C'est gentil, mais j'ai déjà déjeuné.

— Vous avez une voix musicale, mademoiselle Bloom. Vous l'a-t-on déjà dit ?

— Cela ne fait pas vraiment partie des qualités que recherchent mes employeurs, mais je retiens le compliment.

Elle fit quelques pas dans la pièce en examinant les possibles cachettes d'agresseurs de l'Alliance. « Je perds mon temps : ils peuvent surgir des planchers », se rappela-t-elle.

— Parlez-moi des menaces de mort que vous avez reçues, fit-elle en se tournant vers Sélardi.

— Il s'agit de coups de fil plutôt troublants.

Le politicien se cala dans une bergère et ne se gêna pas pour étudier les formes de sa nouvelle protectrice.

— Ils n'étaient pas assez longs pour être localisés, ajouta-t-il.

— Mes employeurs possèdent pourtant une technologie leur permettant de retracer les appels téléphoniques en quelques secondes à peine. Pourquoi n'avez-vous pas demandé leur aide dès le début ?

— Je croyais que c'étaient des canulars.

— Vous venez de dire que ces appels étaient troublants, et que vous les avez perçus comme de véritables menaces.

— Vous auriez dû être avocate, ma chère. Vous remarquez les petits détails.

— N'éludez pas ma question, je vous prie.

— Je suis obsédé par la vision d'un monde meilleur et cela ne plaît malheureusement pas à tout le monde. Je m'attendais à ces manœuvres d'intimidation de la part des vieux fossiles de ce pays. Toutefois, elles sont vite devenues plus explicites.

— Qui vous appelait, un homme ou une femme ?

— C'était une drôle de voix, un peu comme celle des poupées mécaniques des cirques de mon enfance. J'imagine que ces gens utilisaient des filtres.

— Vous a-t-on spécifiquement dit qu'on vous attaquerait à l'hôtel ?

Sélardi hocha doucement la tête. Il ne semblait pourtant pas effrayé outre mesure. Quelque chose clochait...

Cindy fit lentement le tour du grand salon, laissant surtout son intuition la guider. Les membres de la sécurité de l'Agence avaient certainement passé cette pièce au peigne fin, mais leur expertise était surtout technique.

Sélardi la laissa faire. Cependant, il ne la perdit pas de vue. Ce n'était pas le roulement de ses hanches qui le fascinait, mais la pureté de son énergie. Sa dernière victime remontait à des mois et elle n'avait pas été aussi belle que cette jeune agente.

Elle poursuivit son interrogatoire sur la nature des menaces adressées à Sélardi, mais ne put rien apprendre de plus. Peut-être était-ce une déformation professionnelle, mais il ne répondait à ses questions que de façon évasive.

Au bout de quelques heures en compagnie du politicien, Cindy commença à se sentir mal à l'aise. Elle cherchait continuellement des prétextes pour s'éloigner de lui dans la pièce. Il s'entêtait à la pourchasser sans se presser, souriant d'une oreille à l'autre. « Ce n'est pas parce qu'il est célèbre qu'il est automatiquement une bonne personne », se dit-elle en se rappelant les paroles de sa mère. D'ailleurs, toute la famille Bloom détestait la politique.

Elle fut sauvée par le retour de quelques membres de l'entourage de Sélardi. Leur enthousiasme lui fit penser qu'il devait être en avance sur les autres candidats. Elle profita donc de leurs bavardages pour se rendre à la salle de bains. En vitesse, elle franchit les portes entre les deux massifs gardes du corps, et heurta de plein fouet un jeune homme qui transportait une tonne de papier. Les feuilles volèrent dans les airs, et ils se retrouvèrent dans une véritable tempête de gros flocons rectangulaires.

— Oh mon Dieu ! s'exclama Cindy. Je suis vraiment désolée !

Elle s'accroupit en même temps que l'étranger pour l'aider à ramasser ses affaires. Au lieu de se répandre en invectives, il se contenta de la fixer dans les yeux. Cindy ramassa quelques feuilles et s'immobilisa, captivée par son regard.

— Est-ce qu'on se connaît ? balbutia-t-elle.

— Je dois vous parler, chuchota-t-il.

Elle était suffisamment intriguée pour le suivre n'importe où. Ils rassemblèrent les pages de l'énorme document tant bien que mal, et entrèrent dans un autre salon gardé par un policier. Il n'y avait heureusement personne. L'étranger déposa son fardeau sur une table basse, aussitôt imité par la jeune femme qui en avait aussi transporté une partie. Cindy prit le temps d'observer plus attentivement son visage.

— Qui êtes-vous ?

— J'ai emprunté ce corps pour vous parler.

L'agente fit quelques pas en arrière, craignant qu'il s'agisse d'un démon.

— Les yeux sont le miroir de l'âme, la rassura-t-il. Vous avez déjà reconnu les miens.

— Océlus ? fit-elle en jetant un coup d'œil horrifié à sa montre qui enregistrait tout.

Le jeune homme posa sa main sur le cadran en souriant.

— Ils n'entendront rien. Je ne peux me manifester dans mon propre corps sans risquer de perdre mes pouvoirs. Cependant, rien ne m'empêche de prendre temporairement cette apparence.

— Temporairement comme dans une heure, un jour ou une semaine ?

— C'est la première fois que je tente cette expérience, je ne saurais l'affirmer.

— En fait, ça m'est égal, tant que c'est bien vous làdedans...

Il sortit une chaînette de la poche intérieure de son veston et la déposa au creux de sa main. Cindy l'identifia en étouffant un cri de surprise. C'était un bijou que ses

63

parents lui avaient donné le jour de son départ de la maison...

— Où l'avez-vous trouvé ? s'étrangla-t-elle.

— Vous l'aviez laissé sur la table de Képhas. Je l'ai sauvé en même temps que ses précieux livres.

L'utilisation de ce seul nom la convainquit qu'il s'agissait du Témoin qui travaillait de concert avec Yannick Jeffrey pour sauver le monde. Elle sauta au cou d'Océlus et déposa un baiser reconnaissant sur ses lèvres. Il referma ses bras sur elle, heureux comme il ne l'avait jamais été dans sa première vie. Leur étreinte dura de longues minutes.

— Ce soir, si vous ne vous êtes pas évaporé, je vous en prie, venez chez moi, minauda-t-elle.

— Je ne m'oriente pas encore très bien dans un corps physique, mais je vous promets d'essayer.

Ils continuèrent de s'embrasser jusqu'à ce qu'une grande clameur s'élève du corridor.

— Oh non ! s'exclama Cindy. J'ai complètement oublié le politicien !

Ils s'élancèrent tous les deux et plongèrent dans une vague de partisans qui poussaient James Sélardi vers l'ascenseur. Ce dernier saisit l'agente par le bras pour l'entraîner avec lui.

— Vous arrivez à point nommé, dites donc, plaisanta le nouveau chef du parti.

— À mon avis, c'est au milieu d'une foule en délire que vous serez le plus vulnérable.

Elle perdit Océlus de vue, ou plutôt le jeune homme dont il avait emprunté le corps. Forcée de suivre le courant, Cindy se retrouva dans la grande salle où la moitié des participants jubilait tandis que l'autre tentait de se consoler. Elle chercha Océane, mais les gagnants levaient leurs bras dans les airs, l'empêchant de voir au-delà des premières rangées.

Sélardi la tira sur la petite estrade. Étonnée de se retrouver devant autant de monde, Cindy se figea. Les flashes des photographes l'éblouirent aussitôt. Comment arriverait-elle à faire efficacement son travail si elle ne pouvait rien voir ? Elle voulut reculer, mais se heurta aux gardes du corps du politicien. Heureusement pour elle, ses collègues de l'ANGE s'étaient dispersés dans la foule grouillante pour s'assurer qu'aucune des mains qui saluaient le nouveau leader ne tenait de pistolet ou d'arme blanche.

Lorsque les membres du parti finirent par se calmer, James Sélardi prit la parole. Il commença par remercier ses proches collaborateurs, qu'il semblait tous connaître par leur nom, puis sa famille et la nation. Cindy fronça les sourcils. Mais où étaient donc son épouse et ses enfants ? Ils auraient pourtant dû être à ses côtés en ce jour de triomphe.

— Ensemble, nous allons changer le monde ! clama-t-il en déclenchant un tonnerre d'applaudissements.

Aaron Fletcher s'approcha de Cindy pour lui parler dans l'oreille.

— Monsieur Sélardi sera bientôt conduit au restaurant de l'hôtel qui a entièrement été réservé pour son équipe, lui apprit-il. Monsieur Ashby pense que ce serait une bonne idée que vous vous y rendiez aussi.

— Y aura-t-il d'autres agents avec moi ?

— Nous patrouillerons à l'extérieur, comme l'a demandé monsieur Sélardi.

— Je serai seule là-dedans ?

— Nous nous tiendrons prêts à intervenir, juste au cas où. Mais il nous paraît improbable que celui qui a proféré des menaces à son intention fasse partie de ses proches.

— Connaît-on vraiment ses amis, monsieur Fletcher ? prêcha Cindy.

Pendant que les délégués venaient tour à tour serrer la main de leur nouveau chef, la jeune femme en profita pour s'éloigner et regarder dans la salle. Quel ne fut pas son soulagement d'apercevoir Océane ! Elle dévala les quelques marches de la tribune et se faufila entre les gens en s'excusant de les bousculer.

— Te voilà enfin ! se réjouit Cindy.

— Mais je suis ici depuis le début, se défendit l'aînée. Ce n'était pas très malin de ta part, par contre, de te planter directement à côté de Sélardi. Nous allons être obligés de faire des menaces à tous ces pauvres photographes pour te faire disparaître de leurs clichés.

— Je n'ai pas eu le choix ! Il me tenait par la main !

— Maintenant que j'y pense, on aurait dit que tu étais sa femme. Ils n'auront qu'à substituer vos visages.

— Encore faut-il qu'elle soit aussi bien avantagée qu'elle, ajouta le jeune homme qui patrouillait ce secteur avec Océane.

— Cindy, je te présente Aodhan Loup Blanc.

— C'est votre vrai nom ?

Il hocha doucement la tête avec un sourire espiègle.

— J'ai toujours rêvé de porter un nom comme ça.

— Tu n'avais qu'à devenir actrice, plaisanta Océane.

— Est-ce que vous êtes des nôtres ? demanda Cindy à voix basse.

— Oui, et il est dans la même situation que nous, confirma Océane. Est-ce que tu dois aussi border ton politicien ?

— Il n'en est pas question ! rougit la plus jeune.

— Est-ce qu'il te plaît, au moins ?

— Non ! J'ai d'autres plans pour ce soir.

— On vient juste d'arriver et tu as déjà un soupirant ?

Le regard soudainement enflammé de Cindy fit comprendre à Océane qu'il pouvait peut-être s'agir de leur allié, Océlus. Ce n'était pas le moment de discuter d'amis imaginaires devant un nouveau collègue.

— C'est le prix à payer quand on est belle, la taquina-t-elle plutôt.

Les journalistes encerclèrent Sélardi afin de recueillir ses premiers propos en tant que chef de son parti, ce qui donna un répit supplémentaire à Cindy.

— Serez-vous de garde devant le restaurant ? voulut-elle savoir.

— Non, indiqua Océane. Fletcher nous a avertis qu'il ne gardait que le quart de ses effectifs à l'hôtel. Nous sommes libres de rentrer chez nous ou à la base.

— Veinards…

Justement, Aaron Fletcher gesticulait dans leur direction. Cindy comprit tout de suite qu'elle devait reprendre sa place auprès de Sélardi.

— Sois brave, chuchota Océane.

Cindy fonça de nouveau dans la foule pour remonter sur l'estrade.

...008

La plupart des agents de l'ANGE quittèrent l'hôtel soit en voiture de l'Agence, soit en taxi. Océane décida de marcher jusque chez elle pour prendre le pouls de la ville. Aodhan allait lui demander s'il pouvait l'accompagner, lorsque sa montre se mit à vibrer. Il baissa les yeux sur le cadran où de petits chiffres verts clignotaient.

— Je suis désolé, soupira-t-il. Je dois retourner à mon accès personnel à quelques rues d'ici.

Sa déception n'était pas feinte, ce qui fit penser à Océane qu'il s'était véritablement formé un lien entre eux durant la journée.

— Nous aurons de nombreuses occasions de nous revoir, répliqua-t-elle pour lui remonter le moral.

Le sourire franc de la jeune femme suffit à le rassurer. Il la salua d'un timide mouvement de la tête et héla un taxi. Océane le suivit des yeux. Elle fut frappée de stupeur lorsqu'au milieu d'un groupe d'hommes qui bavardaient sous la marquise, elle reconnut Thierry Morin, le policier de la Sûreté du Québec qui lui avait fait la vie dure à Montréal. « Mais qu'est-ce qu'il vient faire à Toronto ? » se demanda-t-elle. Elle songea tout de suite à déguerpir, mais l'inspecteur l'avait déjà vue.

— Oh non ! déplora l'agente.

Elle tourna les talons et marcha le plus vite qu'elle le pouvait sans attirer l'attention de tous les représentants de la loi qui regagnaient leurs véhicules, garés sur la rue.

— Mademoiselle Chevalier ! cria Morin, derrière elle.

— C'est un cauchemar, grommela Océane en accélérant le pas. Je vais me réveiller d'un instant à l'autre et constater que je suis au milieu d'une expérience sur les rêves à Alert Bay.

— Attendez ! insista l'inspecteur en lui saisissant le bras.

Il la fit pivoter vers lui. Toutefois, Océane n'eut pas droit à son petit air supérieur et arrogant. Au contraire, son visage exprimait le soulagement. Thierry Morin savait fort bien que la jeune femme n'avait pas été tuée à Montréal, car il l'avait vue à travers un pilier de ciment au moment de l'attaque sournoise d'Ahriman. Cependant, il n'avait pas manifesté ouvertement sa présence dans cet immeuble. Il devait donc agir comme s'il la croyait morte.

— Vous étiez sur la liste des victimes de l'explosion, articula-t-il enfin.

— Si vous voulez me parler de ça, ne restons pas ici.

Elle l'incita à la suivre sur le trottoir.

— À moins que vous ayez mieux à faire ailleurs, ajouta-t-elle.

— Non. Je veux savoir ce qui s'est passé.

Elle ne connaissait pas très bien cette ville, mais au bout de quelques minutes, elle arriva à un petit café, pas trop bondé à cette heure tardive. Ils commandèrent des boissons chaudes et s'installèrent dans le coin le plus reculé. Océane prit son foulard et lui fit faire plusieurs tours autour de son poignet, de manière à empêcher son nouveau directeur d'entendre cette conversation. Elle savait fort bien qu'elle ne pouvait pas enlever sa montre, car un mécanisme à l'intérieur ferait savoir aux techniciens qu'elle n'était plus en contact avec sa peau.

— Avant que je vous dise quoi que ce soit, je veux savoir pourquoi vous êtes en Ontario, commença Océane en mettant la main sous la table.

— C'est compliqué, soupira-t-il.

Il but lentement son café, comme s'il cherchait une façon détournée de lui avouer la vérité. La jeune femme n'était pas pressée.

— Je suis sur la trace de dangereux criminels, avoua-t-il finalement.

— Qui ont quelque chose à voir avec la course à la direction d'un certain parti politique ?

— Peut-être bien. Est-ce aussi votre mission ?

— Nous devions seulement nous assurer que personne ne tente de tuer l'un des candidats qui a reçu des menaces de mort.

Un sourire coquin apparut sur les lèvres d'Océane.

— Avouez donc que vous étiez à ma recherche.

— Comment se fait-il que vous soyez toujours en vie ?

« Il est réellement inquiet », constata l'agente.

— Je n'étais pas dans ce quartier lorsqu'il a été pulvérisé, expliqua-t-elle.

— Pourquoi vos supérieurs ont-ils laissé les autorités montréalaises mettre votre nom sur la liste des victimes ?

— Pour nous rendre plus mobiles, je crois.

— Nous ? Parlez-vous aussi du professeur Jeffrey et de l'informaticien Vincent McLeod, qui ont été mêlés à d'étranges événements il y a quelques mois ?

— Vous êtes très perspicace.

— Ce sont aussi des agents, n'est-ce pas ?

Elle se contenta de hocher discrètement la tête.

— On dirait que ma mort vous a réellement secoué, dites donc.

Contrairement à Aodhan qui avait timidement détourné le regard, Thierry Morin la regarda droit dans les yeux.

— Il y a des émotions qui sont difficiles à expliquer, tenta-t-il.

— Vous commencez à me faire peur.

Pourtant, les yeux d'Océane pétillaient de plaisir devant son hésitation à lui déclarer ses sentiments.

— Je suis conscient que nous venons de deux mondes complètement différents, mais je ne peux nier une certaine attirance.

— Vous m'avez insultée, arrêtée, interrogée et même enfermée dans un placard !

— C'était pour votre bien.

Il l'obligea à mettre sur la table le poignet enroulé dans le tissu rouge.

— C'est une manie ?

— Nos montres nous servent de moyens de communication, mais à Toronto, on leur a ajouté une fonction supplémentaire, soit un dispositif d'écoute activé à distance, dit-elle en baissant la voix.

— Vos supérieurs manqueraient-ils tout à coup de confiance en leurs agents ?

— À vrai dire, je ne comprends pas ce qui se passe, mais il est normal qu'ils soient prudents après ce qui s'est produit à Montréal. Peut-être que c'est ainsi partout dans l'Agence, et que notre chef était trop désinvolte. Dans votre organisation, c'est différent ?

Il eut un moment d'hésitation.

— C'est encore plus compliqué, déclara-t-il. Je pourrais vous l'expliquer dans un bon petit restaurant pas très loin d'ici, par contre.

— Si je pouvais seulement enlever cette montre…

— Non, je vous en prie, gardez-la. Le foulard vous rend encore plus séduisante.

— J'aime bien votre sens de l'humour, monsieur Morin.

Comme promis, il l'emmena dans un établissement où l'on servait des grillades à toutes les sauces. On leur apporta une bouteille de vin rouge d'un bon cru que la jeune femme goûta avec plaisir.

— Un toast ? suggéra-t-elle.

Thierry Morin versa dans son propre verre le contenu d'un petit tube transparent qu'il semblait tenir à la main depuis un moment. Océane eut juste le temps de voir se dissoudre la poudre blanche.

— C'est de la drogue ? demanda-t-elle, surprise.

— En quelque sorte. C'est une potion qui me tient en vie.

— Vous êtes décidément l'homme le plus étrange que j'ai rencontré de toute ma vie, et cela comprend même les démons qui nous harcèlent.

— Je suis flatté. Buvons, si vous le voulez bien, à la sauvegarde de cette planète.

Ils entrechoquèrent leurs verres. Océane observa la tension s'envoler du visage de son compagnon tandis qu'il avalait très lentement la boisson. Cette poudre, si ce n'était pas un stupéfiant, lui apporta un réconfort évident.

— Vous êtes diabétique ou quelque chose du genre ?

— Pourrait-on commencer à se tutoyer et à utiliser nos prénoms ?

— À notre première sortie ?

Il adorait les petits plis qui se formaient au coin de ses yeux lorsqu'elle se moquait de lui. Tout en elle le charmait, mais pouvait-il vraiment lui poser la question qui trottait dans son esprit depuis qu'il l'avait retrouvée devant l'hôtel ?

— Alors, mon cher Thierry, de quelle maladie souffres-tu ?

— J'ai dû tuer tous ceux à qui j'en ai parlé.

Elle éclata de rire, puis s'efforça de se calmer devant sa mine rassise.

— Il n'y a pas d'assassins au Vatican, voyons, rétorqua-t-elle.

Un sourire énigmatique apparut sur le visage du policier.

— Tout dépend du rang qu'on y occupe, lui confia-t-il.

— Tu dis ça sérieusement ?

Il garda un silence coupable.

— Je crois qu'il est temps que tu me parles de toi, exigea-t-elle.

Il se cala dans sa chaise en prenant une profonde respiration. Océane se demanda s'il pouvait vraiment lui dire la vérité. Il y avait tellement de secrets au Vatican…

— Je ne sais pas où je suis né, mais c'est probablement en Italie. Mon mentor m'a raconté qu'on m'avait déposé dans un panier sur le parvis d'une petite église là-bas. Les prêtres m'ont confié à un orphelinat, puis ils ont payé mes études dans un pensionnat.

— En italien ?

— En plusieurs langues, en fait. Il s'agissait d'une école internationale. Mon mentor m'en a retiré juste avant l'obtention des grades, même si j'étais parmi les meilleurs de ma classe. C'est là que ma véritable formation a commencé.

— Qui est ce mentor ?

— Il fait partie d'une organisation qui tente de protéger les habitants de la Terre contre les plus importantes menaces qui pèsent sur eux.

— Tu es sur le point de remporter le trophée de l'explication la plus vague qu'on ait fourni à un espion depuis dix ans.

La remarque de la jeune femme le fit sourire. Son métier lui avait appris à être imprécis et contradictoire afin de protéger ses arrières.

— Puisque tu appartiens à une agence qui n'est pas censée exister, tu sais donc qu'il y a d'autres regroupements de personnes qui ne tiennent pas vraiment à être connus. Certains répandent le mal sur la Terre, d'autres tentent de les en empêcher. Je fais partie de ces derniers. Ma société secrète existe depuis des milliers d'années.

— Je suppose que vous étiez déjà là au temps de l'homme des cavernes ? se moqua Océane.

— Bien avant.

Elle lui adressa un regard incrédule, mais toutefois indulgent.

— C'est ce qu'on t'a appris à l'école internationale ? s'inquiéta-t-elle.

— L'histoire, telle qu'elle est enseignée en ce moment, a été falsifiée par les reptiliens.

Océane se raidit en entendant ce nom. Vincent lui avait ressassé cette théorie chaque fois qu'il en avait eu l'occasion à Alert Bay. Pourquoi un homme venu de l'autre côté de l'océan la ramenait-il sur le tapis ?

— Vous les connaissez donc déjà, comprit Thierry.

— J'en ai entendu parler, mais je n'ai rien vu qui prouve leur existence. D'ailleurs, si je me souviens bien, il s'agirait d'une race d'êtres vivant sous terre qui chercherait maintenant à remonter à la surface.

— Un très petit nombre d'entre eux habitent encore les grottes souterraines. Les plus menaçants ne sont même pas des créatures physiques.

— Êtes-vous un auteur de science-fiction ou un enquêteur du Vatican ?

— Savez-vous pourquoi vous ne croyez pas un seul mot de ce que je dis, en ce moment ?

— Parce que je suis saine d'esprit ?

— Un jour, je vous démontrerai hors de tout doute que je dis la vérité. Pour l'instant, il vous suffit de savoir qu'au début des temps, deux races extraterrestres ont lutté pour la possession de cette magnifique planète.

Océane arqua un sourcil : cet homme était loin d'être ennuyeux, mais...

— L'une, en provenance des Pléiades, était d'apparence humaine, l'autre était reptilienne, poursuivit-il.

— D'où vient cette dernière ?

— Elle a conquis bon nombre de systèmes stellaires, mais elle tire ses origines d'une planète orbitant autour de l'étoile que nous connaissons sous le nom de Véga.

— Qui a gagné ? s'enquit Océane en jouant le jeu.

— La première guerre a été remportée par les Pléadiens, des hommes blonds de grande stature qui croyaient à la bonté et à la droiture. Ils ont repoussé les serpents sous la terre en espérant naïvement qu'ils y resteraient. Ils ignoraient, à l'époque, que leurs véritables dirigeants habitaient une autre dimension.

— Et tu comptes me prouver ça ?

— En temps et lieu.

— Tu parles d'une première guerre, récapitula Océane. Il y en a eu d'autres ?

— Il y en a encore. Les reptiliens ont trouvé une nouvelle façon de s'imposer : ils ont fusionné leur ADN à celui des Terriens et même à celui des Pléadiens. Ces hybrides forment deux races distinctes et elles ne s'aiment pas du tout.

— À quoi ressemblent-ils ?

— Ils ressemblent à monsieur et madame Tout-le-monde, sauf pour leurs yeux. Les premiers ont des yeux noirs de serpent. Ils sont plus primitifs et plus dangereux. Ils sont directement manipulés par leurs dirigeants invisibles. Les seconds ont les yeux bleus et ils sont très grands.

— Comment les reconnaît-on, alors ?

— Ce sont des êtres assoiffés de puissance. On les retrouve surtout dans des positions de pouvoir.

— Comme James Sélardi, comprit finalement Océane. Tu crois qu'il fait partie de ces reptiliens ?

— Je ne serais pas ici si je n'en étais pas persuadé.

— Dans ce cas, nous avons un sérieux problème. Mon travail est de veiller à sa sécurité et le tien est de le neutraliser.

— Lorsque tu auras suffisamment trempé dans la politique, tu finiras par admettre que j'ai raison.

Océane adorait les défis. Mais puisqu'il se faisait tard, elle annonça à son homologue italien qu'elle devait rentrer chez elle. Il régla l'addition et la raccompagna jusqu'à son immeuble. Ils marchèrent sur le trottoir en silence pendant un petit moment.

— Tu n'es donc pas un agent secret du pape, conclut-elle.

— Non. Disons que je suis un guerrier au service d'une bande d'anges gardiens.

Elle trouva l'image plutôt amusante. « Je choisis vraiment des amis bizarres », songea-t-elle.

— Y a-t-il des reptiliens dans l'ANGE ?

— Oui.

Elle s'arrêta net et lui fit face. Il était tout à fait sérieux.

— Qui ? demanda-t-elle sur un ton autoritaire.

— Il ne m'appartient pas de les dénoncer. Ce n'est pas mon travail.

Elle se remit à marcher, plus nerveusement cette fois. Thierry eut du mal à la suivre jusqu'à la porte de verre de son immeuble où deux hommes habillés en noir semblaient l'attendre. Elle se tourna vers l'inspecteur en s'efforçant d'adopter une mine plus détendue. Son compagnon avait aussi remarqué les membres de la sécurité de l'ANGE, mais il fit semblant de ne pas les voir.

— Merci pour cette magnifique soirée, dit-il en souriant.

— C'est à moi de te remercier pour m'avoir montré que cette ville était accueillante.

Il lui saisit doucement les bras et l'attira à lui. Elle ne résista d'aucune façon lorsqu'il l'embrassa. Jouait-il la comédie pour lui éviter un interrogatoire en règle de son nouveau directeur, ou exprimait-il ses véritables sentiments envers elle ?

— J'aimerais que nous répétions cette expérience bientôt, ajouta-t-il en desserrant son étreinte.

— Le dîner ou le baiser ?

— Les deux.

Il l'embrassa une seconde fois et la fixa dans les yeux.

— Ça ira, chuchota-t-elle. Je suis une grande fille.

Elle le quitta à regret et marcha vers la porte. Un des deux hommes la lui ouvrit sur-le-champ.

— Merci, c'est gentil, lui dit Océane en se tordant le cou pour voir Thierry s'éloigner sur le trottoir.

— Suivez-nous, ordonna le membre de la sécurité, une fois qu'ils furent à l'intérieur. Monsieur Ashby aimerait vous parler.

— Je mourais justement d'envie de le rencontrer en personne.

Ils la conduisirent vers la limousine de l'ANGE.

...009

Rien n'allait plus pour Cédric Orléans. En plus de perdre sa base de Montréal, il avait laissé filer le Faux Prophète, perdu deux hommes de l'équipe d'élite, et avait été grièvement blessé. Peu de temps après son rétablissement, les réunions avaient commencé à Alert Bay. Au début, il avait cru que les dirigeants de l'ANGE voulaient le consulter sur l'emplacement de la future base québécoise, mais il avait vite compris qu'il s'agissait d'interrogatoires sur les événements qui avaient précédé la destruction de son quartier général.

Même en sachant que Kevin Lucas et Michael Korsakoff cherchaient à le prendre en défaut, Cédric avait conservé son calme durant ces interminables entretiens. L'agressivité de Kevin ne l'avait pas surpris, car ils avaient été des rivaux toute leur vie. Cependant, celle du directeur de l'Amérique du Nord l'avait déconcerté. Il avait toujours maintenu des rapports cordiaux avec Korsakoff depuis qu'il travaillait pour l'Agence. Pourquoi tout à coup cet homme remettait-il toutes ses décisions en question ?

En ce frisquet matin de décembre, il tournait en rond dans la suite où on l'avait expédié, à Genève. L'hôtel se situait en bordure d'un grand lac, mais Cédric n'avait pas le cœur à admirer le paysage. Il jouissait du même luxe qu'un ambassadeur, mais sa prison était étroitement surveillée. On le laissait circuler à sa guise sans le perdre de vue toutefois. Il y avait des membres de la sécurité internationale dans le couloir des chambres, dans la salle à manger, dans le grand portique et même dans les jardins.

Cédric finit par s'asseoir sur son lit en pensant davantage à sa situation. Son arrestation signifiait probablement qu'il ne serait plus jamais un directeur de l'ANGE. Il connaissait le sort destiné aux agents expulsés de l'Agence, mais il n'avait jamais entendu parler de celui qu'on réservait aux dirigeants soupçonnés de trahison. « C'est probablement l'exécution », songea-t-il sans s'alarmer. De toute façon, Cédric était incapable de ressentir les mêmes émotions que les hommes et les femmes qui avaient travaillé sous ses ordres. Il faisait partie d'une race vieille comme le monde, une race qui cherchait à s'implanter sur une planète qui ne voulait pas d'elle.

Contrairement aux humains, à la plupart des hybrides et aux autres peuples extraterrestres qui s'étaient établis en douce sur la Terre, les reptiliens de souche pure n'éprouvaient ni plaisir, ni peine, ni honte, ni regret. Par contre, ils étaient intellectuellement supérieurs aux sang-mêlé. C'est pour cette raison que leurs dieux les plaçaient immanquablement dans des positions de supériorité dans la société terrestre. Beaucoup de ses semblables étaient des chefs de gouvernement, des magnats de la finance ou de grands commandants militaires. S'ils savaient se reconnaître entre eux, ils ignoraient qui les dirigeait tous.

Même s'il ne se souciait plus de son propre sort, Cédric n'était pas complètement indifférent à celui que subiraient ses agents. Il avait réussi à arracher à Kevin Lucas la promesse que Cindy et Océane resteraient ensemble, mais il n'avait pas pu empêcher la division nord-américaine de s'emparer de Yannick. Quant à Vincent, il serait en sécurité à Alert Bay.

Il entendit alors un grincement familier à l'extérieur. Il bondit vers la fenêtre et scruta le parc. Ne repérant rien d'anormal, il ouvrit la porte vitrée. Le couinement se fit entendre à nouveau et, cette fois, il le reconnut clairement : quelqu'un de sa race lui lançait un appel. Normalement, Cédric l'aurait ignoré afin de ne pas mettre les siens en danger, mais il y avait des semaines qu'il n'avait pu se sustenter de manière convenable. Les reptiliens se nourrissaient de chair vivante et de sang tous les deux ou trois mois. Lorsqu'ils n'en trouvaient pas, ils absorbaient de l'or réduit en poudre fine. Celui ou celle qui le réclamait en avait sans doute à lui offrir…

À l'inverse des autres races qui se partageaient ce monde, les reptiliens ressentaient la présence des leurs. Sans être télépathes, ils parvenaient à capter la détresse des autres membres de leur colonie.

Cédric décida d'aller à la rencontre de son congénère. Il enfila une veste de laine et quitta son appartement. Il salua l'un de ses nombreux gardiens qui étaient dans le corridor, et poursuivit sa route jusqu'à l'escalier. Il rencontra un autre homme en noir en arrivant sur le palier, sans toutefois que ce dernier l'arrête. Il traversa le hall d'entrée pour aboutir enfin dehors. L'air frais attaqua férocement ses poumons. Les reptiliens aimaient la chaleur et détestaient le froid. Il croisa les bras sur sa poitrine pour se tenir au chaud et s'aventura dans le jardin.

Il marcha lentement sur l'allée de gravier qui serpentait entre des massifs de peupliers, d'acacias et de pins. Une brise glacée s'élevait du lac. Il entendit un court grincement. Celui qu'il cherchait était tout près et lui demandait de s'asseoir. Il n'y avait qu'un banc de bois dans cette partie du jardin. Il y prit place en promenant son regard sur l'étendue bleue où le vent faisait de petites vagues.

— Tu es loin de chez toi, Neterou, siffla une voix dans le buisson derrière lui.

— Ce n'est pas par choix, murmura Cédric.

Heureusement, on lui avait retiré sa montre en le faisant monter dans l'avion privé de l'ANGE. À moins de se trouver très près de lui, ses geôliers ne pouvaient entendre ce qu'il disait.

— Ces humains sont-ils tes ennemis ?

— Ils ne font que leur travail. Leurs chefs leur ont demandé de me surveiller.

— Que te reproche-t-on ?

— Je n'en suis pas certain. À mon avis, j'ai bien agi, mais il semble qu'une décision que j'ai dû prendre dans le feu de l'action les irrite beaucoup.

— C'est pourtant l'un des privilèges que t'accorde ton sang.

— Ce sont des humains. Ils ne peuvent pas comprendre.

— Ils sont nos esclaves et ils te doivent obéissance.

C'était ce que les parents de Cédric lui avaient répété pendant toute son enfance. Ses professeurs reptiliens avaient pris la relève à l'école, si bien que lorsqu'il s'était inscrit à l'université des hommes, il s'était fait un devoir de se tenir à l'écart de ces infidèles. Il s'était si bien distingué de ses condisciples que l'ANGE l'avait recruté quelque temps après le début de sa pratique de droit.

— Ou as-tu oublié qui tu es, Neterou ?

— Je connais mon rang.

— Je peux faire tuer ces mécréants.

— Je ne connais pas encore ma sentence. Ce serait un geste prématuré.

Cédric se retourna lentement vers le bosquet, comme s'il avait capté la présence d'un oiseau dans les branches. Il entrevit, sous son large capuchon, le visage immaculé du Dracos : c'était un des rois serpents ! Dans leur société souterraine, les albinos avaient le sang le plus pur. Ils étaient les descendants en ligne droite des dieux du ciel.

— Tu es surpris de découvrir qui je suis.

— Vous ne remontez jamais à la surface...

Une pupille verticale séparait les iris rouges du grand seigneur. Sa bouche entrouverte laissait paraître une rangée de dents acérées.

— Nous y allons rarement, mais certaines situations l'exigent. Je suis venu rencontrer un banquier d'une souche parente à la tienne et j'ai senti ta présence.

— Je suis honoré.

Cédric fit un geste pour le saluer de la tête.

— Ne baisse pas le front, ordonna le Dracos. Continue de me regarder dans les yeux.

Il s'agissait d'un commandement dangereux de la part d'un roi serpent. Ces créatures avaient la fâcheuse habitude d'hypnotiser leurs victimes avant de les mordre.

— J'ai bien connu ton père. C'était un fidèle serviteur de la reine.

Cédric ne se rappelait que des abus dont il avait été victime durant les premières années de sa vie. Les images de son passé étaient vagues, souvent irrationnelles, parfois même cauchemardesques.

— Elle serait enchantée que tu lui reviennes.

— Tout dépendra du jugement qui sera prononcé contre moi, noble seigneur.

— Tu es sage. J'apprécie ta patience. Puisque j'ai encore des affaires à régler dans cette région, je reviendrai dans trois jours. À ce moment-là, tu me feras connaître ta décision.

— Je vous obéirai.

— J'ai versé de l'or pour toi dans la fontaine là-bas.

Le Dracos s'enfonça dans la terre comme dans du sable mouvant. Juste à temps d'ailleurs. Alertés par le comportement étrange de leur prisonnier, deux des membres de la sécurité arrivaient à la course. Cédric leva un regard surpris sur eux.

— À qui parliez-vous ? aboya l'un d'eux.

— À un petit oiseau téméraire qui est presque venu se poser dans ma main, répondit innocemment Cédric. Si vous vous étiez approchés plus calmement, vous auriez pu le voir.

Les surveillants échangèrent un regard incrédule.

— Il est temps de rentrer, monsieur Orléans, fit l'autre avec plus de courtoisie.

— Laissez-moi boire un peu, je vous prie.

Sans attendre leur réplique, Cédric marcha résolument vers la fontaine où il avala presque un litre d'eau légèrement brouillée par l'or. Il sentit une nouvelle énergie circuler en lui. S'il avait eu un récipient, il l'aurait certainement rempli pour le rapporter à l'hôtel.

Les hommes en noir ne le ramenèrent cependant pas à sa chambre. Ils le conduisirent plutôt dans un salon privé dont l'immense baie vitrée offrait une vue saisissante de la région. Une femme se tenait debout devant la large fenêtre. Cédric ne voyait que son dos, mais il devina tout de suite son identité. Les gardiens refermèrent les portes derrière lui, signalant au chef suprême de l'Agence que son invité était enfin arrivé.

Mithri Zachariah se retourna très lentement. C'était une grande dame, disaient les rumeurs qui circulaient dans l'ANGE. Très peu de directeurs avaient eu le bonheur de la rencontrer. Ses cheveux blancs étaient coiffés de façon impeccable. Elle portait un tailleur sobre mais de grande marque.

— Monsieur Orléans, venez vous asseoir, je vous prie.

Elle n'avait pas d'accent : il était impossible de deviner sa nationalité. Cédric prit place dans une des deux bergères séparées par un guéridon où reposaient une théière et deux tasses de fine porcelaine.

— Vous prendrez bien le thé avec moi ?

Il accepta d'un mouvement sec de la tête, même s'il n'avait pas vraiment soif.

— Ne soyez pas tendu. Il ne s'agit pas d'un procès.

— C'est pourtant ce que je ressens depuis mon départ forcé de Colombie-Britannique.

— C'est ma faute et je m'en excuse. Des situations plutôt urgentes me retenaient en Europe, alors je vous ai fait venir à moi.

Elle versa le liquide chaud dans les tasses, avec beaucoup d'entrain. Cédric épia tous ses gestes, toutes ses expressions. Les humains le fascinaient.

— J'ai déjà lu les rapports de messieurs Korsakoff, Lucas et Shanks, mais je veux entendre vos explications de votre propre bouche.

— Je l'apprécie, merci.

Il trempa lentement les lèvres dans le thé, une boisson qu'il avait appris à aimer depuis sa nomination au poste de directeur.

— J'ai aussi étudié votre parcours, continua Mithri Zachariah. Il est irréprochable. Toutes les décisions que vous avez prises depuis que vous dirigez la base de Montréal ont été rationnelles, et même brillantes. Mais il semblerait que depuis quelques mois rien ne va plus.

Cédric fixa les yeux clairs de la dame, aussi ensorcelants que ceux du roi serpent.

— Je sais bien que ce n'est pas votre faute si l'Alliance a débarqué précisément chez vous au début de l'automne. Nous nous inquiétons toutefois que vous ayez donné un caractère biblique à cette soudaine invasion.

— Monsieur Korsakoff a en effet refusé d'y voir un lien avec les prophéties reliées à la montée de l'Antéchrist.

— Qui fait partie de la théorie d'un de vos agents les plus hauts en couleur.

— Yannick Jeffrey n'est pas un illuminé, contrairement à ce que clame monsieur Korsakoff. Je travaille avec lui depuis dix ans. Il est intelligent, éloquent, rusé et efficace.

— Mais il croit à des chimères.

— C'est un érudit qui a étudié tous les textes sacrés imaginables. Je lui ai personnellement donné la permission de créer une base de données sur les événements censés précéder les atrocités dont parlent les prophètes. J'ai suivi son travail de près et je dois avouer qu'il mérite de s'y attarder davantage.

Le chef de l'Agence l'écoutait avec une attention presque reptilienne. Pourtant, si elle avait fait partie de sa race, Cédric l'aurait immédiatement ressenti.

— Un directeur ne doit jamais quitter sa base, lâcha-t-elle. Pourquoi avez-vous quitté la vôtre à la tête d'un commando suicide ?

— Je croyais pouvoir coincer le Faux Prophète.

— Vous doutez des capacités de vos agents, donc ?

— Ils avaient tous été identifiés par l'ennemi.

— Il y a pourtant d'autres bases dans votre province.

— Nous étions tous assaillis.

Elle était certainement au courant de ces événements, mais le protocole l'empêchait de les lui rappeler. Il devait lui répondre comme s'il s'agissait d'un premier interrogatoire. Sans doute voulait-elle voir s'il allait se contredire. C'était mal juger l'esprit d'un reptilien.

— J'ai agi au meilleur de ma connaissance, ajouta Cédric en conservant son calme. En fait, je me reproche encore de n'avoir pas déclenché la mission *Adonias* plus tôt. J'aurais peut-être pu sauver ma base.

— Vous semblez oublier que l'ANGE tire sa force du respect de ses règlements.

— Je le sais mieux que quiconque, madame. L'histoire nous a cependant appris que certaines civilisations ont disparu parce qu'elles ne possédaient pas la souplesse de déroger à leurs propres règles.

Un large sourire éclaira le visage de Mithri Zachariah.

— Vous vous défendez bien.

— C'est justement ce qui me consterne le plus, avoua Cédric. Je ne devrais même pas être accusé d'avoir agi pour le mieux.

— C'est ce que nous tentons de déterminer. Si vous étiez si sûr de pouvoir appréhender l'homme que vous appelez le Faux Prophète, pourquoi vous a-t-il échappé ?

Si elle ne croyait pas à l'Antéchrist, elle n'allait pas accorder quelque crédibilité que ce soit à ce qu'il avait vu le soir de l'explosion.

— Il possède des armes dont nous ne soupçonnions même pas l'existence, choisit-il de répondre.

— Des boules de feu, c'est bien ça ?

— Je n'avais jamais rien vu de tel. Il parvenait à les matérialiser dans ses mains plus vite que nous n'arrivions à presser sur la détente.

— Vous croyez qu'il s'agit de pouvoirs surnaturels ?

— Je n'en sais franchement rien.

Elle but un peu de thé en étudiant le visage du directeur provincial.

— Michael Korsakoff est persuadé que vous avez laissé cet homme s'échapper.

— Il était plutôt difficile pour moi de le retenir avec les blessures qu'il m'a infligées.

— Et tout de suite après, votre base a explosé…

Cédric ferma les yeux, affligé. Il avait connu personnellement tous ceux qui y travaillaient : des gens d'une expertise inégalée qui ne pourraient jamais tout à fait être remplacés.

— Seule une grande quantité d'explosifs peut pulvériser une installation souterraine ainsi que le quartier sous lequel nous l'avions construite, poursuivit implacablement son chef. Comment l'Alliance a-t-elle réussi à y introduire ces charges sans que vous le sachiez ?

— Vous m'accusez de les avoir laissés volontairement passer ? s'offensa Cédric.

— C'est la seule explication plausible.

Il se cala dans la bergère, abasourdi.

— Si c'est un coupable que vous cherchez, j'imagine que n'importe qui fera l'affaire, maugréa-t-il.

— Ce n'est pas notre habitude de condamner des innocents.

— C'est pourtant ce que vous êtes en train de faire.

Cédric se leva et marcha nerveusement jusqu'à la fenêtre. Sa carrière avec l'ANGE venait de prendre fin.

— Serai-je accusé de haute trahison ? demanda-t-il en cherchant des yeux le bosquet où son congénère lui était apparu.

— Il me faudrait des preuves plus solides pour vous imposer la peine de mort, monsieur Orléans. Mais vous comprendrez que dans les circonstances, tant qu'il subsistera un doute dans nos esprits, vous ne pourrez pas reprendre votre poste.

— Qu'adviendra-t-il de moi ?

— Nous possédons des installations très privées dans l'Arctique.

Pour la première fois de sa vie, Cédric ressentit une émotion qui se rapprochait du désespoir. Il était coincé entre une vie d'exil dans un pays de glace, ou un retour dans le monde souterrain où son rang ne lui donnerait pas l'occasion de vivre longtemps. Une image de son passé refit surface dans son esprit : son père avait été déchiqueté par des Dracos de sang pur, des enfants de la reine...

— Monsieur Orléans ?

Mithri Zachariah posa la main sur son épaule, le faisant sursauter.

— Vous saviez à quoi vous vous exposiez en déclenchant cette mission, lui rappela-t-elle.

— J'avais l'intention de réussir…

— Vous partirez ce soir.

Le roi serpent n'aurait pas le temps de venir le soustraire à sa sentence, et les reptiliens ne fréquentaient pas ces terres gelées. Il entendit claquer la porte. Il était désormais seul au monde.

...010

Les deux colosses, qui suivaient James Sélardi comme son ombre, s'installèrent devant les portes du restaurant, fermé au grand public. Les partisans du politicien se massèrent autour des tables rondes en bavardant comme des pies. « On dirait des collégiens », pensa Cindy Bloom en marchant entre les tables. Elle cherchait la présence d'une arme quelconque, car le nouveau chef du parti mondialiste avait refusé que ses invités soient fouillés. Cindy ne comprenait pas encore pourquoi elle était la seule agente de l'ANGE à couvrir cet événement. Il y avait bien quelques collègues à l'extérieur, dans le vestibule, mais que pourraient-ils faire si quelqu'un décidait de vider un revolver dans la poitrine de Sélardi ?

Lorsque vint le temps de porter le premier d'une longue série de toasts, l'homme du jour réclama la présence de la jeune femme à sa table. Cindy s'y rendit de bonne grâce. Elle leva son verre comme tout le monde, mais ne but rien. Un agent ne pouvait pas absorber d'alcool lorsqu'il était au travail.

— Je vous en prie, goûtez-moi ce champagne ! la pressa le politicien.

— C'est contre le règlement.

— Il me coûte une petite fortune ! Allez, faites un effort !

— Je suis désolée, monsieur Sélardi. J'ai reçu des ordres.

— Appelez-moi James.

Inutile de tenter de lui expliquer que cela allait aussi à l'encontre du protocole. Ses yeux brillaient de fierté en ce jour de victoire. Cindy voulut poursuivre sa ronde, mais Sélardi la força à prendre place près de lui.

— Il ne vous est pas interdit de manger, non ?

— Seulement après le travail.

— Mais vos patrons sont des monstres, on dirait. Vous devriez venir travailler pour moi.

— Il faudrait d'abord que j'aime la politique.

— Vous êtes d'une franchise rafraîchissante, Cindy. Puis-je vous appeler Cindy ?

Elle choisit de ne pas répondre et jeta plutôt un coup d'œil inquisiteur au potage.

— Pourquoi votre femme n'était-elle pas avec vous, aujourd'hui ? voulut-elle savoir.

— Elle n'aime pas les foules.

— Vous n'étiez donc pas politicien lorsqu'elle vous a épousé ?

Il s'esclaffa, provoquant l'hilarité de tous ses proches.

— Tout le monde devrait avoir une amie comme vous, finit-il par articuler en essuyant des larmes de plaisir.

— J'ai dit cela très sérieusement, se hérissa-t-elle.

— Vous avez raison : Carolyn a accepté de devenir ma femme parce que j'enseignais à l'université, où elle aurait voulu que je devienne recteur. C'est une femme autoritaire et arrogante. Elle devient malheureusement hystérique lorsque je la contrarie en public. Alors, il valait mieux pour tout le monde qu'elle reste à la maison où elle peut terroriser nos domestiques en toute quiétude.

— C'est le grand amour, si je comprends bien.

— L'amour est une invention du cinéma, ma chère Cindy. Dans la vraie vie, il est préférable de contracter des alliances de pouvoir.

Les yeux noirs de Sélardi, où on ne pouvait pas voir de pupilles, effrayèrent la jeune femme qui crut y déceler une flamme de cruauté. « Peut-être bien que sa femme est emprisonnée dans sa propre maison », songea Cindy.

— Veuillez m'excuser, mais je dois faire mon travail, fit-elle.

Elle se leva juste à temps pour éviter sa main qui cherchait une fois de plus à saisir son bras. Finalement, elle aurait préféré poursuivre les démons de l'Alliance dans les rues de Montréal plutôt que d'assister à ce banquet de partisans.

Sans se presser, elle fit le tour de la salle, scrutant les tables et les invités. Son regard s'arrêta sur le visage maintenant plus familier de l'homme avec qui elle avait échangé de langoureux baisers un peu plus tôt.

— Océlus ? chuchota-t-elle.

— Qui ? s'étonna le jeune assistant.

— Vous n'êtes plus Océlus ?

— Je ne l'ai jamais été, s'offusqua-t-il. Je m'appelle Mathieu Martel. Vous me confondez avec une autre personne, j'en ai peur.

— Je suis vraiment désolée.

Les joues rouges de gêne, l'agente poursuivit son chemin. Ses plans pour la soirée venaient de s'évanouir puisque, de toute évidence, le Témoin n'avait pas réussi à conserver son emprise sur ce corps. « Il en a peut-être choisi un autre ? » se réjouit-elle. Elle chercha donc son bel étranger dans les yeux des convives masculins. Aucun ne lui rendit son sourire. En fait, à part Sélardi, personne ne se préoccupait vraiment d'elle.

Lorsque les invités commencèrent à partir les uns après les autres, Cindy communiqua avec la base de Toronto pour rapporter l'absence d'assassin dans l'entourage du politicien. Elle demanda la permission de rentrer chez elle, ce qu'Ashby sembla hésiter à lui accorder.

— Êtes-vous bien certaine que monsieur Sélardi n'a plus besoin de vous ?

Elle jeta un coup d'œil vers sa table. Il était tellement ivre qu'il avait du mal à conserver son équilibre.

— Absolument certaine, répondit-elle.

— Avez-vous besoin qu'on vous raccompagne ?

— Non, merci. Après ce bain de foule, j'aimerais être un peu seule.

Elle se dirigea vers la sortie où se tenaient toujours les deux gardes du corps et craignit, pendant un instant, qu'ils ne la laissent pas passer. À son grand soulagement, ils lui ouvrirent galamment les portes. On lui remit son manteau. Elle le boutonna en traversant le vestibule et releva la tête juste à temps pour ne pas heurter un bel athlète, blond comme les blés, qui transportait un énorme sac de sport.

— Où allez-vous comme ça ? s'enquit-il avec un adorable accent suédois.

— Je suis sûre que vous êtes un type épatant, mais j'ai eu une grosse journée et...

— Vous n'avez pas passé votre chaîne à votre cou ?

— Océlus ?

Il était plutôt difficile de le reconnaître dans ces yeux turquoise. Il posa la main sur le cadran de sa montre avec un sourire.

— Lorsque j'ai découvert que l'autre homme devait absolument rentrer chez lui, j'ai tout de suite cherché un autre sujet.

Convaincue que c'était bien Océlus, Cindy prit sa main et l'entraîna dehors.

— Ils vont trouver étrange à la base que ma montre devienne muette aussi souvent, s'inquiéta-t-elle.

— Je ne le crois pas, puisqu'elle continue d'enregistrer tous les autres bruits autour de vous.

— Il y a des caméras chez moi.

— Je veillerai à ce qu'elles n'enregistrent rien.

Elle le ramena chez elle, puis verrouilla la porte. Océlus version scandinave déposa son fardeau dans le salon. Il remarqua tout de suite la note qu'il avait laissée la veille à sa jeune amie.

— Je les collectionne, plaisanta Cindy en revenant vers lui.

Elle l'obligea à s'asseoir sur le sofa près d'elle. Puisqu'elle savait ce qui était arrivé à Yannick lorsqu'il s'était abandonné à sa passion, elle voulut faire preuve de plus de prudence dans le cas du deuxième Témoin. Dieu l'enverrait certainement en enfer si elle devait priver celui-là de ses pouvoirs.

— Avant que j'assouvisse des besoins que je refoule depuis longtemps, jurez-moi que ces jeux amoureux n'auront aucun effet néfaste sur vous, déclara-t-elle.

— C'est mon corps que je dois préserver du péché, et celui-là n'est pas à moi.

— Du péché ? répéta-t-elle, insultée.

— Nous ne sommes pas mariés.

— Une fille, qui est supposée avoir péri dans une explosion à Montréal, pourrait-elle vraiment épouser un des Témoins de l'Apocalypse qui, en fait, n'est même pas corporel ?

— Si nous ne sommes pas censés exister, pourquoi nous en inquiéter ?

Ils s'embrassèrent pendant un moment, puis Cindy le repoussa doucement.

— Avant que je perde totalement la maîtrise de moi-même, dites-moi où est Yannick, l'implora-t-elle.

— Il est en mission de surveillance à Jérusalem, ce qui me permet de le laisser seul de temps en temps. Lorsque son agence le mettra en situation dangereuse, je devrai retourner à ses côtés.

— Ce qui est tout à fait normal. Savez-vous aussi où est Cédric ?

Le visage du jeune athlète s'assombrit et Cindy craignit le pire.

— Il est dans un autre pays, de l'autre côté de l'océan. Voulez-vous que j'aille m'informer ?

— Je peux attendre jusqu'à demain.

Elle le conduisit sans tarder dans sa chambre à coucher. Cindy n'avait pas eu beaucoup d'amis de cœur sérieux durant son adolescence en raison de la sévérité de ses parents. Elle les avait trouvés mignons, les avait embrassés en cachette. Mais jamais elle n'avait ressenti une telle fusion de corps et d'esprit avec une autre personne. Pendant un moment, elle eut l'impression d'être Océlus et de flotter dans les nuages du paradis.

Cependant, au matin, celui qui se réveilla dans son lit n'était pas le même homme qui s'y était couché. Le jeune dieu scandinave s'assit en fouillant sa mémoire. Comment était-il arrivé dans cette chambre qui ne ressemblait en rien à celle de son hôtel ? Il baissa les yeux et vit Cindy qui dormait paisiblement près de lui.

— Qui êtes-vous ? s'exclama-t-il.

Son cri réveilla la jeune femme. Malgré le sommeil qui embrouillait encore ses yeux, elle discerna tout de suite la panique sur le visage de son amant d'un soir.

— Je peux tout vous expliquer, tenta-t-elle.

Probablement issu d'une bonne famille, le Suédois crut qu'elle l'avait drogué et emmené chez elle. Il sauta du lit, ramassa ses vêtements et se réfugia au salon.

— Je ne lui ai même pas demandé son âge, s'avisa Cindy.

Elle enfila son peignoir et le rejoignit. Il remonta son pantalon à toute vitesse, lui jetant un regard horrifié comme si elle était le diable incarné.

— Je vous en prie, ne le prenez pas de cette façon, le rassura-t-elle.

Elle ne comprit pas un mot de sa longue tirade en suédois, mais se douta que ses paroles n'étaient pas très élogieuses. En moins de cinq minutes, il s'était vêtu, avait ramassé son sac et quitté l'appartement. Cindy se laissa tomber sur le sofa.

— Nous n'avons pas pensé à ça, hier soir, soupira-t-elle. La prochaine fois, il faudra que je le jette dehors en pleine nuit.

Sa montre se mit à vibrer. Elle la leva devant ses yeux. Des chiffres orange clignotaient sur le cadran.

— Une communication ? À six heures du matin ?

Elle se mit à la recherche de son sac à main où elle avait enfoui ses nouveaux écouteurs.

...011

Pendant que Cindy savourait les joies de l'amour, Océane rencontrait enfin son nouveau directeur. Assise dans le riche bureau, elle se concentrait sur le visage d'Andrew Ashby, qui ressemblait davantage à un masque qu'à un faciès humain. « Il est peut-être en cire ? » se demanda-t-elle. Après l'avoir fixée un moment, Ashby s'anima. « Non, c'est une poupée mécanique ou un robot », décida Océane.

— Mademoiselle Chevalier, où êtes-vous allée après le scrutin ?

— Je suis vraiment enchantée de vous rencontrer, monsieur Ashby, répliqua la jeune femme avec sa verve habituelle. On m'a dit beaucoup de bien de vous.

— Ce n'est pas tout à fait la même chose en ce qui vous concerne, je le déplore. Votre dossier indique que vous êtes rebelle et parfois téméraire.

— Cédric n'aurait jamais écrit une chose pareille à mon sujet.

— Je tiens ce rapport de monsieur Korsakoff lui-même.

— Je n'ai pourtant rencontré notre grand dirigeant continental que deux fois : à Vancouver où j'étais la docilité même, et à Toronto, à mon arrivée.

— Je répète ma question : où êtes-vous allée après votre travail ?

— Je suis allée prendre un café avec un vieil ami et il m'a ensuite emmenée au restaurant.

— Les règlements vous défendent d'entretenir ce genre de relation.

— Entre agents de l'Agence, oui, mais il s'agissait d'un policier qui n'a aucun lien avec l'ANGE. Si je m'étais enfuie, nous aurions sans doute cette conversation au poste de police à cette heure. Vous conviendrez, au moins, que je devais lui expliquer pourquoi j'étais toujours vivante.

— Montrez-moi votre bras.

Océane fit exprès de lever le droit, car elle portait sa montre à la main gauche.

— L'autre bras.

Elle s'exécuta. Le foulard était toujours enroulé autour de son poignet.

— Pourriez-vous me dire pourquoi vous avez fait ce geste ?

— J'avais chaud et je ne voulais pas l'oublier au restaurant. C'est une vieille habitude que m'a fait prendre ma grand-mère quand j'étais petite pour que je ne perde pas mes fichus.

— Vous l'avez placé de cette façon pour que nous n'entendions pas votre conversation.

— Je n'étais ni en mission, ni en danger, monsieur Ashby. On m'a pourtant assuré qu'il n'y avait aucune écoute de notre vie privée. En cas de besoin, je sais comment vous avertir.

L'expression du directeur était carrément menaçante.

— Je ne suis pas Cédric Orléans et je ne gère pas cette base comme un camp de vacances. Il y a des règlements dans cette agence. Si vous les avez oubliés, nous allons nous faire un plaisir de vous les rappeler.

Océane jugea plus prudent de ne pas protester. Selon elle, Cédric avait fait du bon travail jusqu'à l'arrivée d'Ahriman.

— Je veux aussi que vous commenciez à faire preuve de respect envers vos supérieurs. Lorsque je pose une question, je veux que vous me fournissiez une réponse dénuée de sarcasme. Est-ce clair ?

— Oui, monsieur.

Elle fit de gros efforts pour ne pas rire.

— Avez-vous des questions ? demanda-t-il en replaçant le nœud de sa cravate.

— Après combien de temps peut-on demander d'être affecté ailleurs ?

Ashby étouffa un cri de rage.

— À partir de demain, vous commencerez à travailler à cette adresse, où se trouve également votre portail.

Océane prit la feuille imprimée qu'il lui tendait.

— Aurai-je une nouvelle identité ou serai-je un fantôme ?

— Vous n'aurez nul besoin d'une identité, mademoiselle Chevalier. Ce sera tout pour ce soir.

Océane se leva et le salua de façon militaire. Dès qu'elle eut franchi la porte du bureau, elle se dirigea vers les Laboratoires qui étaient, évidemment, au même endroit que ceux de Montréal. Les techniciens du soir la regardèrent passer en échangeant des regards inquiets. La jeune femme connaissait les règlements de l'ANGE : elle avait parfaitement le droit de communiquer avec une autre base si elle utilisait un ordinateur sécurisé. Elle prit donc place devant l'écran et pianota son code.

— Accès accordé.

Elle tapa celui de Vincent. Le visage fatigué du savant apparut aussitôt.

— Salut, le petit génie, fit Océane, contente de le revoir.

— Que fais-tu encore au travail à une heure pareille ?

— Je voulais seulement prendre de tes nouvelles.

— Je vais bien, mais la vie ici est bien différente sans vous tous.

Deux membres de la sécurité entrèrent dans les Laboratoires torontois.

— Moi, j'ai atterri sur une autre planète, avoua Océane.

Elle pressa discrètement quelques touches, envoyant ainsi un message secret à son ami.

— J'ai vraiment hâte que notre base soit enfin reconstruite, ajouta-t-elle.

Les hommes en noir s'arrêtèrent près d'elle.

— Monsieur Ashby nous a demandé de vous reconduire à votre appartement, annonça l'un d'eux.

— Puis-je emporter l'ordinateur ?

Sa requête ne les fit nullement sourire.

— On se reparle plus tard, Vincent, soupira-t-elle.

Elle se laissa emmener chez elle sans faire d'histoires, même si elle n'avait pas mal agi.

Après une bonne nuit de sommeil, Océane s'habilla proprement en se demandant si son nouveau directeur l'envoyait dans une usine où il était certain qu'elle finirait par perdre son identité. Ashby n'était pas méchant, il lui manquait simplement un bon sens de l'humour, tout comme Cédric d'ailleurs. On choisissait probablement les directeurs en raison de leur sérieux.

— Je ne serai donc jamais directrice, conclut-elle en glissant dans ses bottes.

Elle mémorisa l'adresse de son travail ainsi que l'emplacement de son accès privé à l'ANGE, et brûla la feuille dans l'évier. Pleine de bonne volonté, elle quitta son appartement et sauta dans un taxi, de manière à apprendre au moins une fois la route à suivre avant de la faire à pied. Il ne faisait pas aussi froid dans cette ville qu'à Montréal en décembre. C'était bien agréable.

Le chauffeur la déposa devant un gros immeuble gris. Elle paya la course et grimpa les quelques marches qui menaient à la porte d'entrée. Des gens déambulaient dans le hall, sans expression et sans enthousiasme. « Je sens que je ne vais pas aimer ça du tout », songea-t-elle.

Elle grimpa au neuvième étage. Une réceptionniste leva la tête en la voyant arriver.

— Vous devez être la nouvelle vérificatrice, fit-elle sans même sourire.

« Moi ? » s'alarma Océane. Elle n'avait reçu aucune préparation pour faire ce travail.

— Voici votre badge. Suivez le couloir jusqu'au fond. Votre compartiment est sur le bord de la fenêtre. C'est le 127.

— Merci, vous êtes bien aimable.

La réceptionniste baissa les yeux sur la pile de documents qu'elle triait sans accorder plus d'attention à la nouvelle. Océane était d'abord et avant tout une aventurière. Elle marcha donc résolument jusqu'à son espace de travail : un carré de deux mètres sur deux mètres, équipé d'une table de travail déjà bondée de documents et d'un ordinateur tout à fait démodé. Sur l'écran en noir et blanc apparaissaient ces simples directives :

ASSUREZ-VOUS QUE LES MONTANTS CONCORDENT AVEC LES DONNÉES INFORMATIQUES. ESTAMPILLEZ LE FORMULAIRE S'IL CORRESPOND AUX MÊMES MONTANTS ET METTEZ-LE DANS LE PANIER DE DROITE. SI LES MONTANTS SONT DIFFÉRENTS, METTEZ-LE DANS LE PANIER DE GAUCHE. PRESSEZ SUR ENTRÉE.

— C'est ce qu'ils appellent de la vérification ? s'étonna-t-elle.

Elle déposa son sac à main dans un tiroir et prit place sur la chaise. Elle appuya sur la touche en question. Des colonnes de chiffres y apparurent. Elle comprit assez facilement que celle de gauche indiquait le numéro du formulaire et celle de droite le montant qui devait y apparaître. Elle se mit donc à réduire systématiquement la montagne de documents qu'on avait déposés près de l'écran. Au bout d'une heure, le mouvement répétitif de l'estampillage lui causa une douleur sourde dans le coude. Elle le frictionna et poursuivit cette activité assommante.

À l'heure du déjeuner, elle repéra discrètement l'emplacement de son accès privé, puis s'empressa de quitter l'immeuble pour prendre un peu d'air. « Comment les gens arrivent-ils à faire ce genre de travail toute leur vie ? » s'étonna-t-elle. Non seulement il était ennuyeux, mais il ne lui apprenait rien du tout. Au moins, à la bibliothèque, elle avait eu l'occasion de lire des livres et de rencontrer des gens intéressants. Elle marcha sur le trottoir, à la recherche d'un petit restaurant où elle mangerait certainement avec son autre main pour ne pas exacerber la douleur dans son bras droit.

Elle allait ouvrit la porte d'un petit endroit accueillant lorsqu'un homme le fit pour elle. Elle chercha tout de suite à identifier le galant : c'était Aodhan.

— Puis-je me joindre à vous ?

— Mais bien sûr ! accepta Océane. Vous êtes le premier visage souriant que je vois depuis le début de la journée.

Ils s'installèrent à une table pour deux et commandèrent un repas léger.

— Je pense qu'entre collègues, on pourrait commencer à se tutoyer, même si on ne se connaît que depuis peu, suggéra Aodhan.

— Entendu. Est-ce que je peux savoir quel travail ils t'ont donné ?

— Je suis gardien de sécurité à l'accueil d'un immeuble de bureaux.

— L'accueil, hein ? Comme c'est intéressant.

— Dois-je en déduire que tu n'as pas eu autant de chance ?

— On m'a enfermée dans un réduit où je tamponne des formulaires toute la journée. Excitant, n'est-ce pas ?

— Ça ressemble davantage à un châtiment.

— Comme c'est étrange, j'ai pensé exactement la même chose.

— Pourquoi le patron agirait-il ainsi envers toi ?

Sachant fort bien qu'elle était sous écoute, elle en profita pour vider son cœur.

— Parce qu'il a l'esprit étroit. Au lieu de consulter tout mon dossier, il n'a retenu que les mots rebelle et téméraire, qui sortaient, de surcroît, de la bouche d'un homme qui ne me connaît pas.

— Tu ne serais pas avec nous si tu n'étais pas parmi l'élite.

— Tiens, j'ai une idée. Pourquoi ne deviens-tu pas le nouveau directeur de cette ville ?

— Je suis trop jeune, mais ça ne me déplairait pas. Des stratégies viennent facilement à mon esprit, qui me montre toujours le tableau global d'une situation, pas les détails.

— Un grand chef indien, quoi ?

— Ma mère disait plutôt un chef de clan, mais c'est la même chose. Surtout, ne t'en fais pas outre mesure. Certains directeurs ne sont pas aussi sagaces que d'autres, mais il existe heureusement une hiérarchie qui les rappelle à l'ordre au moment voulu.

Il y avait une assurance tranquille dans les yeux d'Aodhan qui fit presque croire à Océane qu'on allait bientôt lui offrir un autre poste plus actif. Il leur était évidemment défendu de discuter de leurs vraies missions, alors ils bavardèrent surtout de leurs villes natales. L'Amérindien était éloquent. Il donna même envie à sa collègue d'aller visiter le Nouveau-Brunswick.

Ils se séparèrent devant l'immeuble où travaillait Océane. Elle retourna à son cachot en se demandant comment se faire congédier. Pour s'amuser, et surtout pour irriter davantage Andrew Ashby, elle apposa le tampon à l'envers, sur la première page plutôt que sur la deuxième, et mit les formulaires dans les mauvais paniers. « On va bientôt voir si nous avons la même définition du mot rebelle », décida-t-elle.

À la fin de la journée, elle se frotta les mains avec satisfaction, enfila son manteau et suivit le troupeau à l'extérieur. Il faisait déjà noir. Elle marcha au pied des nombreux buildings du centre-ville, en jetant de fréquents coups d'œil derrière elle et dans les vitres arrière des voitures garées sur la rue. Pas de membres de la sécurité en vue.

Tout à coup, Thierry Morin sortit du mur de béton juste comme elle venait de passer. Il posa la main sur l'épaule de la jeune femme. Océane fit volte-face, prête à se battre, mais reconnut à temps son agresseur.

— Tu es suivie, chuchota-t-il.

— Je ne peux rien y faire, mon patron s'entête à me faire reconduire chez moi.

— Il ne s'agit pas de ton agence.

Il lui prit le bras et lui fit accélérer le pas. Il tourna au premier carrefour pour s'enfoncer dans un sombre portique un peu plus loin. Océane s'écrasa contre le mur avec l'inspecteur, retenant son souffle. Elle entendit des pas étranges. Ce n'était pas le bruit que faisaient les bottes ou les souliers sur le ciment. C'était un son mat, pesant. La personne qui l'avait prise en filature passa

103

devant eux, à peine éclairée par le lampadaire. Elle portait un long manteau à capuchon qui lui donnait un air gothique. L'espace d'un instant, son profil se dessina directement sous la lumière. Sa bouche était très avancée et ressemblait à un museau d'animal. Océane ne vit pas de nez. Son sang se glaça dans ses veines.

Thierry fit un mouvement près d'elle : il venait de lancer quelque chose dans la rue, juste derrière l'étrange créature. Cette dernière se retourna aussi vivement qu'un chat et ramassa ce qui ressemblait à une grosse griffe. La panique s'empara d'elle. Sans plus se soucier de retrouver Océane, elle s'éloigna d'un pas rapide. Lorsqu'elle se fut suffisamment éloignée, la jeune femme risqua un œil sur la rue : il n'y avait plus personne !

— Qui était-ce ? murmura-t-elle après avoir enfoui sa montre avec sa main au fond de sa poche.

— Il ne sert à rien que je te le dise, tu ne crois pas aux reptiliens.

Elle pivota pour faire face au policier.

— Cette personne avait des traits uniques, je le reconnais, mais de là à admettre que ce genre de monstre existe ailleurs qu'au cinéma, il y a une limite.

— Alors, n'en parlons plus.

Il sortit de la cachette et retourna sur la rue principale. Océane s'empressa de le rattraper.

— Une petite minute ! Admettons que c'était un lézard géant, pourquoi me suivrait-il ?

— C'est curieux, en effet, puisque ton travail est de protéger l'un des siens. Mais il faut aussi comprendre qu'il y a plusieurs factions dans leur monde, et qu'elles se battent pour la domination du nôtre. Il est peut-être d'une souche différente.

— Que lui as-tu lancé ?

— Un vieux trophée de chasse.

Il siffla un taxi. La voiture s'arrêta devant eux. Thierry ouvrit la portière et fit signe à l'agente d'y monter.

— À partir de maintenant, évite de rentrer à pied, recommanda-t-il.

Océane entra dans le véhicule en bougonnant. Elle croyait qu'il y prendrait place avec elle, mais il referma la portière et fit signe au chauffeur de partir.

...012

Il était bien difficile pour Yannick Jeffrey de rester cloîtré dans son quartier tranquille de Jérusalem, alors qu'il sentait la progression des forces du Mal dans la Ville sainte. Heureusement, ses souffrances ne durèrent pas longtemps. La directrice de la division israélienne de l'ANGE le convoqua à la base deux jours avant Noël.

Le professeur d'histoire parcourut les petites rues et entra dans un café bondé de touristes. Il poursuivit sa route dans l'arrière-boutique pour aboutir dans la cour. Sans qu'on l'importune, il entra dans une remise au fond de laquelle il y avait un rideau de toile. S'assurant une dernière fois qu'il n'était pas suivi, Yannick le contourna et arriva devant une porte métallique qui ressemblait à s'y méprendre à celle d'une chambre froide. Il appuya le cadran de sa montre sur le cercle à la hauteur de sa poitrine. Elle glissa avec un chuintement, révélant une autre porte. L'agent l'ouvrit de la même façon et entra dans l'ascenseur.

Adielle Tobias avait convoqué tous ses agents de première ligne. Avec Yannick, ils étaient huit. L'Agence en comptait davantage dans ce pays en raison de la menace croissante de l'Antéchrist, même si l'Amérique continuait de se montrer sceptique.

Le professeur d'histoire longea le couloir et s'empressa de rejoindre ses collègues dans la grande salle de conférences. La directrice leur rappela que les fêtes de Noël représentaient une période dangereuse pour leur division. L'année précédente, elle avait perdu plusieurs bons agents.

Yannick se perdit dans ses pensées. C'était la veille de Noël... De pauvres fidèles avaient péri en même temps que leurs chefs religieux, tous à la même heure, fauchés avant d'avoir pu atteindre les édifices consacrés à leurs cultes respectifs. L'ANGE avait dépêché ses hommes pour enquêter : aucun d'eux n'était revenu. La division internationale avait dû intervenir, mais elle n'avait eu guère plus de succès.

— Yannick ? l'appela Adielle.

Il sursauta et vit les yeux inquiets de la directrice.

— Si tu préfères rester ici ce soir, je comprendrai.

— Non, c'est mon devoir à moi aussi de dépister l'ennemi.

— Tu feras équipe avec Haviv. Vous travaillerez deux par deux : Achir avec Kaleb, Orane avec Éliana et Noâm avec Daniella. Des membres de la sécurité circuleront également dans les rues, habillés en civil. Nous devons éviter un nouveau massacre.

Elle leur ordonna ensuite d'activer leurs écouteurs. Il était important qu'ils puissent réagir rapidement à tout appel. Yannick s'y employa en pensant à la soirée qui l'attendait. La directrice avait choisi pour l'accompagner le vétéran de sa base. Haviv était un solide gaillard qui avait fait son service militaire. Il travaillait pour l'ANGE depuis plus longtemps que lui.

— Si j'avais été avec toi l'an dernier, nous aurions peut-être pu sauver les autres, dit-il à Yannick pour l'apaiser.

— Ils étaient si jeunes...

— Il ne faut pas penser à ça, Yohanan.

La traduction de son prénom en hébreux fit enfin sourire le Témoin. Il aimait tellement cette langue.

Adielle leur assigna différents secteurs chauds de la ville en leur recommandant la plus grande prudence. Au moindre signe de l'ennemi, toutes les forces de la division fonceraient sur lui. Elle les embrassa sur le front et les laissa partir. Les agents de l'ANGE étaient rarement armés, mais dans ce pays, c'était une question de vie ou de mort. Yannick se rendit au dépôt de munitions avec son partenaire. Ils attachèrent les courroies de l'étui de leur revolver sous leur veste et prièrent ensemble quelques minutes.

— Que Dieu nous vienne en aide, termina Haviv.

Ils quittèrent la base par une sortie située dans un hôtel et se dirigèrent tout de suite vers le quartier chrétien. Les conflits qui déchiraient ce pays ne semblaient pas décourager les croyants qui entendaient bien rendre hommage à l'enfant né deux mille ans plus tôt pour les sauver. Certains s'apprêtaient à partir pour Bethléem, d'autres envahiraient bientôt les églises pour célébrer la plus importante de toutes les messes. « Un véritable troupeau d'agneaux où les loups n'avaient qu'à planter les dents », se découragea Yannick.

Les deux agents marchèrent lentement dans les rues, écoutant les conversations, épiant les groupes qui se formaient spontanément dans le bazar. Les gens riaient, échangeaient des vœux. Plusieurs arrivaient de loin pour passer ce temps de réjouissances avec leurs familles. Yannick et Haviv s'attardèrent sur le parvis de toutes les églises du secteur. Tout y semblait calme.

— Est-ce qu'il est vraiment né dans une étable comme le prétendent les chrétiens ? demanda soudain Haviv.

— C'est difficile à affirmer, répondit Yannick. Des textes historiques parlent de sa naissance, mais ils en donnent peu de détails.

— Ce n'est pas dans leur Bible ?

— Elle a été écrite et réécrite tellement souvent qu'on ne sait plus ce qui provient de la véritable tradition et ce qui a été ajouté par les Pères de l'Église d'année en année. À mon avis, les conditions de sa venue au monde ne sont pas vraiment importantes. C'est le message qu'il a livré qui l'est.

— Si c'est la paix qu'il prêchait, on dirait que personne ne l'a écouté. Tous les peuples continuent de se battre.

— Ce n'est pas sa faute si le mal est plus séduisant que le bien. Ce que les hommes n'ont pas encore compris, c'est que seules la paix, la compréhension et l'entraide leur permettront de goûter au paradis sur Terre.

— En Amérique, est-ce que l'Alliance fait autant de dommages qu'ici ?

— Elle en fait partout, mon frère.

Un coup de feu retentit dans la nuit. Les gens se turent, cherchant de tous côtés qui avait tiré. Les agents de l'ANGE posèrent la main sur la crosse de leurs revolvers, tous leurs sens aux aguets. Ils remontèrent la rue, franchirent le portail en forme d'arche et aboutirent sur une petite place dominée par une fontaine. Yannick vit un rassemblement devant l'église Saint-Jean-Baptiste. Des hommes réclamaient un médecin en criant par-dessus la tête de leurs voisins.

Les deux espions foncèrent, mais n'allèrent pas très loin. Un démon surgit du sol, barrant leur route. Yannick reconnut aussitôt son agresseur.

— Ordog...

— Cette fois, tu mourras, soldat ! rugit le serviteur de Satan.

Ce dernier fit un mouvement pour sortir quelque chose de son manteau noir. Yannick poussa aussitôt Haviv sur le sol. Les agents roulèrent chacun de leur côté. Leur diabolique agresseur se mit à tirer sur eux, arrachant au pavé des éclats de pierre. Yannick heurta le mur de la bâtisse et s'empressa de sortir son revolver de son étui. Les touristes couraient dans tous les sens en hurlant. Comment ouvrir le feu sans blesser personne ? Le démon, lui, ne s'en souciait guère. En tentant d'éliminer ses adversaires, il blessait hommes et femmes au passage.

Pour ne pas retourner penaud auprès de son maître, il s'avança vers les agents. Haviv se mit à genoux et déchargea tout le contenu de son barillet dans la poitrine du serviteur du Faux Prophète. Au grand étonnement des espions et des quelques personnes qui s'étaient réfugiées dans les portiques, Ordog ne broncha pas. Un sourire cruel se dessina sur son hideux visage lorsqu'il cribla à son tour de balles l'agent israélien.

— Non ! hurla Yannick en s'empressant de se lever.

Le tireur fou se tourna aussitôt vers lui et appuya sur la détente de sa mitraillette. Yannick sentit un choc dans son épaule gauche, mais cela ne fit qu'attiser sa colère. Il se mit à prier en hébreu. Les balles suivantes tombèrent devant lui sans l'atteindre.

— Ton dieu n'empêchera pas le grand maître de régner sur ce monde ! ragea Ordog en tirant de plus belle.

Un éclair fulgurant tomba du ciel, enflammant instantanément le démon. En quelques secondes à peine, il fut réduit en cendres. Yannick ressentit pour la première fois la cuisante douleur qui descendait dans tout son bras. Choisissant de l'ignorer, il s'agenouilla près de son collègue. Haviv battit des paupières et le fixa avec étonnement.

— Je savais que tu n'étais pas canadien…, souffla-t-il.

— Conserve tes forces, répliqua Yannick en appuyant sur le cadran de sa montre de façon à activer un code rouge.

— Tu viens du ciel…

— Tais-toi et respire lentement.

— Je suis content que vous soyez descendus de là-haut pour nous aider.

S'il n'avait pas été blessé lui-même, Yannick aurait pu tenter de le sauver. Il allait répéter à Haviv de se tenir tranquille jusqu'à l'arrivée des secours, lorsqu'il vit le corps éthéré de l'agent israélien quitter son corps physique et monter tout doucement au-dessus de la ville.

Yannick entendit alors la galopade des membres de la sécurité de l'ANGE qui remontaient la rue. Une autre fusillade venait d'éclater devant l'église du Saint-Sépulcre.

— Monsieur Jeffrey, ça va ? s'empressa de demander le chef de l'escouade.

— Je crois que je suis blessé, mais monsieur Bensimon est mort. Que se passe-t-il là-bas ?

L'homme prêta attention à ce qu'on lui disait dans son oreillette. Yannick constata alors qu'il avait perdu ses écouteurs.

— Il y a des fusillades un peu partout, rapporta le membre de la sécurité.

— Il faut les arrêter.

Yannick voulut les accompagner à l'autre bout du quartier chrétien, mais ses jambes refusèrent de courir. « Où est donc Océlus ? » s'étonna-t-il. Son intervention divine devant la fontaine aurait dû suffire à le faire apparaître.

— Vous n'êtes pas en état de continuer, protesta l'homme qui marchait près de lui.

— Je n'ai pas le choix…

Yannick ne reconnut pas le visage du suppôt du diable qui fauchait les croyants sur la rue devant la plus importante église du secteur. Il ralentit le pas et s'appuya contre la façade d'une boutique d'objets religieux. Il ferma les yeux pour recommencer à prier : le tireur fut instantanément incinéré par la foudre. Yannick se sentit glisser le long du mur. Il avait très chaud et sa vision commençait à s'embrouiller. La rue s'assombrit progressivement, puis ce fut le noir.

Lorsqu'il se réveilla, il était dans la section médicale de la base de l'ANGE à Jérusalem. Jamais il ne s'était senti aussi faible de toute sa vie. Il tourna mollement la tête et vit qu'on avait planté des tubes dans sa peau à l'aide d'aiguilles.

— Nous avons bien failli te perdre, lui dit Adielle Tobias, debout près de son lit.

— Combien en ont-ils tués, cette fois ? demanda le professeur, d'une voix râpeuse.

— Haviv, Orane Adani et une centaine de civils.

Elle tira une chaise et y prit place en fixant son nouvel agent avec intérêt.

— Il s'est produit un curieux phénomène atmosphérique la nuit dernière. Peut-être pourrais-tu me l'expliquer.

— Je suis historien, pas météorologue.

— Dans un ciel sans nuages, la foudre est tombée précisément sur les assassins de l'Alliance qui tiraient sur la foule devant une vingtaine d'églises, de mosquées et de synagogues.

— Il s'agit peut-être d'un miracle.

— Les quelques témoins que nous avons pu interroger, et certains des membres de mon équipe de sécurité, t'ont entendu marmonner quelque chose juste avant ces manifestations étranges. À qui parlais-tu ?

— Je priais.

Adielle demeura silencieuse un instant. Elle croyait en Dieu et en sa puissance, mais elle avait aussi un esprit scientifique.

— Nous savons que certains avions de chasse et même certains hélicoptères américains possèdent des armes de destruction d'une précision étonnante.

— Je ne travaille pas pour la division américaine.

— Ni pour la CIA ?

— C'est une accusation absurde qu'un simple rapport de la part des radars de l'ANGE démentira.

— Justement, je le recevrai dans une heure ou deux.

— Je ne suis pas un agent double, soupira Yannick.

— Le protocole m'oblige à enquêter sur toute conduite suspecte de mon équipe. Ce n'est rien de personnel, Yannick.

— Je n'ai fait que prier.

— Si c'est bien ce que je découvre, il faudra que tu nous apprennes tous à le faire. Maintenant, repose-toi.

— Est-ce la veille de Noël aujourd'hui ?

Elle hocha vivement la tête.

— Nous avons reçu des renforts de la division internationale, ajouta-t-elle. Tout se passera très bien. En attendant, ce serait une bonne idée que tu dictes cette prière à quelqu'un.

Elle lui fit un clin d'œil et quitta la chambre. Yannick soupira avec découragement. Un jour ou l'autre, il lui faudrait dévoiler sa véritable identité aux humains. Était-ce le bon moment ? Il avait perdu son lien privilégié avec son Créateur et ne pouvait plus s'informer directement de sa volonté.

— Océlus…, gronda-t-il entre ses dents.

Le Témoin mit un long moment avant de lui apparaître, ce qui alarma Yannick. Pourtant l'expression sur le visage d'Océlus était sereine.

— Où étais-tu ? chuchota le professeur en se tournant sur le côté, de façon à dissimuler son visage à la caméra montée dans un coin de la chambre.

— J'ai trouvé la solution à mon problème, annonça fièrement son ami. Si nous y avions songé plus tôt, tu aurais conservé toutes tes facultés.

— Qu'est-ce que tu as fait ?

— J'ai réussi à pénétrer dans le corps d'autres hommes pendant quelque temps. Je peux donc laisser libre cours à mon amour sans perdre mes pouvoirs.

— D'autres hommes ? Tu veux dire, plus qu'un ?

Océlus hocha vivement la tête.

— Tu te rends compte, j'espère, que ces transferts de corps pourraient éventuellement perturber Cindy ou même lui faire contracter des maladies graves ?

— Tu t'inquiètes pour rien, Képhas. Elle sait me reconnaître et comment nous protéger.

La nouvelle ne semblait pourtant pas réjouir l'agent secret. Océlus fouilla plus loin dans son âme et comprit sa faute. Il avait abandonné son compatriote au moment où il avait eu besoin de lui.

— Je suis sincèrement désolé, s'excusa-t-il.

— Haviv n'était pas seulement un collègue, il était aussi mon ami. Tu sais pourtant que l'Alliance a pris l'habitude de nous attaquer à ce moment-là de l'année. Tu aurais dû revenir vers moi.

Océlus baissa la tête, le cœur contrit.

○

Un peu plus loin, dans la salle des Renseignements stratégiques, un technicien effectuait sur son écran l'inspection habituelle de toutes les pièces de la base. Il s'attarda sur la chambre de Yannick lorsqu'il crut l'entendre murmurer. Il pianota rapidement sur son clavier pour amplifier les sons captés par le microphone et intercepta sa conversation. Il chercha aussitôt à déterminer s'il était seul. Tous les instruments de détection confirmèrent que personne ne se trouvait avec le Canadien dans la section médicale. Craignant qu'il n'utilise un dispositif de communication inconnu de l'ANGE, le technicien n'eut pas d'autre choix que de prévenir la directrice.

— Qu'y a-t-il, Eisik ? demanda-t-elle en le rejoignant derrière son écran.

— Il parle à quelqu'un qui n'est pas là.

Adielle s'empara des écouteurs et les plaça rapidement sur ses oreilles.

Yannick était habituellement un homme indulgent, mais les fusillades dans le quartier chrétien de Jérusalem l'avaient cruellement ébranlé.

— Je sais que je suis très mal placé pour te faire la morale, soupira-t-il, mais notre devoir n'est pas de nous amuser dans ce monde. Le maître nous a demandé de surveiller les agissements de Satan et de ralentir son ascension jusqu'au grand jour.

— Je resterai auprès de toi.

— Il est un peu tard pour ça, tu ne crois pas ? Je suis cloué sur un lit d'hôpital, l'épaule à moitié arrachée, tandis que l'ennemi se moque de nous à la surface.

Pour se faire pardonner, Océlus emprisonna l'épaule de l'agent entre ses mains.

— Non ! protesta Yannick.

Trop tard. Une intense lumière blanche jaillit des paumes d'Océlus.

...013

Dès qu'Océane lui eut transmis les deux mots, juste avant de mettre fin de façon prématurée à leur communication, Vincent McLeod en effaça tout de suite la trace. Il avait travaillé assez longtemps avec la jeune femme pour comprendre ses indices subtils. Son cerveau se mit aussitôt au travail tandis qu'il pensait au message d'Océane :
SÉLARDI – REPTILIEN.
Il ne savait pas encore ce que voulait dire le premier mot, mais le deuxième faisait évidemment référence à une théorie à laquelle il croyait dur comme fer. Il se composa une expression réjouie, car, en principe, il venait d'avoir une conversation avec une personne chère qui lui manquait beaucoup. Il devait absolument cacher son inquiétude, non seulement à ses confrères de travail, mais aussi aux caméras qui les épiaient en tout temps.

Sans rien emporter avec lui, Vincent se dirigea vers un autre poste de travail relié à la base de données centrale de l'Agence. Personne ne s'inquiéterait de le voir consulter les articles publiés sur les reptiliens. Ce n'était un secret pour personne qu'il s'y intéressait depuis des années. Il rappela donc quelques fichiers à l'écran, puis ouvrit une petite fenêtre dans un coin pour effectuer une recherche que les techniciens ne détecteraient pas. Il tapa un code connu de lui seul pour accéder à la liste des noms de personnes compilée par l'ANGE. Il n'eut aucun mal à trouver celui de Sélardi. Il lut rapidement son parcours, depuis l'école jusqu'à son élection toute récente à la tête du parti mondialiste. Puis il fit disparaître la fenêtre. Ses yeux fixaient l'écran, mais ne consultaient pas ce qui y figurait.

Immobile comme une statue, il tentait d'établir un lien entre ce politicien et les créatures recouvertes d'écailles qui vivaient sous terre. Il entendit des pas et leva les yeux. Christopher Shanks venait vers lui. Pour ne pas éveiller ses soupçons, Vincent ne chercha pas à faire disparaître le fichier. Shanks fit rouler une chaise près de lui et y prit place.

— Comment te sens-tu, Vincent ? demanda-t-il.

— Je saigne encore du nez le matin, mais j'ai moins mal à la tête.

Le directeur d'Alert Bay jeta un coup d'œil rapide au titre sur l'écran.

REPTILIENS APERÇUS AU COLORADO.

— Tu penses que c'est vrai ?

— Je sais que ça peut paraître paradoxal pour un savant d'être fasciné par ce genre d'histoire qui tient de la science-fiction, mais je n'y peux rien. Quelque chose au fond de moi me dit que nous ne sommes pas seuls dans l'univers.

— Je vais te faire une confidence : je suis du même avis que toi. Il y a des milliards d'étoiles comme notre soleil, alors pourquoi une seule serait-elle entourée de planètes recelant la vie ? Il y a même des sections de l'Agence qui font des recherches poussées là-dessus. Est-ce que ça te plairait de t'y joindre ?

— Vous voulez vous débarrasser de moi ? s'alarma Vincent.

— Pas du tout ! Depuis que tu es arrivé ici, tu as conçu trois nouveaux logiciels qui nous facilitent la tâche. Mais je suis un directeur sensible aux émotions des autres. Je veux que les gens qui travaillent pour moi soient heureux.

— Vous pensez que je ne le suis pas.

— Il n'est pas difficile de voir que tu es malheureux.

Vincent baissa les yeux sur le clavier.

— J'ai lu les derniers rapports soumis par Montréal avant l'explosion de la base, lui apprit Shanks. Je sais ce qui t'est arrivé. Tes examens médicaux ne montrent rien d'anormal dans ton corps, mais je pense que nous devrions commencer à nous intéresser à ton esprit. Tu as traversé de terribles épreuves, Vincent.

— Tout comme Yannick, Océane et Cindy...

— Ils te manquent, n'est-ce pas ?

— Nous sommes... nous étions une équipe du tonnerre. Ça me fait mal au cœur de penser que nous ne travaillerons plus jamais ensemble.

— Je t'ai pourtant assuré que vous retournerez tous au Québec lorsque la nouvelle base de Montréal sera prête.

Vincent demeura muet. Une expression de culpabilité flottait sur son visage.

— Tu as intercepté quelque chose que tu n'aurais pas dû voir ? tenta Shanks.

— Je sais que Toronto n'a pas l'intention de laisser partir les filles, et j'ai peur que Yannick ne revienne jamais d'Israël. Les agents là-bas tombent comme des mouches. Quant à Cédric, personne ne sait où il se trouve.

— Je comprends maintenant ton inquiétude. Cela te rassurerait-il si je m'informais auprès des hautes autorités quant au sort de tes amis ?

— Probablement...

— J'ajouterai aussi à cette offre quelques visites chez notre psychologue, si tu le veux bien. Je pense qu'il pourra te débarrasser des images qui continuent de te hanter depuis ton enlèvement.

Le pauvre informaticien se mit à trembler. Shanks prit ses mains et les serra.

— Je vais lui demander de te voir dès demain matin, d'accord ?

Vincent hocha faiblement la tête, car ses cauchemars, de plus en plus fréquents, l'empêchaient d'être vraiment efficace au réveil.

— N'hésite jamais à me consulter lorsque tu as des questions ou des problèmes, ajouta le directeur. Je suis toujours à la disposition de mon personnel.

— Merci, monsieur Shanks. Je l'apprécie.

Il serra une dernière fois ses mains et quitta les Laboratoires. Vincent le suivit des yeux. Cet homme lui faisait beaucoup penser à Cédric, un chef compréhensif et large d'esprit. Il y avait cependant dans le comportement de Christopher Shanks un élément supplémentaire : la compassion. « Ce n'est pas le moment de m'attendrir », se reprit le savant.

Il révisa mentalement ce qu'il savait des reptiliens. Certains chercheurs prétendaient qu'ils provenaient d'une autre galaxie et qu'ils s'étaient installés ici parce que leur planète se mourait. D'autres disaient qu'ils habitaient la Terre depuis la nuit des temps. La plupart s'entendaient par contre pour affirmer qu'ils vivaient sous nos pieds. Pourtant, James Sélardi avait une apparence tout à fait humaine.

Vincent se rappela aussi ce que Yannick lui avait raconté au sujet de son intervention contre Ahriman, à l'hôpital Notre-Dame. Son collègue avait vu un homme poser les mains sur le sol et créer un mur de pierre devant lui. Pouvait-il s'agir d'un reptilien ? Ces créatures avaient-elles évolué au point de ressembler aux hommes ? Il était temps pour lui de creuser davantage la question.

Il se mit à fouiller dans des bases de données que l'ANGE ne recommandait pas. Il trouva des sites Internet qui lui apprirent des choses intéressantes. Vincent savait bien que les renseignements offerts ainsi au grand public n'étaient pas toujours crédibles, mais son sujet de recherche étant plutôt inhabituel...

Apparemment, certains reptiliens pouvaient prendre une forme humaine. Peu importait leur degré d'hybridation avec les hommes, ils n'avaient tous qu'un seul but : centraliser le pouvoir de la planète en installant un gouvernement mondial. Les auteurs de ces sites ajoutaient cependant que les reptiliens n'étaient pas tous des êtres assoiffés de puissance : certains avaient une influence positive sur notre civilisation. « Comment faire la différence ? » se découragea Vincent. Il demeura un long moment à réfléchir aux deux mots transmis par Océane.

Sélardi était un politicien qui venait de remporter la course à la direction du parti mondialiste. Mais l'ANGE ne pouvait accuser un homme de complot sur la seule base de son affiliation politique. Il aurait besoin de plus de preuves avant d'en parler à Christopher Shanks. Il se mit donc en tête de décortiquer son passé. Un autre problème se posait, toutefois : comment transmettre à sa collègue de Toronto ce qu'il trouverait ?

— Une chose à la fois, s'encouragea-t-il.

Il dénicha assez facilement les documents qu'il cherchait : le certificat de naissance de Sélardi, ses relevés de notes, ses diplômes, ses premiers emplois comme professeur, son adhésion au parti mondialiste. Vincent fronça alors les sourcils. Il y avait un écart de cinq ans entre la fin de ses études et le début de sa vie professionnelle. « Où a-t-il bien pu aller ? » se demanda l'informaticien. Utilisant le numéro d'assurance sociale du politicien, Vincent scruta tout le Canada sans rien trouver. Il étendit donc ses recherches aux autres pays.

Sélardi avait résidé aux États-Unis, mais sans rien y faire, apparemment. Il n'y avait aucune trace d'un travail ou d'études quelconques.

— Un trou noir, murmura Vincent.

Sélardi s'était marié juste avant d'enseigner. Son épouse était pourtant montréalaise. L'avait-il rencontrée en Arizona ? Vincent fit donc une enquête rapide sur sa femme. Elle provenait d'une famille riche, avait commencé des études en criminologie, qu'elle n'avait jamais terminées. Puis, après son mariage, elle s'était assise sur ses lauriers. À la maison depuis, elle passait surtout son temps à congédier et embaucher des domestiques.

L'informaticien retourna en arrière et découvrit que le père de madame Sélardi était un magnat de la finance. Il possédait un nombre impressionnant d'entreprises dans diverses industries.

— Un mariage arrangé ?

Les sites sur les reptiliens mentionnaient qu'ils avaient tendance à se marier entre eux... Vincent passa ensuite au peigne fin la ville où le politicien avait mystérieusement séjourné pendant cinq ans. Il étudia d'abord les informations accessibles à tous, puis utilisa les ressources de l'ANGE. Sous ses apparences tranquilles, la ville de Gemini était le théâtre de faits étranges. L'Agence hésitait à les qualifier de sataniques, mais un nombre important d'enfants et d'adolescents y disparaissaient chaque année. On ne les retrouvait jamais. Pouvaient-ils avoir servi à des rites innommables ?

Pourquoi Sélardi avait-il choisi cette ville ? Qu'y avait-il fait ? Vincent consulta les banques de données de l'ANGE pour savoir si elle avait une présence en Arizona. Il y avait bel et bien une base à Phoenix. Mais le savant ne pouvait pas communiquer avec les techniciens américains sans en demander d'abord la permission à Christopher Shanks. Était-il prudent de lui exprimer ses doutes ?

Rongé par l'hésitation, Vincent mit fin à la session sur l'ordinateur et quitta les Laboratoires. Sa chambre d'Alert Bay n'était pas très grande, mais elle était confortable et, surtout, sécurisée. Il sortit une bouteille d'eau du réfrigérateur et s'assit sur son lit. La seule pensée que la planète grouillait de reptiliens lui donnait la chair de poule.

— Pourquoi ne sont-ils pas restés sur leur planète ? maugréa-t-il.

Il avala tout le contenu de la bouteille, perdu dans ses pensées.

— Je dois savoir ce qu'il a fait dans ce coin perdu, décida-t-il.

Pendant que Vincent réfléchissait à la façon de convaincre son directeur de lui accorder l'autorisation d'enquêter sur Gemini, ce dernier l'observait sur un écran des Renseignements stratégiques. Michael Korsakoff avait mis Shanks en garde contre les agents de Montréal, qu'il soupçonnait d'être de mèche avec l'ennemi. Il ne restait que Vincent McLeod à Alert Bay et il importait de le garder à l'œil.

...014

Dans le sous-sol d'une grande résidence de Toronto, une dizaine d'hommes et de femmes s'étaient réunis. Ils occupaient des postes de direction dans les affaires, la justice, l'enseignement et les médias, et leur réputation était irréprochable. Pourtant, ils faisaient tous partie d'un groupe satanique qui faisait des messes noires à des dates bien précises.

Après avoir pris un verre et discuté affaires, ces importants membres de la communauté descendirent un à un l'escalier en spirale. En silence, ils enfilèrent une tunique rouge, munie d'un grand capuchon, que les dieux leur recommandaient de porter pour les différencier de leurs victimes. Ils prirent place autour d'un autel de pierre s'élevant au centre d'une grande pièce peinte en noir. L'un d'eux s'approcha d'un lutrin où reposait un très vieux livre de grande taille. Il était écrit à la main, dans une langue étrange qu'aucun des intervenants ne connaissait vraiment. Les dieux leur demandaient de lire lentement chaque syllabe sans se poser de questions.

Ces descendants de familles reptiliennes remontant jusqu'à l'Antiquité ne connaissaient pas les véritables chefs de leur société particulière. Ils ne faisaient que répéter les gestes que leurs parents leur avaient enseignés. Ils savaient, cependant, qu'une désobéissance aux lois ancestrales leur ferait perdre leur place à la tête de leurs entreprises respectives. Les dieux étaient stricts et sans pitié.

L'un des participants tamisa la lumière et alluma les nombreux flambeaux vissés aux murs. Les maîtres aimaient le feu : ses vibrations leur permettaient de se manifester dans le monde physique. Ce soir-là, aucune victime ne serait tuée, puisqu'on avait précieusement conservé le sang de la dernière. Il s'agissait plutôt d'une cérémonie qui permettrait à l'un des maîtres de prendre vie sur la Terre.

Le rituel débuta par la psalmodie des incantations gutturales apprises durant l'enfance. La pièce prit graduellement l'aspect d'un cachot ancien grâce aux fréquences de l'évocation des ombres. La table de sacrifices avait judicieusement été construite sur un vortex du champ magnétique de la planète. Les reptiliens possédaient une science qu'ils n'avaient pas cru bon d'enseigner à leurs héritiers. Ils savaient où se croisaient les plus puissants courants telluriques. Ils avaient donc acheté la plupart de ces terrains pour s'en servir à leurs fins personnelles.

Les rois serpents habitaient une dimension qui échappait aux sens de la plupart des êtres humains. Seules les personnes possédant des facultés de clairvoyance pouvaient les apercevoir de temps à autre. Pour se matérialiser dans l'univers de leurs esclaves, les Dracos devaient utiliser les vortex. Ces derniers représentaient un portail qu'ils ne pouvaient franchir qu'en formant un point de contact entre les deux mondes. Ils avaient donc enseigné aux hybrides comment les créer à l'aide de pratiques démoniaques.

Un seul roi de sang pur pouvait régner par région, et ces créatures ne reconnaissaient pas les frontières établies par les peuples terrestres. Tout récemment, celui qui gouvernait le sud de l'Ontario avait mystérieusement perdu son enveloppe corporelle. Celui qui l'avait agressé lui avait tranché la tête et l'avait jeté au fond d'une rivière. Il n'était pas inhabituel de voir les hybrides s'entre-déchirer pour grimper en grade, mais jamais ils ne s'attaquaient à la monarchie. Lorsqu'un roi serpent était ainsi abattu, il ne pouvait pas retourner dans la dimension dont il était issu. En fait, personne ne savait vraiment dans quel abysse s'enfonçaient les âmes des sangs purs lorsqu'elles étaient ainsi séparées de leurs corps terrestres.

Il était maintenant temps de mettre au monde un nouveau chef, et cet honneur revenait à la secte torontoise. Pour accomplir cette passation de pouvoir, il fallait tout d'abord qu'un hybride accepte de perdre son âme et de partager son corps avec le nouveau roi. Les membres avaient délibéré jusqu'à ce que l'un d'eux se porte volontaire.

L'heureux élu répandit lui-même le sang humain sur la surface de l'autel. Le précieux liquide se mit à bouillir, puis une intense fumée s'éleva en tourbillonnant vers le plafond. Le passage s'ouvrait petit à petit entre le bas astral et le monde physique. Les paroles magiques opéraient leur charme. Des sifflements stridents résonnèrent dans la pièce : les dieux répondaient à leur appel.

James Sélardi grimpa sur la pierre où il s'agenouilla. Au début de la soixantaine, il n'avait plus rien à perdre. Il avait atteint tous ses buts, grâce à ses frères reptiliens. Désormais, il dominerait le monde avec l'aide d'un Dracos. En plus de l'admirer, ses partisans apprendraient à le craindre.

Il sentit une curieuse sensation à la base de sa colonne vertébrale. Un froid glacial montait en lui, cherchant à atteindre sa tête. Quelque chose bougeait sous sa peau. Il baissa les yeux : de petites vagues se succédaient sur le dessus de sa main. Tout se passait bien jusque-là. Les sensations qu'il avait redoutées ne l'indisposèrent pas, jusqu'à ce que la possession gagne son cœur. Une douleur atroce le terrassa. Il tomba sur le dos et se tordit de douleur. Son capuchon glissa sur ses cheveux trempés révélant un visage tordu et déformé.

L'intervenant incita les autres disciples à ne pas arrêter leurs chants. S'ils perdaient contact maintenant avec l'autre dimension, ni l'élu ni le roi ne survivraient. Ils mirent encore plus de vigueur dans leurs supplications. Sélardi s'immobilisa. Les participants continuèrent de psalmodier en échangeant des regards inquiets. Ils avaient pourtant fait tout ce que recommandait le grimoire…

Brusquement, Sélardi se redressa, arrachant un cri d'effroi à son audience captive. Il tourna lentement la tête en les regardant tous comme s'il les voyait pour la première fois. Son visage se métamorphosa graduellement pour finalement présenter les traits d'un lézard aux écailles immaculées. Ses iris rouges étaient fendus par de minces pupilles verticales.

— Mettez-vous à genoux devant moi, ordonna-t-il d'une voix rauque.

Les hybrides ne se firent pas prier. Ils tremblaient tous sous leurs longues capes. Le roi serpent descendit de l'autel. Le visage à ras de terre, les disciples ne virent que ses griffes qui avaient percé les souliers de l'homme et la longue queue qu'il traînait derrière lui.

— Je suis Kièthre, les informa le Dracos. Vous m'aiderez à trouver ceux qui tentent de décimer nos rangs.

Le vortex se referma subitement, secouant toute la maison. Les participants s'écrasèrent sur le plancher. Lorsqu'ils parvinrent à se relever, ils découvrirent que le roi albinos avait repris sa forme humaine.

— James, est-ce que ça va ? s'inquiéta l'intervenant.

— Non, ça ne va pas du tout…, murmura-t-il, souffrant.

Le politicien chancela sur ses jambes. Les disciples se précipitèrent pour l'empêcher de tomber.

— Laissez-moi ! rugit-il comme un fauve.

Le passage d'une forme à l'autre serait plus facile avec le temps, mais ce soir-là, le reptile refaisait surface sans avertissement.

— J'ai soif ! tonna Kièthre.

On lui apporta tout de suite un bol de sang qu'il avala d'un trait.

— Maintenant, partez.

Les hybrides ne se firent pas prier. Ils se défirent en vitesse de leurs capes et se bousculèrent dans l'escalier. Le roi serpent arracha les vêtements qui le faisaient souffrir. Son arrivée dans le monde physique s'était fort bien passée. Il lui fallait maintenant apprendre à respirer sans enflammer ses poumons, marcher sans tomber et, surtout, effectuer la transformation du reptile à l'homme sans heurt. Il s'y exerça toute la nuit avant de finalement remonter chez son hôte. Nu comme un ver et couvert de sang, il fit fuir les domestiques lorsqu'il entra dans le salon.

Heureusement, la propriétaire du manoir était restée chez elle, sachant que le nouveau monarque finirait par émerger du sous-sol. Alertée par les servantes, elle accourut avec une couverture qu'elle déposa sur les épaules de son ami politicien.

— Merci, Meg, fit Sélardi d'une voix enrouée.

— Est-ce que c'est bien toi ?

— C'est difficile à dire. Je vogue dans un curieux brouillard. Je sens la présence divine en moi, mais je ne sais pas très bien où elle se trouve.

— Tu n'es donc pas toujours Kièthre ?

Sélardi secoua la tête.

— C'est la première fois que nous accueillons un roi parmi nous, lui rappela Meg. Le dernier avait été invoqué par la secte de Niagara. Nous sommes tous un peu désemparés.

— Je comprends fort bien ce que vous ressentez.

— J'imagine qu'il nous fera connaître ses volontés par ta bouche.

— Je n'en sais franchement rien...

Elle fit appeler son chauffeur afin qu'il le ramène chez lui.

— Surtout, fais-nous signe si tu as besoin de notre aide, lui dit-elle en le reconduisant à la porte.

Il lui décocha un regard sinistre et monta dans la limousine.

...015

Tout le personnel de la base israélienne de l'ANGE sursauta lorsque, sur l'écran de l'ordinateur, la section médicale fut inondée d'une lumière éclatante. Répondant aussitôt à son entraînement militaire, la directrice dépêcha une équipe de sécurité à la chambre de Yannick Jeffrey. Elle se défit des écouteurs et bondit elle-même vers la porte.

Adielle Tobias courut de toutes ses forces dans le long couloir. L'équipe d'urgence fonçait déjà à l'infirmerie. Les hommes s'arrêtèrent de chaque côté de la porte, attendant la directrice. Cette dernière n'hésita pas une seule seconde. Elle pianota rapidement le code sur la serrure et poussa la porte. À sa grande surprise, la pièce était déserte !

— Où est-il allé ? s'énerva Adielle.

Elle regarda sous le seul meuble de la pièce : le lit. Yannick n'y était pas.

— Eisik ! appela-t-elle en appuyant sur le bouton du petit terminal près de la porte.

— Je suis déjà en train de visionner tous les écrans, madame.

La directrice rappela à sa mémoire les événements qui s'étaient produits depuis l'arrivée de l'agent canadien.

— Fouillez toute la base, commanda-t-elle aux membres de la sécurité.

Ils rebroussèrent chemin, la laissant seule dans la chambre.

— Est-ce que j'hallucine ? souffla-t-elle. Eisik…

Devinant ce qu'elle allait lui demander, le technicien avait pris les devants et analysé l'air de toute la base.

— Il n'y a aucun hallucinogène dans les conduits d'aération.

— Je veux une explication.

— C'est la veille de Noël…, tenta le technicien.

— Et elle doit être plausible.

Elle jeta un coup d'œil au plafond, à tout hasard, puis retourna aux Renseignements stratégiques où plusieurs techniciens aidaient Noâm Eisik à élucider la disparition de Yannick Jeffrey.

Adielle se planta derrière eux, promenant son regard d'un écran à l'autre. Le corridor de la base n'avait pas été utilisé par qui que ce soit avant l'arrivée de l'équipe d'urgence.

— Il n'est donc pas sorti par là, comprit-elle.

— En fait, il n'a jamais quitté cette pièce, l'informa Eisik.

— Il ne s'est tout de même pas désintégré.

— Dommage qu'on lui ait enlevé sa montre.

— Oui, c'est très regrettable, fulmina Adielle.

— Les rapports des agents qui ont survécu à la fusillade d'hier indiquent que la foudre a frappé la majorité des tireurs de l'Alliance. On dirait bien que monsieur Jeffrey a subi le même sort.

— Les capteurs indiquent-ils qu'une arme d'une telle puissance a été utilisée dans cette base ? demanda la directrice, même si elle connaissait déjà la réponse à cette question.

Le technicien tapa fiévreusement sur son clavier.

— Ils n'indiquent rien.

— Alors, d'où venait cette lumière ? Quelqu'un a-t-il une idée ?

— L'enregistrement semble montrer qu'elle émanait du patient, se risqua une jeune femme.

— Montrez-moi ces images.

Adielle les observa avec attention : elle avait raison ! Yannick Jeffrey avait crié le mot « non » une fraction de seconde avant qu'une étincelle sur son épaule se transforme en flash éblouissant. Elle fit repasser la vidéo encore plus lentement.

— Les balles qu'il a reçues auraient-elles pu exploser à retardement dans sa peau ? s'interrogea la directrice.

Eisik retrouva aussitôt les notes du chirurgien.

— Elles ont toutes été extraites du corps de monsieur Jeffrey à son arrivée à la base.

— Peut-il s'être évaporé ? suggéra une autre technicienne.

— Ou être devenu invisible ? ajouta Eisik.

Intriguée, Adielle retourna à la section médicale. Elle s'approcha du lit et en examina la surface. La couverture n'avait pas été repliée, comme si le Canadien n'avait jamais mis les pieds par terre. Elle tendit la main et l'abaissa doucement là où Yannick avait été couché quelques minutes plus tôt. Rien...

— Comme si c'était possible que les gens puissent se rendre invisibles, soupira-t-elle.

Elle retourna aux Renseignements stratégiques qu'elle traversa en coup de vent. Elle s'enferma dans son bureau et demanda à l'ordinateur d'établir une communication urgente avec le chef de la division nord-américaine qui lui avait imposé l'agent canadien.

Le visage austère de Michael Korsakoff se substitua au logo de l'ANGE sur l'écran mural. Il n'impressionnait cependant pas Adielle Tobias, qui avait presque autant d'expérience que lui.

— Comment puis-je vous aider, ma chère ? s'enquit Korsakoff d'une voix neutre.

— Qui est Yannick Jeffrey ?

— Je croyais vous avoir transmis son dossier avant son arrivée à votre base.

— Qui est-il réellement ?

— Je crains de ne pas comprendre votre angoisse.

— La foudre tombe sur ses ennemis et il semble qu'il vienne de disparaître sous nos yeux.

Korsakoff se redressa sur sa chaise, soudain très intéressé par ces dernières informations.

— Où l'agent Jeffrey se trouve-t-il en ce moment ? voulut-il savoir.

— Nous n'en savons franchement rien.

— J'envoie tout de suite mes hommes à sa recherche.

— Pas avant que vous ayez répondu à ma question.

Le directeur de l'Amérique du Nord soupira avec agacement.

— Il y a sur notre planète des créatures qui se font passer pour des humains.

— Quoi ?

— Nous les cherchons depuis longtemps, Adielle. La capture de l'un d'eux vous vaudra de grands honneurs.

Le logo de l'ANGE réapparut sur l'écran. La pauvre femme chancela jusqu'à son fauteuil, son cerveau étant tout simplement incapable d'accepter une semblable explication.

Au même moment, le professeur d'histoire se réveillait sur le sofa poussiéreux de son ancien loft. Il ne portait qu'une simple chemise d'hôpital, mais on l'avait recouvert d'un édredon, celui de son lit de Montréal ! Yannick battit des paupières. Sur la table basse, près de lui, brûlait une bougie.

Se souvenant qu'il était blessé, il s'assit avec précaution. Curieusement, il ne ressentait aucune douleur. Il regarda autour de lui : il était dans la grotte des anciens chrétiens !

— Océlus !

Le Témoin sortit de l'ombre, l'air coupable.

— Je suis là.

Yannick tâta son épaule avec surprise.

— Pourquoi ne voulais-tu pas que je guérisse tes plaies ? demanda Océlus.

— J'étais sous observation à la base. Une caméra filmait tout ce qui se passait dans ma chambre.

— Tu m'avais déjà parlé de ces yeux de verre qui voient tout. C'est pourquoi j'ai cru bon de te sortir de là.

Le professeur mit un moment à saisir les conséquences du sauvetage effectué par son ami.

— Je ne pourrai plus retourner à la surface, conclut-il. Les agents de sécurité de l'ANGE m'arrêteront.

— Tu n'es pas obligé de travailler pour l'ANGE pour faire ce que le maître attend de nous.

— C'est vrai, mais c'était mon choix. Tu aurais dû respecter ma volonté, Océlus.

— Je ne vois pas l'avantage que cela t'apporte.

Yannick soupira avec découragement, car il avait la même discussion avec Océlus tous les cent ans.

— C'est la façon la plus rapide, en ce moment, de recueillir les informations dont nous avons besoin pour identifier l'ennemi, expliqua-t-il une fois de plus.

— Nous avons reçu des dons qui nous permettent de faire la même chose.

Yannick se contenta d'arquer les sourcils. Il en avait évidemment perdu une grande partie, après avoir goûté aux plaisirs de la chair…

— J'ai toujours les miens, voulut le rassurer Océlus.

— Nous ne pouvons appréhender cette époque à partir de ce que nous avons appris jadis. Tu n'as jamais voulu t'adapter.

— Tu sais pourquoi ! se fâcha son ami.

— C'est de l'histoire ancienne, voyons.

— Non, ce n'en est pas ! Je ne comprends sans doute pas ce monde autant que toi, mais j'ai entendu ce qu'on dit de moi dans les églises.

— On a caché la vérité aux chrétiens, mon frère.

— Cela non plus, ils ne le savent pas. Et qui le leur dirait, de toute façon ?

— Ils finiront par l'apprendre.

— Ma honte n'est-elle pas assez grande, Képhas ? pleura-t-il. Depuis deux mille ans, mon nom est synonyme de trahison ! Mais je n'ai trahi personne !

— Je t'en prie, calme-toi.

— Même toi, en ce moment, tu penses que je ne suis qu'un bon à rien.

— Je suis fâché que tu m'aies emmené ici et que tu aies compromis mon identité terrestre, mais...

— Peu importe ce que je fais, ce n'est jamais ce que tu veux.

Le pauvre homme éclata en sanglots et se dématérialisa.

— Océlus, ne pars pas ! exigea Yannick.

Il ne réapparut pas. Certaines blessures mettaient du temps à guérir, surtout celles qui remontaient à deux mille ans. Le cœur d'Océlus était sensible, mais sa loyauté le ramenait toujours vers son vieux compagnon. Épuisé, Yannick se rendormit.

À son réveil, il jeta un nouveau coup d'œil au mobilier que son ami avait sauvé de l'explosion. À son grand soulagement, son armoire en faisait partie. Il y trouva des chaussettes, des sous-vêtements, une chemise et un pantalon noirs, une veste en molleton vert sombre et ses chaussures préférées. Il s'habilla sans se presser, espérant que son ami revienne bientôt.

Yannick avait conservé le pouvoir de faire apparaître de la nourriture lorsqu'il en avait besoin. Il ne mourrait pas de faim dans ces galeries. Mais il ne pouvait pas y rester indéfiniment non plus. Comment arriverait-il à quitter cet endroit sans l'aide de son partenaire céleste ? En attachant ses lacets, il se rappela ce qu'Océlus lui avait dit au sujet d'une entrée secrète.

Il passa donc le reste de la journée à chercher cet accès. Lorsqu'il le trouva enfin, au bout d'un étroit tunnel, la nuit enveloppait déjà la ville. Yannick dut utiliser toute sa force pour déplacer l'étagère chargée de provisions qui bloquait le trou dans le mur. Elle grinça sur le plancher de pierre, mais heureusement, le commerce était désert. L'agent canadien se faufila en silence dans la ruelle. C'était le soir de Noël. Certains quartiers de la ville vibraient de joie, tandis que ceux où avaient eu lieu les fusillades étaient relativement tranquilles. Yannick savait cependant que la paix était instable dans ce pays. D'un moment à l'autre, un autre tireur pouvait jaillir de nulle part. Il demeura donc sur ses gardes tandis qu'il remontait vers la cité.

Le Christ n'était pas né en décembre. L'Église en avait décidé ainsi pour des raisons pratiques. Les scientifiques s'entendaient plutôt pour dire que la brillante étoile qui avait guidé les mages avait été formée par une conjonction de planètes en août de l'an deux après Jésus-Christ. Yannick ne se souvenait pas en avoir discuté avec son vénéré maître de son vivant. Jadis, la date de naissance d'un homme ne comptait guère…

Peu importait l'origine exacte de la fête de Noël, l'Alliance en profitait pour frapper et déstabiliser les croyants. Yannick ne pouvait pas retourner à la base de l'ANGE sans risquer d'y être détenu, mais il ne voulait pas non plus laisser le mal porter un autre coup à la Ville sainte.

Il ne vit pas les visages des gens qu'il croisa. Il se concentrait plutôt sur l'énergie qui émanait des rues. Sans qu'il s'en rende compte, il aboutit devant l'église du Saint-Sépulcre, édifiée sur le site de la crucifixion, de l'ensevelissement et de la résurrection du Christ. On avait répandu du sable sur les flaques de sang encore visibles sur le macadam, là où les victimes étaient tombées la veille.

Yannick s'arrêta net, alerté par son instinct d'espion. S'il ne possédait plus ses sens divins, il pouvait au moins s'en remettre à sa formation. Ses yeux scrutèrent l'ombre du clocher croisé. Quelque chose ou quelqu'un le guettait.

○

Dans la pénombre d'un luxueux appartement, à quelques kilomètres à peine, un homme au teint doré surveillait attentivement les images que lui renvoyait une grande glace montée sur un châssis à pivots. Mais ce n'était pas son reflet qu'il voyait dans la psyché : il épiait les moindres mouvements de Yannick Jeffrey, alors que ce dernier patrouillait secrètement dans le quartier le plus hasardeux de Jérusalem.

— Tu le connais ? demanda-t-il à un autre homme qui se tenait derrière lui.

— Il prétend être l'un des Témoins de Dieu, répondit Ahriman.

— J'ai en effet lu quelque chose à leur sujet dans les anciennes prophéties.

— Il est aussi membre d'une ridicule agence qu'ils appellent l'ANGE. Nous avons tenté de l'éliminer à Montréal, mais il a reçu une aide imprévue.

— D'un de ses collègues ?

— Non, d'un Naga.

— Un Naga ? répéta l'Antéchrist, incrédule.

— Ces assassins fantômes n'ont-ils pas tous été refoulés sous terre ? N'est-ce pas ce que vous m'avez enseigné ?

L'Antéchrist ne répondit pas. Il était profondément irrité. Il observa Yannick pendant de longues minutes encore. Il avait appris à devenir patient avec les ans. Il savait que son heure approchait et que personne ne l'empêcherait de régner sur le monde : ni les rois serpents, ni les Nagas, ni l'ANGE, ni les prophètes.

— Il y a beaucoup de force en lui, dit-il, au bout d'un moment.

— C'est un soldat de lumière, il n'y a aucun doute.

— Tuez-le.

— Il en sera fait selon vos désirs, maître.

— Cette fois, ne le ratez pas.

Ahriman quitta l'antre du futur tyran du monde afin de réunir ses plus puissants assassins et les lancer aux trousses de l'insolent serviteur de Dieu.

○

Yannick ne distinguait aucun ennemi potentiel, mais son sang s'était glacé dans ses veines. Il croisa les bras sur sa poitrine pour se protéger du vent et continua d'avancer. L'ennemi était tout près et encore une fois Océlus ne lui viendrait pas en aide. Il connaissait bien sûr la prophétie : les Témoins seraient éventuellement décapités sur la place publique de cette ville qu'il aimait tant. Il savait toutefois que cette exécution ne signifierait pas la fin de sa vie. Le Seigneur l'avait déjà immortalisé.

Son inattention faillit lui provoquer une grave blessure. Il s'arrêta juste à temps pour voir le poignard passer devant ses yeux et s'enfoncer dans le mur à sa gauche. Yannick préférait les armes anciennes aux mitraillettes et aux revolvers. Elles appartenaient à une époque qui lui était beaucoup plus familière. Des piétons, qui s'étaient attardés dans le quartier, détalèrent pour se mettre à l'abri. Tout en surveillant étroitement la rue, l'agent de l'ANGE effleura le manche de la dague. Elle avait été lancée par un démon.

— Montrez-vous ! intima-t-il en allant se placer au milieu de la chaussée.

Deux ombres apparurent à l'autre bout de l'allée. Sans qu'il s'en aperçoive, d'autres assassins s'étaient glissés derrière lui.

— Comme on se retrouve, cracha l'un d'eux.

Yannick reconnut la voix d'Ahriman.

— Et cette fois, tu es sur mon terrain, Témoin.

— En es-tu bien certain, vipère ? rétorqua Yannick.

Ahriman préférait que ses victimes terrorisées l'implorent de leur laisser la vie. Mais cet homme ne paniqua pas une seule seconde, même lorsqu'il eut constaté qu'il était encerclé par des êtres d'une grande puissance.

— Tu n'es pas de taille, gronda le Faux Prophète.

Yannick ouvrit la bouche pour prononcer les paroles sacrées que lui avait enseignées Jésus. Un poignard partit derrière lui. Il eut juste le temps de se retourner. La lame se planta dans son bras gauche, lui arrachant une plainte déchirante. Le sang rouge qui se mit à couler de la plaie rassura le démoniaque personnage : sa proie était humaine !

En dépit de la douleur, Yannick s'adressa à Dieu. Une autre dague fendit l'air et frappa son épaule droite. Le Témoin resta debout, fier et défiant malgré le choc. Haletant, il parvint à terminer sa première phrase. Les surins jaillirent de partout, mais ils se heurtèrent à un mur invisible sans toucher leur victime.

— Non ! hurla le Faux Prophète.

— Tu ne peux pas me tuer, Arimanius, hoqueta Yannick qui chancelait maintenant sur ses jambes.

Le démon leva les bras au ciel, rassemblant au-dessus de lui de terrifiants nuages noirs. Soudain, de fulgurants éclairs en surgirent. Ils ne percèrent pas davantage le cocon qui s'était formé autour du saint homme. Sachant ce qui l'attendait s'il ne menait pas à bien sa mission, Ahriman forma des boules de feu dans ses mains. Effrayés, ses sbires reculèrent. Le bombardement dura de longues minutes. Presque au bout de ses forces, Yannick continuait de prier.

Au même moment, deux hommes arrivèrent de la rue du Muristan. Le spectacle qui s'offrit à eux leur coupa le souffle. Un pauvre hère se faisait massacrer par un groupe de malfaiteurs. N'écoutant que son courage, l'un d'eux voulut se précipiter au secours de celui qui subissait ces tourments. Son compagnon lui saisit le bras pour l'arrêter.

— C'est Yannick ! le reconnut Kaleb Masliah.

— Il faut d'abord prévenir Adielle, lui rappela son collègue Onova.

Il relâcha son collègue et appuya sur le cadran de sa montre. À leur grand étonnement, la directrice leur demanda de ne pas intervenir. Kaleb allait protester lorsqu'une éclatante lumière blanche écorcha ses rétines.

— Restez où vous êtes ! exigea Adielle.

Les agents de l'ANGE protégèrent leurs yeux jusqu'à ce que cesse le mystérieux phénomène. Battant rapidement des paupières, ils parvinrent à ajuster leur vision à l'obscurité de la rue. Il ne restait plus que deux hommes, face à face, comme dans un duel de western, sauf que l'un d'eux était sérieusement désavantagé par les poignards enfoncés dans sa chair.

— Je me fiche des ordres ! se fâcha Kaleb. On ne peut pas le laisser se faire tuer !

Achir Onova l'agrippa solidement par son manteau pour l'empêcher de bouger.

— Lâche-moi !

Ils entendirent des pas de course derrière eux. Ils firent volte-face en même temps, tirant leurs revolvers. Toutefois, le commando qui se ruait vers eux n'était pas composé d'êtres diaboliques. Adielle Tobias était à leur tête.

Le Faux Prophète et le Témoin ignoraient ce qui se passait plus loin dans la rue. Ils étaient totalement concentrés sur le combat qui opposait la lumière et les ténèbres.

— Vous ne pouvez pas gagner, murmura Yannick, le visage de plus en plus pâle.

— Quand tu auras rendu ton dernier souffle, dis à ton maître que cette Terre ne lui appartient déjà plus.

L'agent de l'ANGE se mit à trembler violemment. Il était déjà mort une fois, supplicié par les Romains. Il se rappelait la sensation glaciale qui s'emparait de chaque membre avant de saisir le cœur. Ahriman joua le tout pour le tout. Il marcha résolument vers le téméraire soldat divin. Ses éclairs et ses projectiles enflammés n'avaient pu franchir le mur invisible dont le Témoin s'était entouré. Qu'en serait-il de ses mains nues ? Yannick n'eut pas le temps de réagir. Ahriman pénétra son bouclier protecteur et le saisit à la gorge.

— Arrêtez et mettez les mains en l'air ! cria une femme.

Les yeux chargés de cruauté, le Faux Prophète se tourna vers les trouble-fête sans lâcher sa proie.

— Je vous ai dit de mettre les mains en l'air ! reprit de plus belle Adielle.

Ses hommes se dispersèrent pour entourer Yannick et Ahriman de la même manière que l'avaient fait les démons.

— Tirez..., souffla le professeur d'histoire.

— Si vous n'obtempérez pas, mes hommes ouvriront le feu !

Un sourire sadique se dessina sur le visage de l'inconnu. Tout son corps s'enflamma et fut absorbé par le sol. Ahriman tenta d'emmener Yannick dans sa fuite, mais l'essence divine de ce dernier le sauva. Il heurta brutalement la chaussée, et les poignards s'enfoncèrent encore plus profondément dans sa peau.

— Doux Jésus ! s'exclama Adielle en rengainant son arme.

Elle se laissa tomber sur ses genoux près de l'agent canadien.

— Ne restez pas ici, hoqueta Yannick.

Yannick fut secoué par un violent spasme, puis il s'immobilisa. Adielle chercha aussitôt son pouls sans le trouver. Les sirènes des voitures de police déchirèrent alors la quiétude de la nuit.

— Rentrez à la base, ordonna la directrice à ses hommes.

Ils se replièrent aussi silencieusement que des ombres. Kaleb et Achir virent que leur chef ne les suivait pas.

— Madame Tobias ? s'énerva le premier.

— Obéissez-moi.

Les agents quittèrent les lieux juste à temps : les policiers arrivaient en trombe. Adielle leur expliqua qu'elle avait vu un inconnu attaquer la victime et le leur décrivit de son mieux, compte tenu du faible éclairage. Le teint livide du Canadien ne laissait aucun doute dans son esprit : il avait succombé à ses blessures.

Elle donna un faux nom et une fausse adresse aux représentants de l'ordre, puis attendit que l'ambulance emmène Yannick avant de rentrer à l'ANGE. Cette fois, Korsakoff aurait un corps à réclamer..

...016

Le cœur en pièces, Océlus avait erré pendant de longues heures autour du lac de Tibériade, là où il avait grandi. Incapable de se consoler, il revint alors vers la seule personne qui pouvait l'apaiser. Il trouva Cindy Bloom à la base de Toronto où elle travaillait à l'ordinateur. Sous sa forme invisible, le Témoin observa son expression concentrée. Les grands yeux bleus de la jeune femme parcouraient rapidement les lignes qui s'inscrivaient sur l'écran. Elle était seule dans cette partie des Laboratoires.

— Mademoiselle Bloom, c'est Noël, l'avertit une voix électronique.

— Je sais, merci.

— Je devrai informer monsieur Ashby de votre zèle.

— Je termine à l'instant la lecture du journal.

Elle éteignit l'appareil et s'étira longuement. Une heure plus tôt, elle avait reçu une invitation de James Sélardi, qui ne voulait pas qu'elle passe cette soirée de réjouissances seule. N'ayant pas du tout envie de se retrouver en tête à tête avec le politicien, elle avait décliné l'offre, prétextant avoir un rendez-vous galant. En fait, elle espérait qu'Océlus finisse par se montrer. En attendant, elle restait à la base où elle se sentait en sécurité.

Océlus avait, parmi tous ses pouvoirs, celui de déchiffrer les émotions humaines. Le souhait secret de Cindy lui réchauffa le cœur. Il lui fallait maintenant trouver un homme dont il prendrait possession pendant quelques heures. Tous les techniciens étaient affairés devant leurs machines et ne semblaient pas vouloir les quitter bientôt. Il suivit donc sa belle tandis qu'elle se rendait au garage, où un membre de la sécurité l'attendait pour la reconduire chez elle. Pas question de s'introduire en lui, car Océlus n'avait jamais conduit une voiture.

Il accompagna plutôt Cindy sur la banquette arrière. Il n'était pas corporel, mais elle sentit tout de même sa présence. C'était comme une douce chaleur qui l'enveloppait. Elle ne lui adressa pas la parole, car le chauffeur aurait pu rapporter son comportement à ses supérieurs. Si elle voulait un jour retourner à Montréal, elle devait démontrer qu'elle était saine d'esprit.

En arrivant devant l'immeuble, Océlus parcourut le quartier à la recherche d'un hôte qui plairait à Cindy. Il capta alors la peine d'un homme dans la vingtaine qui venait de rompre avec sa petite amie. Il sortait justement de l'immeuble opposé à celui de la jeune agente et marchait vers sa voiture. Le Témoin ne perdit pas une seconde. Il fonça dans ce corps qui avait besoin de réconfort.

Cindy descendit de la limousine noire après avoir remercié son collègue. Elle fit exprès de marcher très lentement vers la porte, pour donner le temps à Océlus de la rejoindre. Elle ne fut pas surprise de voir un jeune homme traverser la rue en courant. Il semblait être d'origine latine et était vêtu avec élégance.

— Quel est le mot de passe ? le taquina Cindy.

— Képhas, répondit-il en posant la main sur sa montre pour masquer leur conversation.

Cette fois, Océlus avait emprunté le corps d'un homme qui lui ressemblait un peu, avec des yeux sombres et des cheveux noirs bouclés qui retombaient mollement sur ses épaules. Cindy s'assura que la voiture de l'ANGE n'était plus là avant d'embrasser son nouveau prétendant avec passion.

— C'est Noël, ce soir, chuchota-t-elle à l'oreille d'Océlus. Il faudrait faire quelque chose de spécial.

— Je ne suis pas tellement familier avec ces traditions...

— Moi non plus. Ma famille ne célébrait pas cette fête religieuse. Alors, inventons nos propres coutumes.

Elle prit sa main et l'entraîna sur le trottoir. Elle avait vu un jardin en remontant la rue dans la voiture. Une promenade en amoureux servirait de prélude à une fantastique nuit d'amour. Océlus la sentait infiniment heureuse et cela lui permit d'oublier les remontrances de Yannick. Il sentait battre son cœur dans ses doigts enlacés dans ceux de Cindy.

Heureusement, il ne faisait pas très froid ce soir-là. Les tourtereaux obliquèrent sur une des nombreuses allées qui sillonnaient le parc.

— Chez moi, les préposés de la ville accrochent des milliers de petites ampoules dans les arbres, déclara Cindy. Elles ajoutent de la magie aux froides soirées d'hiver.

Océlus lui offrit un radieux sourire. Soudain, tous les arbres s'illuminèrent sur leur passage.

— Comment faites-vous cela ? s'étonna sa belle.

— C'est difficile à expliquer...

— Je veux le savoir !

— Il y a de la vie dans tout ce qui existe. Depuis que je ne suis plus physique comme vous, j'y suis rattaché, comme si j'en avais toujours fait partie.

Cindy releva un sourcil, perplexe.

— Je n'ai qu'à le vouloir pour influencer presque tout ce qui m'entoure, ajouta-t-il.

— C'est un don que j'aimerais bien avoir.

Ils marchèrent bras dessus, bras dessous sur l'allée éclairée de toutes les couleurs. Océlus en profita pour s'infiltrer dans l'esprit de Cindy afin de devancer ses désirs. Il y trouva des scènes de son passé, lorsqu'elle patinait avec son frère sur un étang gelé, qu'elle regardait les jouets dans les vitrines ou qu'elle jouait tout simplement dans la neige.

De gros flocons se mirent à tomber mollement dans le jardin. Cindy poussa une exclamation de joie, tout comme s'y attendait le Témoin.

— C'est encore vous ?

Il hocha doucement la tête.

— Vous êtes merveilleux, Océlus.

Elle le vit rougir.

— Parlez-moi de votre vie, minauda-t-elle.

— Je suis conscient depuis deux mille ans. Je ne saurais pas par où commencer.

— Vous avez donc eu plusieurs incarnations ?

— Juste une, en fait. Je suis mort, et le Seigneur m'a demandé de lui rendre un autre service. Alors, mon âme n'est pas restée dans son royaume. Elle est revenue dans ce monde que je n'ai pas encore quitté.

— Qu'avez-vous fait pendant deux mille ans ?

— J'ai empêché Képhas de faire des bêtises, plaisanta-t-il.

Sa badinerie la fit rire.

— Parce que vous, vous étiez parfait ? le taquina-t-elle.

— Surtout pas, même si Képhas vante sans cesse mes mérites.

— Je ne peux pas m'imaginer ce que cela représente d'être en vie durant deux millénaires.

— Il y a beaucoup de pays et tout autant d'événements à surveiller. Au début, nous ne savions pas très bien où s'établirait l'Antéchrist.

Ils débouchèrent sur une grande rue. Océlus laissa sa belle admirer toutes les vitrines pour lui faire plaisir. La neige continuait de tomber de façon féerique sur la ville. Lorsque la jeune fille en eut assez, ils revinrent vers son immeuble.

— Où êtes-vous né ? demanda alors Cindy.

— Je suis né en Galilée, comme la plupart des jeunes hommes qui ont suivi Jeshua.

— Je n'ai su que tout dernièrement que les Grecs l'avaient surnommé Jésus. Yannick était-il déjà votre ami lorsqu'il était Képhas ?

— Il n'a jamais été un autre homme que Képhas, même s'il s'est donné bien des noms depuis. Nous n'étions pas de la même région. Il était pêcheur et j'étais le fils d'un usurier. Malgré tout, nous avions les mêmes goûts et Jeshua nous aimait tous les deux.

— Je pensais que le Fils de Dieu aimait tout le monde.

— On a inventé beaucoup de choses à son sujet au fil du temps. Cela mettait toujours Képhas en colère.

Ils regagnèrent finalement l'appartement de la jeune femme. Océlus enleva son manteau lorsqu'il vit Cindy se défaire du sien. Il étudia le cintre qu'elle lui tendait pendant un moment avant d'en comprendre l'utilité.

— Il est tellement plaisant d'avoir un ami comme vous, avoua-t-elle.

Un voile de tristesse assombrit le visage de son amant. « Quel est ce grand secret qu'il réussit toujours à me cacher ? » se demanda-t-elle. Se confierait-il le soir de Noël ? Elle lui offrit alors de cuisiner pour lui.

— Il y a tellement longtemps que je n'ai pas absorbé de nourriture…

— Mais ce corps que vous avez emprunté doit avoir faim, non ?

— Je ressens une petite douleur ici, confessa-t-il en mettant la main sur son estomac.

L'Agence avait garni le réfrigérateur de sa nouvelle agente, mais Cindy n'avait pas du tout envie de préparer un repas compliqué. La jeune femme confectionna plutôt deux sandwichs au poulet et décapsula des sodas. Elle alluma une chandelle dans sa petite salle à manger et éteignit toutes les lumières.

— Cela me rappelle la maison de mon père, murmura Océlus, ému.

— Mon intention était surtout de rendre ce goûter plus romantique.

Il mordit dans le pain avec prudence.

— Je n'ai jamais empoisonné personne, l'informa la jeune femme avec un sourire moqueur.

Il mastiqua lentement chaque bouchée comme s'il n'avait jamais mangé de toute sa vie. Sa première gorgée de soda le fit sursauter.

— J'imagine qu'il n'y avait pas de bulles dans votre temps, comprit Cindy.

Il secoua la tête en se frottant le nez. Elle alla donc lui chercher une bouteille d'eau dont il avala très lentement le contenu.

— Vous m'avez dit que les druides vous avaient donné votre nom, se rappela la jeune femme. Mais il n'y avait pas de druides parmi les apôtres. Ils sont arrivés beaucoup plus tard dans l'histoire, non ?

— Ils m'ont connu dans un pays lointain qui s'appelle maintenant l'Irlande, je crois.

— Donc, avant d'être Océlus, vous portiez un autre nom ? Si Yannick se nommait Képhas, vous, comment vous appelait-on ?

Le Témoin baissa misérablement la tête.

— Je vous promets de ne pas rire, l'encouragea Cindy.

— Mon vrai nom est Yahuda Ish Keriyot.

— C'est très beau ! Pourquoi en avez-vous honte ?

— Dans les textes religieux il a été traduit par Judas l'Iscariote.

Cindy demeura un long moment à le fixer, car presque tout le monde sur la Terre connaissait au moins le passage de la Bible où cet apôtre avait trahi le Christ.

— Mais vous avez dit que Jésus vous aimait…, balbutia-t-elle.

— J'ai dit la vérité.

Il leva sur elle des yeux chargés de larmes.

— J'ai protesté lorsqu'il m'a demandé de le livrer aux soldats, pleura-t-il.

— C'est lui qui le voulait ?

— Il ne pouvait plus accomplir sa mission dans son corps… Il était mon mentor, mon ami, mon frère…

Il éclata en sanglots amers. Cindy bondit de sa chaise pour aller le serrer tendrement dans ses bras.

— Je suis devenu un personnage haïssable : Judas le traître, le menteur, le voleur…

— Je vous en prie, calmez-vous.

— Mon nom est devenu une insulte…

— Racontez-moi ce qui s'est vraiment passé.

Elle l'emmena s'asseoir au salon et essuya ses larmes avec douceur.

— Beaucoup ont suivi Jeshua, mais peu l'ont vraiment compris, hoqueta-t-il. C'était un homme différent. Il nous enseignait que notre pire ennemi était l'ignorance. Il nous a aidés à dépasser nos limites, à cesser de croire à des superstitions sans fondement.

— Képhas et vous êtes de belles réussites, en tout cas.

— Les paroles du maître nous ont simplement ouvert les yeux. La société de notre époque imposait des restrictions ridicules qui nous empêchaient de voir la beauté des choses et des gens. Jeshua voulait que nous cessions de nous comporter de façon égoïste, que nous commencions à aimer sincèrement les autres.

Il coucha sa joue sur l'épaule de Cindy, rassuré par son amour.

— Il nous a dit que seuls ceux qui accéderaient à la connaissance seraient admis au royaume des cieux, poursuivit-il. Quant aux autres...

— Ça ne ressemble pas du tout à ce que j'ai appris.

— Le paradis appartient à ceux qui parviennent à se connaître eux-mêmes et à se détacher des biens de ce monde.

Une effroyable pensée traversa alors l'esprit de Cindy.

— Yannick a-t-il perdu son droit d'y entrer parce qu'il s'est épris d'Océane ? voulut-elle savoir.

— Non, mais il avait été prévenu que ses pouvoirs diminueraient.

— Pourtant, il a fait fi de cet avertissement.

— Il se croyait fort. Il ignorait cependant qu'il avait déjà rencontré cette femme lorsque nous vivions en Terre sainte.

Cindy sursauta et repoussa doucement son compagnon pour le regarder dans les yeux.

— Océane n'a pas deux mille ans ! protesta-t-elle.

— Les élus retournent directement auprès de Dieu. Les autres doivent revenir expier leurs péchés jusqu'à ce qu'ils soient suffisamment purs pour les rejoindre.

— C'est de plus en plus compliqué...

— Jadis, Képhas a choisi de suivre Jeshua et d'abandonner sa femme. Plus tard, à Rome, il est tombé amoureux de la femme d'un sénateur, mais c'était un amour impossible. Toutefois, lorsqu'il l'a revue dans cette vie...

— Il n'a pas pu résister, comprit Cindy. Océane m'a dit qu'elle avait ressenti la même chose en voyant Yannick pour la première fois. Mais c'est différent pour nous, n'est-ce pas ?

— C'est votre pureté qui m'a séduit. Il n'y a aucune haine dans votre cœur. Je n'y sens que de la confiance, de la bienveillance et de la tendresse. Jeshua vous aurait accueillie avec joie dans son groupe.

— Les disciples n'étaient-ils pas tous des hommes ?

— Non. Il y avait des femmes parmi nous. Je ne sais pas pourquoi on vous l'a caché.

— C'est probablement une question de domination masculine, mais nous ne débattrons pas ce sujet ce soir.

Elle l'embrassa sur les lèvres. Océlus ferma les yeux en l'attirant contre lui.

— Combien de temps resterez-vous dans ce corps ? chuchota Çindy dans son oreille.

— Aussi longtemps que vous le voudrez.

— La dernière fois, vous m'avez abandonnée au milieu de la nuit.

— Képhas avait des ennuis.

— Jurez-moi que vous resterez jusqu'au matin, cette fois.

Il répondit par un baiser.

...017

Le jour de Noël, les bureaux étaient tous fermés au centre-ville de Toronto, même celui où Océane travaillait. Elle en profita pour dormir plus tard. Si l'Agence avait besoin d'elle, sa montre la réveillerait. Cette nuit-là, elle fit toutefois un rêve étrange. Vêtue d'une longue tunique de lin, un voile couvrant sa tête, elle marchait sur une chaussée empierrée. Impossible de voir les bâtiments qui s'élevaient de chaque côté d'elle, car elle n'osait pas lever les yeux. Elle entendait des voix d'hommes. Ils utilisaient une langue qui lui était étrangère, mais le ton de leur voix lui faisait comprendre qu'ils étaient furieux.

Elle obliqua dans une ruelle et aboutit sur un vaste espace où une foule en colère s'était réunie. Une main se posa sur son épaule, la faisant sursauter.

— Ne restez pas là, chuchota une voix. Ce soir, ils arrêtent tous ses disciples.

L'inconnu la tira à l'écart et la poussa sous l'arche d'entrée d'une maison. Il referma sèchement la porte et l'entrava à l'aide d'une petite poutre.

— Avancez, ordonna-t-il.

Océane marcha dans un étroit couloir. Elle monta quelques marches et se retrouva dans une pièce où un groupe d'hommes et de femmes priaient. Elle observa leurs visages un à un. Elle avait l'impression de les connaître, mais elle était incapable de se rappeler leurs noms. L'un d'eux était posté près de la fenêtre de l'étage et regardait dehors.

— Képhas, l'appela celui qui l'avait accompagnée dans la maison.

Le disciple se retourna : son visage ensanglanté était celui de Yannick !

Océane sursauta dans son lit. Le cœur battant la chamade, elle s'assit brusquement. À son grand soulagement, elle se trouvait dans la chambre à coucher de son nouvel appartement.

— Quel affreux cauchemar…, murmura-t-elle.

De peur de le poursuivre si elle remettait la tête sur l'oreiller, elle décida de se lever.

— Que fait-on le matin de Noël lorsqu'on habite une ville étrangère et que toute sa famille pense qu'on est mort ? maugréa-t-elle en se dirigeant vers la douche.

Elle fit sa toilette, choisit une tenue sport parmi les vêtements que lui avait donnés l'Agence, et quitta son appartement. Elle saurait bien assez vite si cette activité solitaire était défendue par l'ANGE de Toronto. Elle marcha pendant de longues minutes sans être importunée. Même si c'était un jour de fête, des gens circulaient sur les trottoirs.

Océane respira l'air frais, goûtant à un brin de liberté pour la première fois depuis la catastrophe de Montréal. Elle adorait sa vie d'espion, car elle lui permettait de sauver le monde à sa façon, mais elle regrettait parfois de ne pas partager les mêmes joies que les autres femmes de son âge. Normalement, elle aurait déjà un mari et ses enfants auraient bientôt dix ans. « Comment les aurais-je appelés ? » se demanda-t-elle. Compte tenu de ses antécédents familiaux, ils auraient probablement eu des noms hors du commun. Ses filles se seraient appelées Cassiopée, Bethsabée ou Comète. Elle aurait probablement choisi des noms comme Orphée, Phénix ou Zen pour ses garçons.

Un coup de klaxon la fit sursauter. Elle se retourna vivement avec l'intention de protester contre cette nouvelle intrusion dans sa vie privée, lorsqu'elle vit Thierry Morin au volant d'une voiture. Il abaissa la vitre du côté du passager.

— Je peux te conduire quelque part ? demanda-t-il.
— Non.

Océane leva le nez et poursuivit son chemin sur le trottoir. Elle entendit rire le policier qui s'empressait de rouler près d'elle.

— Si je t'arrête, accepteras-tu de prendre une collation avec moi ? insista-t-il.
— Il n'y rien d'ouvert.
— Je connais un petit endroit sympathique.
— Quelque chose de légal ?
— Est-ce obligatoire ?

Elle ouvrit la portière et monta à côté de lui. Thierry Morin pointa la montre de l'agente de l'ANGE. Cette dernière enleva son foulard pour l'enrouler autour du dispositif de surveillance.

— Ce doit être embarrassant durant les moments intimes, chuchota-t-il.
— Comment le saurais-je ?

Le rire franc du policier réchauffa le cœur d'Océane. Depuis son arrivée en Ontario, les choses n'allaient pas très bien pour elle. Cet homme représentait son seul réconfort.

Thierry Morin traversa la ville sans se presser. « Vitesse Noël, comme disait ma tante Andromède », se rappela Océane. Il gara finalement la voiture dans un stationnement public, près du Centre Four Seasons.

— Tu connais drôlement bien cette ville pour un homme qui arrive d'Europe, nota-t-elle.
— Je possède un sixième sens qui me permet d'être parfaitement à l'aise où que je sois.

Galamment, il lui ouvrit la portière.

— Quand es-tu arrivé à Toronto ? demanda-t-elle.

— Ça commence à sentir l'interrogatoire.

— Je suis seulement curieuse.

Il la fit entrer dans l'immeuble qui semblait être soit un musée, soit une salle de spectacles. Un petit café où l'on servait des repas légers, même en ce jour de fête. Océane choisit une table éloignée du comptoir.

— Il n'y a que des brioches et du café, par contre, l'informa Thierry.

— Ça me convient.

Elle aurait mangé n'importe quoi pour rester en bonne compagnie. Il alla chercher le goûter.

— Ton enquête avance ? fit-elle en déchirant la pâtisserie avec ses doigts.

— Oui, mais je crains qu'elle ne se termine jamais. Chaque fois qu'on neutralise un des chefs, il en émerge un autre.

— Comment se débarrasse-t-on de ce genre d'extraterrestre ?

Son air coquin laissait transparaître son incrédulité.

— Premièrement, on peut cesser de les appeler ainsi, parce qu'ils sont arrivés ici il y a des milliers d'années. Deuxièmement, tu en as vu un, l'autre soir, alors pourquoi doutes-tu toujours de leur existence ?

— J'ai réfléchi depuis. Il aurait pu s'agir d'un masque.

— Oui, bien sûr.

Il but lentement son café en la fixant dans les yeux.

— Je suis désolée, Thierry. Je ne suis pas encore prête à accepter que des êtres non catalogués par Darwin se promènent en liberté sur ma planète, à moins que tu me fournisses des preuves irréfutables de leur existence.

— Ça viendra. En attendant, passons un beau Noël sans histoire.

Elle termina sa viennoiserie avec appétit. Thierry Morin lui plaisait de plus en plus, malgré son penchant pour l'exagération. Elle profita de ce court instant de silence pour observer son visage. Il avait une peau presque trop parfaite. Même le bleu de ses yeux était inhabituel. « Ce doit être des traits plus communs en Italie qu'ici », conclut-elle. Il lui tendit la main et elle la prit volontiers. « Elle est chaude, remarqua-t-elle. Il est très certainement humain. »

Thierry l'emmena au dernier endroit où elle se serait attendue à passer ce jour de fête : un spectacle de ballet. Océane avait déjà vu *Casse-noisette* avec ses parents et sa sœur, lorsqu'elle était très jeune. Elle se laissa une fois de plus transporter par la magie du spectacle.

— As-tu des plans pour le…, commença-t-elle.

— Non, répondit-il avant qu'elle puisse terminer sa phrase.

— Je n'ai pas de belle sortie à t'offrir. Par contre, j'ai un sofa tout neuf pour regarder la télé.

Il la suivit volontiers chez elle, après le spectacle, étonné de constater qu'elle habitait un immeuble où les loyers étaient inabordables. Il fit un tour sur lui-même au milieu du salon, l'examinant avec ses yeux d'inspecteur de police.

— Ce n'est pas moi qui l'ai décoré, l'avertit la jeune femme.

En moins de cinq minutes, il découvrit toutes les caméras que l'ANGE avait installées dans l'appartement, mais aucun micro. Océane ne pouvait évidemment pas les détruire sans s'attirer de gros ennuis. Elle garda le foulard enroulé autour de son poignet et décida d'adopter un comportement réservé tandis qu'ils étaient au salon. L'ANGE connaissait déjà sa relation avec ce policier. Elle n'enverrait probablement pas une équipe d'intervention pour la sauver.

— Je dénote un certain manque de confiance de la part de tes employeurs, se moqua Thierry.

Elle lui demanda discrètement de le suivre dans la chambre où il n'y avait pas de caméra.

— Ce n'était pas ainsi à Montréal, avoua-t-elle. Je ne sais pas ce qui se passe ici.

— Ils ont peut-être de bonnes raisons d'être plus prudents à Toronto.

— Ne me dis pas que c'est encore en rapport avec les reptiliens...

— Je ne t'en parlerai qu'une fois que tu me croiras.

— Mais ce pourrait être plus intéressant qu'un autre programme spécial de Noël au petit écran.

Il soupira avec découragement.

— Ce n'est pas le genre d'histoire qu'on raconte lorsqu'on veut séduire une femme.

— C'est donc tout ce qui t'intéresse ! fit mine de se fâcher Océane.

Il la saisit par la taille et l'attira dans ses bras. Cette fois, l'agente de l'ANGE ne se débattit d'aucune façon. Ils s'embrassèrent longuement, oubliant tous leurs soucis.

— Parle-moi des hommes et des femmes reptiles, chuchota-t-elle à son oreille.

— Il n'y a pas un seul gramme de romantisme en toi.

— Je veux savoir s'ils ont eux aussi le bonheur de connaître l'amour.

— Les reptiliens de sang pur sont extrêmement intelligents et possèdent une technologie avancée, mais ils manquent de compassion et sont particulièrement arrogants. Ils ont rarement des émotions et la majorité d'entre eux est incapable d'aimer.

— Ils se marient quand même ?

— Ce sont surtout des unions décidées à l'avance entre familles reptiliennes. Elles essaient le plus possible de ne pas mêler leurs gènes à ceux de leur bétail humain.

— Ils sont encore moins romantiques que moi, plaisanta Océane.

Son visage passa de la moquerie à la panique.

— Je suis peut-être reptilienne ! s'alarma-t-elle.

— Tu embrasses trop bien…

Il chercha ses lèvres à nouveau. Océane lui rendit ses baisers en essayant de ne pas penser à Yannick, le seul homme à lui avoir fait perdre tous ses moyens. Elle semblait éprouver une forte attirance pour les étrangers : d'abord un Galiléen, puis un Italien. « Ils ont juste deux mille ans de différence, après tout… », songea-t-elle.

À sa grande surprise, lorsque leurs jeux amoureux devinrent un peu plus sérieux, Thierry se déroba, ce que Yannick n'avait jamais fait.

— Qu'y a-t-il ? tenta de le rassurer la jeune femme.

— Je dois partir…

— Pour aller rejoindre la maîtresse dont tu as oublié de me parler ?

— Non… Il n'y a jamais eu personne dans ma vie.

— Alors, c'est moi qui ne suis pas à la hauteur ?

— Ce n'est pas cela…

— Est-ce ton métier qui t'a appris à ne donner que des réponses vagues ?

Il avait pourtant l'air vraiment malheureux.

— C'est trop compliqué à expliquer.

— Tu as peur de l'ANGE ?

— Océane, arrête de…

Elle ne le laissa pas finir et l'écrasa sur le lit. Il se laissa embrasser, mais des larmes se mirent à couler sur ses joues. Troublée, la jeune femme le libéra.

— Mais qu'est-ce que j'ai fait ? s'alarma-t-elle.

— Ce n'est pas toi…

— Laisse-moi deviner : je ressemble à une femme qui t'a jadis brisé le cœur.

— Non…

— Je ressemble à ta mère ?

Cette fois, elle lui arracha un sourire.

— Tu es la personne la plus tenace que je connaisse, soupira-t-il.

— Tu n'as encore rien vu, mon cher. Si tu veux sortir d'ici, il va falloir que tu me donnes une bonne explication.

Il la dévorait pourtant des yeux. « D'où vient cette soudaine résistance ? » se découragea Océane.

— Je n'ai jamais aimé qui que ce soit…, avoua-t-il dans un murmure.

« Évidemment ! comprit-elle. Il est orphelin ! » Il était bien connu que les enfants modelaient leur futur comportement sur celui de leurs parents. Cet homme n'en avait pas eu.

— Tout s'apprend, Thierry. Je t'en prie, reste.

Elle se coucha sur sa poitrine, décidée à attendre toute la nuit qu'il change d'idée. Elle baissa les yeux sur son poignet enrubanné et ne put s'empêcher de penser aux techniciens de l'Agence. « J'espère qu'ils n'ont rien entendu de tout ça », songea-t-elle.

Lorsque le policier recommença à se détendre, elle entreprit de le séduire. Il ne s'agissait pas d'un domaine dans lequel elle excellait, car avec son premier amant, tout s'était fait tout seul. Elle éprouva cependant beaucoup de plaisir à briser la résistance de Thierry Morin.

Après l'amour, elle l'observa avec curiosité. Les yeux fermés, il semblait assimiler cette nouvelle expérience comme un homme descendu tout droit des étoiles !

— Est-ce que tu es un extraterrestre ? demanda-t-elle en se relevant sur ses coudes.

Il éclata de rire.

— Réponds-moi, exigea-t-elle.

— Non ! Mais je commence sérieusement à croire que toi, tu viens d'ailleurs.

Un épouvantable grincement se fit entendre dans les murs, comme si la plomberie de l'immeuble était sur le point de rendre l'âme. Thierry s'assit brusquement, tous ses sens aux aguets.

— Ne me dis pas que c'est l'Alliance, gémit Océane. Pas ce soir...

Il avait déjà posé les pieds sur le sol.

— C'est pire encore, s'alarma-t-il.

Il commença à s'habiller sous le regard étonné de sa compagne.

— Qu'est-ce qui peut être pire que l'Alliance ? le questionna-t-elle.

— Les reptiliens.

— On ne s'en sortira donc jamais !

Elle se laissa retomber sur l'oreiller.

— N'ouvre à personne, ordonna-t-il.

— Tu parles à une espionne formée pour réagir à ce genre de menace ! se vexa-t-elle.

Il sortit de la chambre. Elle sauta du lit, se vêtit en vitesse et le talonna jusqu'à la porte de l'appartement. Exaspéré, il fit volte-face.

— Ce ne sont pas des démons comme ceux que vous avez affrontés à Montréal, l'avertit-il. Ils possèdent une force herculéenne, de longues griffes, et ils adorent la chair humaine.

— Tu dis ça pour me faire peur.

— C'est la vérité. Reste ici et n'allume pas !

— Il n'en est pas question !

— Océane, je t'en conjure, obéis-moi.

— Je ne te laisserai pas affronter seul tes ennemis, alors ne perds pas ton temps à m'en dissuader.

Elle enfila son manteau et se planta devant lui avec un air résolu. Il soupira profondément. S'il ne pouvait pas lui faire comprendre le danger qu'elle courait en l'accompagnant, il pourrait au moins la protéger.

Ils foncèrent dans le couloir. Au lieu de se rendre à l'ascenseur, Thierry ouvrit la porte de l'escalier de secours et tendit l'oreille. D'autres horribles sons y résonnèrent.

— C'est leur langue ? voulut savoir Océane.

— Chut…

Il descendit quelques marches sur la pointe des pieds. La jeune femme le suivit, tentant de comprendre pourquoi ces créatures, si elles existaient, n'étaient pas plus discrètes.

Ils continuèrent jusqu'au garage souterrain. Le grincement ressemblait à s'y méprendre au frottement du métal contre du métal. Sur le mur adjacent à la cage d'escalier, des tuyaux de plusieurs tailles provenaient des étages supérieurs et plongeaient dans le béton. C'est là que se dirigea le policier. Il écouta la discordante mélodie pendant quelques secondes. Puis elle s'arrêta aussi rapidement qu'elle avait commencé.

— Ils sont sur le pied de guerre, soupira-t-il.

— Minute ! protesta Océane.

Thierry tourna vers elle un visage infiniment triste.

— Tu comprends ce message ou tu le devines ?

— J'ai appris leur langue.

— À l'école internationale ?

Il secoua doucement la tête, incertain de vouloir s'avancer plus loin dans ses explications.

— Auprès de ton mentor, donc, le pressa Océane.

— Je dois partir maintenant. Retourne chez toi et verrouille la porte.

— Où vas-tu ?

— Le clan du bord du lac a un nouveau roi. Il doit être éliminé comme son prédécesseur.

— Tu as entendu tout ça dans un seul grincement ?

Elle commençait à se demander s'il se payait sa tête.

— Il faut savoir en capter les nombreuses modulations, répondit-il.

« Je dois être dans mon lit en train de faire un autre cauchemar », décida la jeune femme. Ou peut-être que la plomberie était réellement défectueuse et qu'il en profitait pour lui jouer un tour.

— Tu m'as bien eue, Thierry Morin. Si nous remontions nous coucher ?

— On m'a envoyé au Canada pour accomplir une mission. Je reviendrai dès que ce sera fait.

— Si c'est un travail excitant, je veux y aller avec toi. Je meurs d'ennui depuis mon arrivée ici.

Thierry l'embrassa sur le front.

— Oh non ! s'exclama Océane. Quand les héros font ce geste dans les films, c'est qu'ils sont sur le point de se faire tuer !

— Quand ai-je dit que j'étais un héros ? Nous sommes seulement des soldats invisibles qui se battent pour le bien de ce monde.

— Je suppose que vous êtes aussi invincibles ?

— Non.

Il fit un pas en arrière. Elle agrippa vivement ses mains en se rappelant ce qui était arrivé à Yannick tout de suite après leur première nuit d'amour.

— Jure-moi que je ne t'ai pas fait perdre tes pouvoirs, ce soir, s'alarma-t-elle.

— Je n'ai aucun pouvoir, que des talents cachés.

Ils s'embrassèrent un long moment.

— Laisse-moi t'accompagner, gémit-elle.

— Non.

— Je sais me servir d'une arme.

— C'est non, Océane.

Il recula lentement, puis marcha résolument vers sa voiture.

...018

Le message qu'avait intercepté Thierry Morin était en réalité un avertissement lancé au meurtrier du roi serpent qu'on venait de remplacer. La caste qui régnait sur cette partie de l'Ontario avait mis sa tête à prix, un gros prix. Ce n'était pas la première fois que ces reptiliens tentaient d'intimider le policier. Ce risque faisait tout simplement partie de son travail.

Depuis cinq ans, Thierry traquait les Dracos qui prenaient possession de corps humains durant des rituels sanglants afin d'imposer leur domination sur la Terre. Il n'avait pas été facile d'éliminer le chef qui avait dirigé ce clan d'une main de fer pendant une décennie. Homme d'affaires œuvrant dans le domaine bancaire, ce Dracos avait constamment voyagé entre les grandes villes canadiennes.

Une cible mouvante exigeait une patience hors du commun. Il était beaucoup plus facile d'éliminer les sangs purs, désespérément routiniers, que les hybrides. En fait, il n'y avait qu'une façon de les abattre : les décapiter.

Thierry ne devait pas perdre de temps. Il lui fallait identifier rapidement le successeur du banquier et le faucher avant qu'il établisse son propre réseau de personnes-ressources. Les reptiliens savaient se reconnaître entre eux. C'est ainsi qu'ils choisissaient leurs associés et qu'ils exerçaient leur emprise sur le peuple.

Avant de pouvoir s'attaquer aux pontes qui dirigeaient des pays entiers, le policier du Vatican devait d'abord prouver à ses patrons qu'il avait acquis expérience, vitesse et discrétion.

Il arrêta sa voiture en bordure du trottoir d'un riche quartier de Toronto. En filant l'ancien roi serpent, Thierry avait réussi à identifier plusieurs des maisons où le culte satanique se pratiquait, une fois par mois. Il s'était donc rendu directement à l'une d'elles. Les voitures de luxe étaient alignées dans l'entrée. Les reptiliens étaient donc pressés de se donner un nouveau chef. Le policier se doutait bien qu'ils assureraient au nouveau roi une protection rapprochée. Ce soir-là, cependant, Thierry voulait surtout voir son visage. Il se cala dans son siège et attendit que les Dracos quittent le manoir. Les messes noires pouvaient durer jusqu'aux petites heures du matin. Parfois, elles attiraient des entités de l'autre dimension, d'autres fois, non.

Concentré sur sa surveillance, Thierry ne vit pas le taxi s'arrêter plus haut dans la rue. Son passager en descendit en silence et disparut derrière l'épaisse haie qui séparait de la rue une superbe maison toute blanche. De gros flocons tombaient mollement sur la ville. Il était difficile de ne pas laisser de traces sur le sol où la neige commençait à s'accumuler.

Océane n'était pas froussarde. Le seul but de sa vie était de débarrasser la planète de tous les fous qui la maltraitaient ou qui tuaient sans raison, qu'il s'agisse de l'Antéchrist ou d'un dictateur. Puisque l'Agence tardait à reconnaître ses talents, sans doute pourrait-elle venir en aide à l'inspecteur Morin. Pendant qu'elle avançait lentement derrière les arbustes, elle se demanda si le groupe qui employait le policier italien avait besoin de plus de soldats.

Elle observa Thierry, assis dans sa voiture, patient comme un chat. « Un chasseur de reptiles », s'amusa-t-elle à penser. Même l'ANGE ignorait l'existence de ces ombres. Océane s'efforça de demeurer immobile, mais le froid s'infiltrait de plus en plus dans ses vêtements trop légers. Elle souffla dans ses mains pour les réchauffer. S'il n'allait pas se produire quelque chose bientôt, elle serait obligée d'aller dégeler ses pieds quelque part au chaud.

Comme elle allait abandonner son poste de guet, la porte du manoir s'ouvrit. Thierry sursauta en même temps qu'elle. Océane sortit de ses poches de petites lunettes d'approche. Faisant fi de sa sécurité personnelle, elle étudia attentivement les silhouettes des invités qui défilaient, l'un après l'autre, sur l'allée menant au parking. Peut-être pourrait-elle reconnaître un visage familier ? Il y avait autant de femmes que d'hommes dans le groupe. « Si je pouvais transmettre ces images à Vincent, il identifierait tout le monde », désespéra l'agente.

La dernière personne à quitter la maison était une belle femme dans la trentaine : longs cheveux noirs, minois d'actrice, superbe manteau de fourrure. Océane allait baisser ses jumelles lorsqu'elle assista à un effroyable spectacle : le visage de la diva se couvrit subitement de petites écailles vertes !

L'agente étouffa un cri de surprise. Elle ajusta le foyer de ses lunettes et distingua dans les yeux dorés de l'inconnue des pupilles verticales ressemblant à celles des serpents...

Océane se mit à trembler de façon incontrôlable. Thierry Morin ne lui avait pas menti : les reptiliens existaient vraiment ! Ébranlée jusqu'au fond de l'âme, elle ne songea même pas à offrir son aide au policier. Elle tourna plutôt les talons et courut jusque chez elle.

Thierry ne capta pas son départ. Il cherchait le roi Dracos. Tous ces dirigeants étaient des reptiliens ou des sang-mêlé qui devraient éventuellement être neutralisés. Mais les Frères des Pléiades avaient été très clairs : les albinos devaient partir les premiers. Les nombreux guets et l'instinct du policier lui disaient que James Sélardi avait probablement offert son enveloppe charnelle à la famille royale. Il serait difficile et dangereux de l'approcher, en raison de son poste en politique, mais seule son odeur pouvait lui confirmer son identité.

Le policier attendit que toutes les voitures soient parties avant de faire démarrer la sienne. Il revint au centre-ville, uniquement guidé par ses sens particuliers. Il passa devant l'hôtel où avait eu lieu l'élection et continua vers la banlieue nord. Thierry avait à peine pénétré dans le quartier où habitait le nouveau chef du parti mondialiste qu'un frisson courut sur sa nuque. Sans connaître l'adresse du politicien, il découvrit facilement sa résidence. Tous les gènes qui faisaient de lui l'ennemi numéro un des Dracos se mirent à réclamer la mise à mort de Sélardi.

Il arrêta la voiture et étudia la maison. Elle était protégée par un système d'alarme, mais il n'y avait aucun garde armé ou chien d'attaque. Sélardi recevait des gens à dîner. Thierry huma l'air : ce n'étaient pas des reptiliens ni même des hybrides. « Ses esclaves humains, sans nul doute », gronda-t-il intérieurement. Il attendrait son heure : le nouveau roi ne lui échapperait pas.

○

Océane atteignit finalement son immeuble et s'enferma à double tour dans son appartement. Elle le parcourut en vitesse pour s'assurer qu'elle était seule, puis alla se réchauffer sous la douche. Sa nostalgie de Noël avait cédé la place à la panique. Les paroles de Thierry revenaient sans arrêt dans sa tête. Elle se coucha en boule dans son lit, mais n'arriva pas à fermer l'œil. Elle aurait tout donné pour parler à Yannick, à Vincent, à Cédric ou à Cindy. Cette dernière habitait la même ville qu'elle, mais elle ne connaissait pas son adresse et, curieusement, leurs nouveaux employeurs ne leur permettaient pas de bavarder. Puisqu'elle était supposée avoir péri dans la catastrophe de Montréal, Océane ne pouvait pas non plus appeler sa sœur, sa tante ou sa grand-mère. Pour la première fois de sa vie, elle se sentit affreusement seule. Pourquoi n'avait-elle pas demandé à Thierry où il logeait ?

Au matin d'une autre journée de congé forcé, Océane s'habilla et quitta son immeuble en se disant que le directeur de la base finirait par lancer ses chiens de garde à ses trousses pour savoir ce qu'elle faisait. Curieusement, aucune voiture ne bloqua sa route. Elle marcha nerveusement sur le trottoir, espérant voir apparaître le policier du Vatican.

Elle s'arrêta en face d'une vitrine. Au lieu de s'émerveiller devant le village miniature et le Père Noël, elle examina son propre reflet sur la vitre. « J'ai l'air épouvantée », constata-t-elle. Elle se mit à réciter silencieusement les phrases d'encouragement que lui avait apprises Andromède lorsqu'elle était toute petite.

Une main se posa sur son épaule, lui arrachant un cri d'effroi. Océane pivota à la vitesse de l'éclair, prête à se battre. Elle arrêta son geste en croisant les yeux sombres d'Aodhan Loup Blanc.

— Une espionne morte de peur, tiens donc, se moqua-t-il.

— Je ne t'ai pas vu arriver sur la vitre !

— Je t'assure que je ne suis pas un vampire.

Il saisit la jeune femme par les épaules et la tourna vers la vitrine. Son reflet était bel et bien là, avec le sien. Océane se reprocha aussitôt son manque de vigilance. Il aurait pu s'agir d'un reptilien !

— Tu as une mine affreuse, Océane.

— Disons que je n'ai pas très bien dormi.

Il l'emmena dans un restaurant qui servait le petit déjeuner, même en ce lendemain de Noël.

— Raconte-moi tes misères, l'invita Aodhan.

Océane soupira profondément sans trop savoir où commencer.

— On m'a affectée à un endroit où je ne sers à rien tandis que la planète entière est en danger, soupira-t-elle. Tout le monde souffre de paranoïa, ici. On ne me laisse même pas utiliser l'ordinateur pour faire de la recherche. Et mes anciens collègues me manquent énormément…

— C'est souvent à Noël qu'on éprouve ce genre de détresse.

— Même si c'était Pâques, je me sentirais exactement de la même façon. Toi aussi tu as été déporté. Cela ne te rend-il pas un peu triste ?

— Contrairement à toi, je n'ai pas cessé d'exister. Je peux donc appeler chez moi quand je veux.

Les épaules de la jeune femme s'affaissèrent.

— À mon avis, il est primordial pour ta santé mentale que tu oublies ton ancienne vie et que tu t'en construises une nouvelle, suggéra Aodhan.

— Pas ici, gémit-elle.

— C'est pourtant une belle ville. L'ennemi a même tenté de s'y établir à plusieurs reprises. Jusqu'à présent, il a échoué parce que le groupe torontois est bien organisé et très efficace.

Océane comprit que sous le visage agréable de l'Amérindien se cachait un autre agent endoctriné qui n'avait pas été habitué à former ses propres opinions.

— C'est le manque de discipline de Montréal qui a causé sa perte, ajouta-t-il.

— Qui a décrété cela ? s'offensa la jeune femme.

Il garda un silence coupable : il avait trop parlé.

— As-tu au moins jeté un coup d'œil à nos résultats ? poursuivit-elle. À de nombreuses occasions, nous avons aidé les policiers à démanteler des réseaux de drogues, de traites de blanches, de vente d'armes, de...

— Mais pas à appréhender l'Antéchrist.

— Premièrement, il ne s'agissait pas de lui, mais du Faux Prophète et, deuxièmement, nos patrons ont tort de sous-estimer cette menace.

— Pourquoi un homme aussi puissant n'a-t-il fait exploser qu'une seule de nos installations, à ton avis ?

— Donc, toi aussi tu crois à cette théorie absurde d'un complot interne.

Son mutisme mit Océane en colère.

— Est-ce Ashby qui t'envoie ? se hérissa-t-elle.

— Non. Je me rendais au travail et je t'ai vue devant le magasin.

— Personne ne travaille aujourd'hui.

— Les gardiens de sécurité n'ont pas le choix. Ils doivent surveiller les allées et venues de ceux qui désirent se rendre à leurs bureaux dans les grands immeubles.

— Alors, bonne journée, Aodhan.

Elle se leva. L'Amérindien lui saisit tout de suite le bras pour l'empêcher de partir.

— Océane, nous savons que vous avez tous subi un grand choc. Profite de cette inactivité pour refermer tes blessures.

Elle se défit de lui et quitta le restaurant, encore plus irritée. Si l'ANGE ne se mettait pas bientôt à s'intéresser aux reptiliens, elle utiliserait ses temps libres pour les identifier un à un.

Même en sachant que les techniciens torontois pouvaient la localiser à tout moment, Océane retourna à pied dans le quartier où elle avait vu une femme se métamorphoser en lézard. Cette transformation l'avait tellement secouée qu'elle avait omis de noter l'adresse de la maison. Elle n'avait pas parcouru deux rues de cette banlieue que la voiture de Thierry s'arrêtait près d'elle. Il baissa la vitre de sa portière.

— Ce n'est pas une bonne idée, l'avertit-il.

Elle enveloppa sa montre avec son foulard avant de répondre.

— Je veux seulement recueillir de l'information, fit-elle.

— À pied ? Il y a des nids de serpents d'un bout à l'autre de la ville.

— Et alors ? Je n'ai que ça à faire, puisque mes patrons préfèrent que je tamponne un tas de formulaires.

— Monte. Je vais te faire gagner du temps en répondant à toutes tes questions.

« Et il fera moins froid dans sa voiture », songea-t-elle. Elle ouvrit la portière du passager et sauta sur le siège.

— On dirait que tu as changé d'idée sur mon travail, remarqua-t-il en écrasant l'accélérateur.

— Je t'ai suivi hier soir, confessa-t-elle. J'ai vu une femme se changer en espèce de monstre verdâtre.

— Tu es bien certaine que ce n'était pas un masque ? se moqua-t-il.

— Je n'ai pas envie de rire.

Il demeura muet jusqu'à ce qu'ils aient quitté le coin.

— Parle-moi de ces abominations et ne me ménage pas, exigea Océane.

— Allons chez moi, dans ce cas.

Elle s'attendait qu'il soit descendu dans l'un des hôtels chics de la ville. Elle fut surprise de le voir engager la voiture dans une ruelle plutôt sordide. Il arrêta le véhicule sous un escalier de secours, à quelques centimètres de gros conteneurs remplis de déchets.

— Tu loges ici ?

Thierry hocha la tête en réprimant de son mieux son amusement devant la tête que faisait l'espionne. Il sortit de la voiture et alla ouvrir la portière de son invitée. Océane refusa de bouger.

— Ce n'est pas une blague, je t'assure, fit-il.

— Tes employeurs t'ont loué un taudis ?

— Ils ne m'indiquent que mes cibles. Le reste, je m'en occupe moi-même.

— C'est toi qui as choisi cet endroit ?

— Tu comprendras pourquoi tout à l'heure.

La curiosité d'Océane l'emporta sur son dédain. Elle prit la main que lui tendait le policier et se laissa entraîner sur des marches de ciment usées qui menaient au sous-sol du bâtiment. Il fit glisser une porte grillagée, puis ouvrit une porte de bois. La jeune femme pénétra dans une pièce en béton éclairée par une ampoule nue qui pendait du plafond strié de petits tuyaux. Elle ne contenait qu'un grand lit et une caisse de plastique sur laquelle Thierry avait déposé sa valise.

— En fait de sobriété, tu surpasses tous les hommes que j'ai connus, avoua-t-elle, découragée.

— Assieds-toi, je t'en prie.

Elle testa le matelas avec sa main avant d'y prendre place.

— Explique-moi pourquoi tu dors ici, ordonna-t-elle.

— C'est plus facile pour moi de me déplacer.

Il restait planté devant elle, comme un écolier attendant qu'on lui demande sa récitation.

— Je sais déjà que les reptiliens viennent de l'espace, commença Océane. Ils sont arrivés il y a très longtemps, mais ils ont été refoulés sous la terre par d'autres extraterrestres, plus beaux ceux-là. Dis-moi ce que je ne sais pas.

— Comme je te l'ai déjà expliqué, les reptiliens ont fusionné leur ADN à celui des Terriens et des Pléadiens. On appelle Neterou ceux du premier croisement et Nagas ceux du deuxième. Certains hybrides n'ont pas respecté la consigne de se reproduire uniquement entre eux. Ils ont épousé des Terriens et des représentants d'autres planètes. Il y a donc dans le monde beaucoup d'humains qui possèdent une parcelle d'ADN reptilien dans leur système. On les appelle les sang-mêlé. Ils sont moins dangereux, car ils n'ont pas la faculté de se transformer. Donc, ils ne boivent pas de sang et ne mangent pas de chair humaine.

— Jusqu'ici, c'est bizarre, mais très clair. Mais à quel groupe appartient cette femme qui a changé de visage sous mes yeux ?

— Elle fait partie des Neterou.

— Les membres de la royauté sont albinos. Les autres sangs plus ou moins purs, qui présentent diverses teintes de gris, sont des descendants en ligne droite de la reine. Elle vit désormais sur Terre. Ses enfants sont des dirigeants de la société reptilienne, mais à des degrés inférieurs. Quelques-uns ont même des ailes.

— Des ailes ? répéta-t-elle, amusée.

— Ils ont inspiré les sculpteurs de gargouilles.

— Si je n'avais pas vu cette métamorphose hier, je te prendrais pour un fou.

— Attends, ce n'est pas fini. Tous les reptiliens incarnés reçoivent leurs ordres d'entités qui vivent dans le monde invisible.

— Un peu comme nous, plaisanta Océane.

— Les grands chefs serpents se nourrissent des basses vibrations produites par la peur, la culpabilité et l'agressivité. Ils commandent donc à leurs subalternes sur la

Terre de provoquer des conflits armés, des génocides, des tueries d'animaux, des perversions sexuelles, et j'en passe.

— Nos guerres les gardent en vie ?

— Tu es très lucide pour une néophyte, la félicita-t-il.

— Pour se débarrasser d'eux, il nous suffirait de mettre fin à toutes ces atrocités ?

— Simple, n'est-ce pas ? soupira-t-il.

« Évidemment pas », se découragea Océane, songeant qu'il y avait des guerres presque partout sur la planète, à des degrés différents.

— Finalement, ma tante Andromède avait raison de prêcher l'amour et l'acceptation des autres, commenta la jeune femme. N'y a-t-il pas une autre façon d'emprisonner ces créatures malfaisantes dans leur dimension ?

— Puisqu'il nous est impossible de les atteindre dans leur monde immatériel, mon mentor et les gens de son groupe m'ont demandé de faucher les rois qui transmettent les ordres aux reptiliens de la Terre.

— Est-ce que je pourrais changer de travail avec toi ?

Thierry s'agenouilla devant elle et alla chercher un baiser sur ses lèvres. Ils s'embrassèrent longuement.

— C'était un oui ? minauda-t-elle.

— Non. Rappelle-toi ce que je t'ai dit : il y a des reptiliens dans ton Agence. Je n'y ai pas accès, mais toi, oui.

— Mais tu ne veux même pas me dire leurs noms !

— Cherche-les surtout parmi les chefs ou ceux qui tirent les ficelles. Mais sache qu'il y a de bons reptiliens et de mauvais reptiliens. Tu dois apprendre à faire la différence entre les deux.

— Pourquoi faut-il que tu compliques toujours tout ?

Ils s'étreignirent encore un peu.

— Physiquement, les Neterou sont des esclaves programmés par les Dracos. On les reconnaît à leurs yeux sombres et froids. Ils sont cruels et très intelligents. Ils ne comprennent pas les émotions humaines, mais ce sont des as de la technologie.

— Et les autres Na... ?

— Nagas. Ils ont généralement les yeux bleus et les cheveux pâles. La plupart ont hérité du caractère bienveillant de leurs ancêtres des Pléiades. Ils possèdent un sixième sens leur permettant de repérer les rois serpents, même sous leur forme humaine. C'est pour cette raison que les Frères des Pléiades les forment dès leur plus jeune âge afin qu'ils les traquent et les tuent.

— Pourquoi ne le font-ils pas eux-mêmes ?

— Parce qu'ils ne sont qu'à demi corporels.

— Ah...

Océane nageait en plein délire. Elle ne pouvait même pas analyser tous ces renseignements fantastiques. Ce qui l'intriguait encore plus, c'était que les bases de données exhaustives de l'ANGE ne contenaient absolument rien sur ces êtres étranges.

— Mais où as-tu appris toutes ces choses ? demanda-t-elle finalement.

Il recula lentement sur ses genoux en rassemblant son courage.

— Souviens-toi toujours que je t'aime, murmura-t-il tristement.

— Pourquoi me dis-tu ça ?

La peau du visage de Thierry Morin prit alors une texture luisante, d'un vert très clair, et les pupilles de ses yeux bleus s'étirèrent jusqu'à devenir verticales. Épouvantée, Océane n'arriva même pas à hurler : il n'y avait plus d'air dans ses poumons ! Elle prit ses jambes à son cou et s'enfuit.

Déchiré par sa réaction, le Naga ferma les yeux.

...019

En réintégrant son corps, Yannick ressentit un terrible choc électrique. Les sensations physiques lui revinrent graduellement : d'abord une impression de froid, puis une terrible douleur dans le bras gauche et l'épaule droite. Il rassembla toute la force que Dieu lui avait accordée deux mille ans plus tôt et referma ses plaies, sans toutefois pouvoir le faire complètement. Une fois ses souffrances apaisées, il ouvrit les yeux. Tout était bleu !

Yannick mit un moment à comprendre qu'un drap recouvrait son visage. Il s'en défit d'un geste brusque et regarda autour de lui. On l'avait déposé sur une civière de métal, à la morgue ! Il s'assit avec prudence. D'autres corps reposaient autour de lui. Aucun d'eux n'avait été autopsié, probablement en raison du congé de Noël.

Le professeur d'histoire posa les pieds sur le sol. On avait attaché une petite étiquette à son gros orteil. Il l'arracha avec agacement. « C'est quand même moins dégoûtant que la fosse commune où je me suis réveillé la première fois, à Rome », reconnut-il. Il était nu comme un ver. S'il voulait sortir de cet endroit sans attirer l'attention, il devait trouver des vêtements. Il sortit de la pièce réfrigérée et trouva un placard quelques pas plus loin, dans le couloir. Il l'ouvrit avec précaution, mais les gonds usés grincèrent aigrement.

Alerté par le bruit, le gardien de sécurité quitta son poste à l'entrée et s'avança dans le corridor. Yannick n'eut pas le temps de fuir. Cela aurait d'ailleurs été bien inutile : le pauvre s'était immobilisé. Son visage perdait rapidement de la couleur. Habituellement, les cadavres de la morgue ne se levaient pas au milieu de la nuit !

— Je peux tout vous expliquer, tenta Yannick.

L'homme perdit conscience et s'écrasa sur le sol. L'agent de l'ANGE vit là une occasion qu'il ne pouvait laisser passer. Malgré ses membres gelés, il parvint à déshabiller le gardien. La veste et le pantalon étaient trop grands pour lui, mais Yannick n'allait certainement pas s'en plaindre. Il glissa ses pieds bleuis dans les chaussures et regagna le poste de surveillance. Il s'aperçut qu'il était dans un hôpital, à une bonne distance des vieux quartiers. S'il voulait retrouver le café où se cachait l'entrée des souterrains, il devrait marcher plus d'une heure.

N'ayant pas vraiment le choix, Yannick remonta à l'étage supérieur et quitta l'établissement aussi discrètement que possible. Une fois sur la rue, il chercha à s'orienter. Jérusalem, à son époque, était bien moins complexe. Cependant, il avait appris à retrouver son chemin dans sa version moderne, au fil des ans. Il serra les bras sur sa poitrine et entreprit de retourner dans le quartier chrétien. Ce soir-là, il faisait presque aussi froid dehors qu'à la morgue. Il ressentit les premières morsures du vent dans son cou, puis dans ses épaules.

— Océlus ! appela-t-il.

Son fidèle compagnon ne se matérialisa pas. Ou bien il était encore fâché contre lui, ou bien il était aux prises avec les sbires de l'Antéchrist. Yannick commença à traîner les pieds. Son corps perdait de plus en plus ses forces. Lorsqu'il atteignit finalement la porte de Jaffa, son cœur battait à tout rompre dans sa poitrine. Ses genoux cédèrent sous lui et il tomba. Deux bras l'empêchèrent miraculeusement de se casser la figure sur la chaussée pierreuse.

— Est-ce que ça va ? demanda une voix féminine.

Ce n'était pas celle d'une des agentes israéliennes avec qui il avait travaillé.

— Je ne me sens pas très bien...

La jeune femme l'aida à se remettre debout, puis à conserver son équilibre. Yannick entrevit son visage avant que sa vision commence à s'embrouiller : ses traits n'étaient pas sémites.

— Je vous en prie, aidez-moi...

— L'hôpital n'est pas très loin par là, je crois.

— Non, pas l'hôpital. J'en reviens...

— Donnez-moi votre adresse. Je vais vous y reconduire en taxi.

— Je suis de Montréal...

Impossible donc de lui rendre ce service, à moins de l'emmener à l'aéroport. Mais il n'était certes pas en état de s'y rendre. L'étrangère le fit marcher lentement sur le trottoir. Avant même qu'il ait le temps de s'en apercevoir, Yannick se retrouva dans un lit bien confortable.

— Où suis-je ? s'étonna-t-il.

— Je vous ai emmené au seul endroit auquel je pouvais penser : mon hôtel.

Il tremblait de froid. Elle sortit des couvertures supplémentaires de l'armoire et l'enveloppa chaudement.

— Êtes-vous un terroriste évadé de prison ? demanda-t-elle sans plus de façon.

— Ciel, non...

— Vous en avez pourtant l'air avec vos vêtements trop grands, vos yeux remplis de frayeur et votre visage pâle comme la mort. Vous agissez comme un homme qu'on vient de torturer.

— Ne vous fiez pas à vos yeux...

— Avez-vous été attaqué par des brigands ?

— En quelque sorte. Je m'appelle Yannick Jeffrey. Je suis professeur d'histoire…

— Moi, c'est Chantal Gareau, touriste québécoise. Il est difficile de croire que vous n'êtes pas juif avec le visage que vous avez.

— Mes parents étaient galiléens.

— Vous êtes venu leur rendre visite pour Noël et vous êtes tombé sur des voleurs, c'est ça ?

— Mes parents sont morts depuis longtemps. Je suis resté attaché à ce pays, malgré toutes les guerres qui le déchirent.

— Vous avez raison de dire que cet endroit est attachant. Je suis ici depuis deux jours à peine et je l'adore. Il y a eu des fusillades pas très loin d'ici, mais je n'ai pas eu peur.

Yannick roula des yeux comme quelqu'un sur le point de perdre conscience. Son estomac émit alors un rugissement digne d'un lion d'Afrique.

— À quand remonte votre dernier repas ? s'enquit Chantal.

Il n'eut pas la force de répondre. De peur de le voir mourir d'inanition, elle s'élança vers la porte et quitta la chambre pour aller chercher de la nourriture au marché du quartier juif. Elle revint avec une soupe de lentilles et des *knisches* farcis avec des pommes de terre. La chaude nourriture que lui fit avaler sa bienfaitrice redonna des couleurs au professeur d'histoire. Au bout d'un moment, il reconnut cette saveur qui remontait très loin dans ses souvenirs. Lorsqu'il était enfant, sa mère préparait exactement le même potage.

Il marmonna quelques mots en araméen.

— Je suis contente que vous n'ayez pas oublié vos racines en prenant la décision de vivre au Québec, apprécia Chantal croyant qu'il la remerciait en hébreu.

177

Il s'endormit en avalant le dernier chausson. La jeune femme s'allongea près de lui, remettant à plus tard ses plans pour la soirée. Elle qui avait toujours rêvé d'aventure dans des pays lointains, elle était servie. La respiration tranquille de son protégé eut bientôt raison d'elle. Elle ferma l'œil et ne l'ouvrit qu'au matin.

Le beau professeur montréalais était déjà réveillé. Il l'observait avec intérêt.

— Je parie que vous ne vous souvenez plus de ce qui s'est passé hier soir, dit-elle en bâillant.

— Je me le rappelle fort bien et votre générosité me touche beaucoup.

— C'est tout naturel à Noël.

— Ce devrait l'être tout le temps.

— Si vous me promettez d'être sage, je vais aller nous chercher à déjeuner.

— Je suis toujours sage.

Le sourire séduisant du rescapé la fit rougir. Elle s'empressa de descendre du lit et de sortir de la chambre. L'agent de l'ANGE s'étira pour s'assurer que ses muscles n'avaient pas été trop endommagés. Si Ahriman avait capté sa présence dans la ville une fois, il pouvait récidiver. Yannick ne voulait pour rien au monde mettre la vie de cette charmante voyageuse en danger. Il appela Océlus sans plus de succès.

— Je vais lui tordre le cou, grommela-t-il.

Pour éviter les désastreuses conséquences d'une décision prise sur un coup de tête, il se mit à réfléchir à son prochain geste. À l'ANGE, on le croyait mort. Comment pourrait-il expliquer son brusque retour à la vie ? Avait-il encore besoin de l'Agence pour surveiller la progression des armées de Satan ? Les trois anges promis par le Seigneur allaient-ils bientôt lui prêter main-forte ? Il y avait dans sa tête plus de questions que de réponses...

Il venait à peine de s'asseoir que Chantal revenait dans la chambre, les bras chargés de sacs.

— J'en ai profité pour vous acheter des vêtements plus seyants, annonça-t-elle.

— Vous êtes très gentille, mais ce n'était pas nécessaire.

— D'où je viens, on sait tendre la main aux autres quand ils sont dans le besoin. Un jour, vous aurez l'occasion de faire la même chose pour quelqu'un qui a besoin de secours, et vous ferez en sorte que la roue de l'entraide continue de tourner.

— J'ai connu un homme qui ne cessait de répéter la même chose.

— Quelqu'un du Québec ?

— Non, souffla Yannick, nostalgique.

Cela faisait évidemment partie des enseignements de Jeshua, même si, des années plus tard, l'Église avait choisi de lui faire dire autre chose.

— Comment pourrais-je vous remercier ?

— En me disant ce qui vous est arrivé, suggéra-t-elle.

Elle sortit d'une boîte de carton les *bagels*, le fromage, les *rugelach* à la cannelle et les gobelets de thé et les déposa sur une petite table de bois.

— C'est tout ce que j'ai trouvé à cette heure dans le quartier juif.

— Cela suffira grandement, je vous assure.

Il mangea un peu avant de se décider à lui raconter ses mésaventures.

— Alors ? insista-t-elle.

— J'ai été attaqué par des démons le soir de Noël. Ils m'ont poignardé et laissé pour mort. Hier, je me suis réveillé à la morgue. J'ai pris les vêtements du gardien de sécurité qui s'est évanoui en me voyant et j'ai tenté de regagner le quartier chrétien.

— Vous vous moquez de moi, n'est-ce pas ?

— Pas du tout.

— Est-ce que c'étaient de véritables démons avec des cornes ?

— Ce sont les peintres qui leur ont ajouté ces excroissances. Les démons nous ressemblent, sauf qu'ils aiment tuer les gens.

— Vous avez eu de la chance de vous réveiller avant que les employés des pompes funèbres ne vous vident de votre sang.

— Ou bien c'est qu'on n'a pas voulu de moi au ciel.

La jeune femme éclata de rire. Une fois leur frugal repas terminé, elle sortit des sacs un pantalon, un chandail à col roulé, un veston, des chaussettes et des souliers de couleur sombre.

— Comment saviez-vous ma pointure ? s'étonna Yannick en examinant les étiquettes.

— Vous êtes sensiblement de la même taille que mon frère.

Elle se retourna pendant qu'il s'habillait.

— Êtes-vous venue à Jérusalem la semaine de Noël pour des raisons religieuses ? demanda-t-il en enfilant le pantalon.

— Je voulais marcher sur les traces de Jésus, s'il a vraiment existé. Et vous, êtes-vous venu à Jérusalem pour vous mesurer à des démons ?

— Je suis professeur d'histoire biblique.

— Quelle curieuse coïncidence. Croyez-vous vraiment à ce qui est écrit dans la Bible ?

— L'Église a modifié certains passages des textes originaux et en a même créé de nouveaux pour asseoir son pouvoir politique sur le peuple. Il faut cependant comprendre qu'à l'origine les paraboles ont servi à établir des règles morales dans une société qui en avait grandement besoin.

— Vous êtes prof, ça ne fait plus aucun doute.

— Vous pouvez vous retourner, je suis présentable.

Elle risqua un œil derrière elle. Ce n'était plus du tout le même homme qu'elle avait recueilli la veille. Avec ses cheveux noirs légèrement bouclés, sa barbe de quelques jours et ses vêtements foncés, Yannick était vraiment séduisant.

— Je viens de penser à la façon dont vous pourriez me remercier, fit-elle. À moins que vous n'ayez d'autres plans, j'aurais besoin d'un guide en Terre sainte. J'imagine que vous connaissez cette région mieux que quiconque.

— Je suis bien informé. En fait, je connais les endroits qui font vraiment partie de la vie de Jésus. Les autres ont été attribués, il y a des centaines d'années, à des événements qui n'ont même pas eu lieu. Cela me ferait plaisir de rétablir tous ces faits pour vous.

— Je commence à croire que c'est le ciel qui vous a mis sur ma route pour raviver ma foi.

Elle lui serra la main pour sceller leur marché.

...020

La base arctique n'était pas à proprement parler une prison, sauf qu'une fois qu'on y déposait un membre de l'Agence, on venait rarement le reprendre.

Cédric Orléans n'avait pas résisté aux membres de la sécurité qui l'avaient mené dans ses nouveaux quartiers. Les Neterou n'étaient pas des créatures agressives. Les reptiliens les avaient génétiquement créés pour les servir dans le monde des humains. Ils étaient obéissants, intelligents et doués pour les sciences. Les Dracos les plaçaient surtout dans des postes de direction, partout où ils le pouvaient. Cédric avait docilement accepté de faire les études de droit que son père, également Neterou, avait planifiées pour lui, et il les avait brillamment réussies.

Debout devant un grand hublot qui donnait sur une immensité de neige et de glace, Cédric repassait les principaux événements de sa vie dans son esprit, tel un condamné à mort.

Il était né à Montréal, d'un père français et d'une mère espagnole dont le mariage avait été décidé par leurs parents reptiliens. Son enfance n'avait pas vraiment été heureuse, malgré le luxe dont s'étaient entourés les Orléans dans toutes les maisons qu'ils avaient habitées, un peu partout dans le monde. Enfant unique, Cédric avait surtout grandi dans la peur de recevoir les terribles châtiments inventés par son père chaque fois qu'il avait le malheur de lui déplaire.

Le pensionnat avait été une véritable délivrance pour cet adolescent timide et retiré. Ses professeurs étaient Neterou, mais leur travail consistait à lui bourrer le crâne, pas à le terroriser. Au moins, à l'école, on ne le battait plus à coups de bâton. Au contraire, les enseignants le louangeaient et le citaient en exemple. L'intellect supérieur du jeune Orléans ne l'avait cependant pas rendu populaire auprès des autres garçons, reptiliens ou non. Il avait subi leurs sarcasmes et leurs insultes en silence.

Couvert de prix et de mentions d'honneur, Cédric n'avait pas protesté lorsque son père l'avait inscrit dans un collège privé, en l'avertissant que si ses notes chutaient, il le remettrait entre les mains de la reine serpent sans le moindre remords. En fait, ce que monsieur Orléans craignait, c'est que son fils commence à s'intéresser aux filles, car il possédait tout de même quelques gènes humains. Les reptiliens s'accouplaient avec les femmes qu'on choisissait pour eux. Les humains, lorsqu'ils étaient amoureux, commettaient les pires bêtises.

Cédric traversa ces deux années d'étude sans écueils. Sa sagacité lui permit incidemment de se former un petit cercle d'amis, tout aussi intellectuels que lui. Il adora débattre de tous les sujets, mais n'apprit guère comment se comporter en société, car leurs réunions devaient se faire en cachette.

Son père apprit finalement l'existence de ces distractions. Pour le décrocher de ces êtres qu'il considérait inférieurs, il expédia son fils en France pour lui faire compléter une année d'études supérieures en sciences, avant de l'inscrire en droit à l'Université de Montréal.

Puisqu'il était timide, Cédric opta pour la pratique du droit des sociétés, où il n'avait pas à plaider devant un juge ou un jury. L'un des associés de la firme où il était stagiaire appartenait alors à l'ANGE. Il étudia le parcours académique du nouveau venu, surveilla ses progrès et fut frappé par son sérieux et son honnêteté. Lorsque Cédric obtint sa licence, l'associé le prit sous son aile et lui parla finalement de l'Agence. Le jeune avocat savait que son père avait d'autres plans pour lui. L'offre de son mentor étant toutefois intéressante, il lui demanda un temps de réflexion.

Cette année-là, la vie de Cédric Orléans bascula d'un seul coup. Comme l'exigeaient les traditions reptiliennes, il retourna chez ses parents pendant ses vacances d'été afin d'apprendre ce qu'ils avaient prévu pour lui. Cédric leur confia qu'on lui avait proposé une position de prestige, sans vraiment leur donner le détail des opérations de l'ANGE. Son père ne manifesta aucun déplaisir. Une infiltration de la part d'un des leurs dans une organisation secrète n'était pas à négliger.

Il fit monter son fils dans sa limousine et l'emmena chez un ami dont l'imposante maison avait été construite sur un vortex. Cédric suivit son père dans un escalier qui lui sembla descendre jusqu'en Australie. En réalité, il venait de mettre le pied dans l'antre des reptiliens vivant sous terre. Monsieur Orléans l'emmena dans la caverne où les Dracos protégeaient leur souveraine. Jamais Cédric n'oublierait cette femme d'une grande beauté, qui ressemblait à sa mère.

La reine ne donna pas l'occasion à son père de lui parler des plans de l'ANGE. Elle le fit taire pour mieux observer son enfant. Lorsque monsieur Orléans insista pour exposer ses plans, elle le fit déchiqueter par les princes. Horrifié, Cédric tenta de s'enfuir. La reine le fit ramener près d'elle par ses serviteurs couverts d'écailles. Tandis que ces derniers retenaient fermement le nouveau venu, la reine l'examina comme s'il avait été un chiot qu'elle désirait acheter dans une animalerie.

— Il ne t'a pas enseigné à te métamorphoser, n'est-ce pas ? avait-elle sifflé d'une voix très aiguë. J'aurais dû le tuer il y a longtemps et te prendre avec moi. Tu es un beau spécimen, Neterou.

Sans avertissement, elle avait planté ses griffes dans le cou de Cédric. Il avait tout de suite senti un curieux engourdissement.

— Quel nom t'a-t-il donné ?
— Cédric Cristobal Orléans...
— C'est joli. Regarde-moi dans les yeux, Cristobal.

Il vit ses pupilles s'étirer jusqu'à ressembler à celles des chats. Sa peau se couvrit de petites écailles immaculées.

— Fais la même chose, ordonna-t-elle.
— Je ne peux pas.

Elle enfonça davantage ses griffes dans sa chair. La douleur parcourut le corps de Cédric comme un courant électrique. Il devint mou comme une poupée de chiffon et ne sentit même pas s'opérer en lui sa première métamorphose. Seule sa vision lui indiqua que quelque chose avait changé. Au lieu de distinguer les êtres et les objets de la caverne dans le spectre normal des humains, il voyait les créatures vivantes en rouge et le reste dans diverses teintes d'ocre.

— Regarde ta main, exigea la reine.

Elle était recouverte d'écailles. Ses ongles étaient devenus des griffes !

— Ouvrez ses oreilles, puis laissez-le remonter à la surface, ordonna la souveraine. Je saurai le retrouver lorsqu'il sera en âge de mieux me servir.

Les princes s'emparèrent de lui et le traînèrent dans une petite grotte. Sa vision redevint normale tandis qu'ils lui faisaient traverser la caverne de la reine. Il assista alors à un autre horrible spectacle : de très jeunes Dracos se repaissaient des restes de son père.

Cédric ne sut pas combien de temps il passa dans le monde obscur des reptiliens. Il se rappelait seulement les tourments qu'on lui avait imposés, jusqu'à ce qu'il reconnaisse enfin la signification des grincements et des sifflements qu'émettaient ces créatures. Lorsqu'on l'avait enfin relâché, le pauvre homme avait grimpé le long escalier comme si le diable était à ses trousses.

En le voyant entrer dans sa voiture, couvert de sang, le chauffeur du taxi avait voulu le conduire à l'hôpital. Cédric paya le double de la course pour qu'il arrête de poser des questions sur son piètre état. Il monta chez lui en vitesse, se débarrassa de ses vêtements souillés et déchirés par la métamorphose et se réfugia sous la douche…

— MONSIEUR ORLÉANS, C'EST L'HEURE DU DÉJEUNER.

La voix électronique fit sursauter l'ancien directeur de Montréal. Il se tourna vers la boîte métallique où quelqu'un déposait ses repas trois fois par jour. La partie de lui-même qui était humaine pourrait survivre quelques mois grâce à ces aliments terrestres, mais sa partie reptilienne, qu'il ne pouvait plus renier, avait besoin d'éléments plus basiques.

Il fit glisser la petite porte qui donnait accès à la nourriture. On lui offrait des repas complets, habituellement excellents, mais il savait qu'il mourrait si on ne venait pas bientôt à son secours. Il transporta le plateau de bois jusqu'à la petite table qu'il avait tournée vers la fenêtre. C'était moins déprimant que de regarder les murs gris. Il mangea lentement en replongeant dans ses souvenirs.

Après le meurtre de son père et la perforation de ses tympans, Cédric avait appelé l'associé de sa firme pour lui dire qu'il avait bien réfléchi à son offre et qu'il l'acceptait. En réalité, il tentait ainsi d'échapper à sa triste condition.

Il avait aussitôt commencé sa formation à Alert Bay. Comme c'était son habitude, il avait excellé en tout, ce qui l'avait tout de suite opposé à Kevin Lucas, un homme très combatif.

L'ANGE avait d'abord assigné Cédric à sa division australienne où il s'était rapidement illustré, mais où les premiers manques de sa constitution reptilienne s'étaient aussi fait sentir. Heureusement, l'Agence eut alors besoin d'un nouveau directeur à Montréal. Bien qu'il eût préféré ne jamais y retourner, il avait accepté ce poste et commencé à vivre le plus longtemps possible sous terre. Lorsque ses mains se mirent à trembler et ses ongles à pousser très rapidement, il lança son premier cri inhumain dans la tuyauterie de la base. Un reptilien lui répondit, mais Cédric ne le vit jamais.

Son sauveur se mit à lui expédier par la poste la poudre qui lui permettrait de conserver son apparence humaine pendant des semaines.

— MONSIEUR ORLÉANS, VOUS AVEZ UNE COMMUNICATION.

Cédric espéra secrètement qu'il s'agisse d'un des agents qu'il avait appris à apprécier et en qui il avait confiance.

— Te sens-tu disposé à nous parler de la destruction de ta base, Cédric ? fit la voix de Michael Korsakoff.

— Je vous ai déjà dit tout ce que je savais.

— Quand tu seras prêt à passer aux aveux, tu n'as qu'à le dire à l'ordinateur.

— Je mourrai plutôt que de mentir.

— Nous te traitons pourtant bien.

L'ancien directeur promena son regard sur sa cellule et choisit de ne pas répondre. Il termina son repas sans écouter les piques du chef de la division nord-américaine. Il s'inquiéta plutôt du sort que ce dernier avait réservé à ses agents.

Yannick et Océane arriveraient sans doute à s'en tirer, car ils avaient beaucoup d'expérience. Mais Vincent et Cindy ? Le premier avait besoin de reprendre confiance en lui. Quant à la recrue, elle n'était certainement pas prête à mener toute seule quelque enquête que ce soit. Cédric ne pouvait pas demander des nouvelles d'eux à Korsakoff. Il ne voulait pas que ses agents payent pour les méfaits du pyromane qui avait détruit la base de Montréal, fût-il ou non le Faux Prophète annoncé dans les textes sacrés.

— J'attendrai ta communication, conclut Korsakoff.

Cédric replaça le plateau dans la boîte métallique, comme on lui avait demandé de le faire à son arrivée en Arctique. Puis il retourna se poster devant la fenêtre. Il ne donnerait pas aux caméras de l'ANGE l'occasion de le voir se métamorphoser avant sa mort. Il trouverait une façon de briser cette vitre épaisse et de disparaître dans la neige.

...021

Lorsque Cindy se réveilla, le lendemain de Noël, Océlus était toujours auprès d'elle, sous la forme d'un jeune homme aux traits latins. Il ne dormait pas et l'observait avec adoration. « Il n'est pas facile d'avoir un amant aux mille visages », songea l'agente. Sa mère aurait fait une syncope en apprenant que sa fille, qu'elle avait si bien élevée, se comportait de la sorte. « Au fond, c'est toujours le même Océlus », se dit Cindy. Il l'embrassa tendrement sur les lèvres.

— Je ne pourrai pas rester encore bien longtemps sous cette forme, l'avertit-il.

— C'est malheureux, car je l'aimais bien. C'était celle qui vous ressemblait le plus.

— Je tâcherai d'en trouver une semblable à mon retour.

— Bientôt, j'espère.

— Tout dépendra des intentions de Satan.

— Je l'avais oublié, celui-là.

Elle l'aida à se rhabiller, ces vêtements de soirée ne lui étant pas familiers. Il n'était pas question d'abandonner au froid le corps du charmant garçon qui avait rendu possible cette nuit d'amour. Océlus enfila le pardessus de chaude laine et mit les mains dans ses poches. Un sourire éclata sur son visage.

— C'est désormais la tradition d'offrir des présents le jour de Noël, n'est-ce pas ? fit-il.

— Cela dépend de la culture et de la religion de chaque peuple.

— Mais, dans cette ville, j'ai remarqué que la plupart des gens le font. Moi aussi, j'ai un cadeau pour vous.
— Pour moi ?

Il lui tendit un petit écrin de velours. La jeune femme l'ouvrit prudemment et écarquilla les yeux.

— C'est une bague de fiançailles ! s'exclama-t-elle.
— Je sais que vous aimez les bijoux.
— Oui, mais celui-là n'est pas à vous. Vous ne pouvez pas me donner quelque chose qui ne vous appartient pas.
— La femme à qui cet homme voulait le donner n'en a pas voulu. Il allait le jeter à la poubelle lorsque j'ai pris possession de lui. Il croira s'en être débarrassé lorsque je le libérerai.

Cindy hésita. Cette bague valait certainement des milliers de dollars. Qu'arriverait-il si le véritable propriétaire de ce corps la reconnaissait un jour à son doigt ? D'un autre côté, elle pourrait aussi servir à ralentir les ardeurs de James Sélardi.

— Je l'accepte si vous me la passez au doigt, décida-t-elle finalement.

Il dégagea l'anneau de la fente dans le velours et s'immobilisa, ne sachant pas très bien laquelle des mains de Cindy choisir. Elle lui présenta la gauche en riant. Il glissa la bague dans tous ses doigts jusqu'à ce qu'il trouve le bon. La jeune femme lui sauta au cou et l'embrassa avec reconnaissance.

— Je ne peux plus rester, souffla Océlus, de plus en plus faible.

Elle lui ouvrit la porte et le laissa partir à regret. Curieuse de voir comment le Témoin s'y prenait pour quitter le corps qu'il empruntait, elle courut se poster à la fenêtre. L'homme sortit de l'immeuble et se dirigea vers une belle voiture de sport, garée de l'autre côté de la rue. « Il doit être très riche », devina Cindy. Au moment où il allait atteindre la portière du conducteur, il tomba sur ses genoux. Une belle vapeur blanche s'échappa du sommet de la tête de l'homme et s'évapora.

— Je suis amoureuse d'un fantôme...

Elle se rappela alors qu'Océane avait craqué elle aussi pour un disciple de Jésus qui était maintenant âgé de deux mille ans. « Pourquoi pas ? » se dit Cindy en haussant les épaules. De toute façon, les agents de l'ANGE ne devaient pas s'attacher à qui que ce soit.

Elle fit un peu d'ordre dans l'appartement, puis s'habilla. Même si elle était en congé, elle pourrait sans doute être utile à la base. Au moment où elle s'apprêtait à sortir, on frappa à sa porte. Elle espéra que ce soit Océane, mais trouva Sélardi devant elle.

— Joyeux Noël ! fit-il gaiement.

— Pourquoi êtes-vous ici ? Mes supérieurs ne m'ont pas prévenue de votre visite.

— Je voulais vous faire une surprise. J'ai appris que vous habitiez seule et que vous n'aviez plus de famille. J'ai donc pensé que vous aimeriez passer un peu de temps en bonne compagnie.

— Vous êtes bien gentil, mais je dois me rendre au travail.

— J'admire votre dévouement, Cindy, mais c'est Noël.

— Mon travail est de veiller sur les gens, monsieur Sélardi. Il semble évident que vous n'êtes plus en danger.

— Je ne vous demandais pas de me servir de garde du corps. Je vous invite pour vous remercier, c'est tout.

— Je n'ai fait que mon devoir, vous ne me devez rien. Si vous voulez bien reculer, j'aimerais verrouiller mon appartement.

Dérouté par son attitude indocile, le politicien obtempéra. Cindy enfila son manteau, prit son sac à main et referma la porte.

— Puis-je au moins vous reconduire ? insista Sélardi.

— Je ne peux révéler l'emplacement de notre quartier général, vous le savez pourtant.

Il la suivit jusqu'au hall d'entrée.

— Je crains que vous ne me prêtiez de mauvaises intentions, déplora-t-il.

— Je dirais plutôt que c'est vous qui ne comprenez pas que mon mandat auprès de vous est terminé. Vous avez une famille et c'est avec elle que vous devriez passer ces fêtes.

Il remarqua alors le diamant qui brillait au doigt de la jeune femme.

— Vous ne portiez pas cette bague l'autre jour.

— C'est un présent.

— Vous venez de vous fiancer ?

— Je ne discute jamais de ma vie privée, monsieur Sélardi.

Un taxi remontait justement la rue. Cindy leva le bras pour attirer son attention. Le nouveau chef du parti mondialiste ne chercha pas à retenir la jeune femme. Mais, tandis qu'elle montait dans la voiture, il émit un grondement de mécontentement. Ses pupilles s'étirèrent, l'espace d'un instant. Personne ne résistait longtemps à un roi serpent, personne.

Cindy se rendit au majestueux château sur la colline. La Casa Loma était une attraction touristique. La base se trouvait juste en dessous. On pouvait y accéder en voiture par le parking ou à pied, par le jardin. Ce jour-là, il n'y avait aucune visite. Cindy leva les yeux sur les superbes tours qui ressemblaient vraiment à celles du Moyen Âge. Océlus avait-il le pouvoir de les ramener tous les deux à l'époque des princesses et des chevaliers ?

Elle contourna la magnifique demeure. Une fois dans le jardin, elle tenta de se rappeler la position exacte de l'entrée secrète. Elle s'arrêta devant une statue et se souvint des paroles de son directeur. Elle enfonça le nombril du bel Adonis avec son index. Deux panneaux se détachèrent de la dalle de béton à la droite de l'œuvre d'art, révélant un escalier dont la cage était éclairée.

Cindy s'empressa de descendre sous terre. Si elle avait eu son propre accès, comme tout le monde, elle n'aurait pas eu à s'infiltrer ainsi dans la base. Elle arriva devant une porte d'acier et appuya le cadran de sa montre. Croyant que la routine de l'ANGE à Toronto ressemblait à celle de Montréal, elle se dirigea vers les Laboratoires.

— Mademoiselle Bloom, la salua un des techniciens. Monsieur Ashby aimerait vous parler dans son bureau.

— Merci, répondit-elle en s'efforçant de sourire.

Elle craignit un instant que Sélardi n'ait communiqué avec son directeur pour l'obliger à accepter son invitation. Elle longea le long couloir en se demandant comment sa collègue aurait réagi dans les circonstances. « Et pourquoi n'ai-je pas encore croisé Océane ? » songea Cindy.

La porte glissa devant elle avant qu'elle puisse s'identifier. Andrew Ashby était assis derrière son imposant bureau, l'air grave. « J'ai certainement fait une bêtise, pensa la jeune femme. Auraient-ils vu le Scandinave et le bel Espagnol sur leurs écrans malgré la magie d'Océlus ? »

— Asseyez-vous, je vous prie.

Elle lui obéit tout de suite.

— J'ai de mauvaises nouvelles, mademoiselle Bloom. Il y a eu des attentats à Jérusalem le jour de Noël et...

— Non ! s'exclama-t-elle.

— Je suis vraiment désolé. Yannick Jeffrey travaillait avec le meilleur agent d'Adielle Tobias lorsqu'ils ont été fauchés par des balles ennemies.

— Je ne vous crois pas, s'étrangla-t-elle.

Yannick était un vétéran, et un Témoin du Christ, de surcroît. Jamais il ne se serait mis en pareille situation. Il avait survécu à une attaque similaire l'année précédente et il connaissait ses adversaires et leurs procédés.

Ashby poussa devant elle un agrandissement couleur. C'était pourtant bien Yannick, couché sur une table, la peau bleuâtre.

— C'est impossible... Il ne peut pas mourir...

Elle quitta le bureau en pleurant. Vincent serait en mesure de confirmer cette tragédie, si elle avait bel et bien eu lieu. Elle fonça aux Laboratoires et pianota sur le clavier de l'ordinateur l'accès ultrasecret que le savant lui avait enseigné à Montréal, puis le mot de passe convenu entre eux. Il s'agissait d'une conversation privée que l'ANGE ne devait surtout pas intercepter.

— Bonjour, Cindy, la salua Vincent d'une voix triste, alors que son visage apparaissait dans un petit carré au milieu d'une grille de mots croisés.

— On vient de me dire que Yannick est mort, pleura-t-elle. Est-ce que c'est vrai ?

— J'ai intercepté cette nouvelle tout à l'heure, mais je n'y crois pas. Il n'y a même pas de rapport d'autopsie. Et puis, tu connais comme moi sa véritable identité...

Cindy essuya ses larmes.

— Informe-toi auprès d'Océlus, suggéra Vincent. Il te confirmera qu'il est toujours vivant.

— D'accord.

— Dis aussi à Océane de me joindre en utilisant cette adresse. J'ai des informations à lui transmettre. Il faut que je mette fin à cette communication maintenant pour nous protéger tous les deux. Tu me manques, Cindy.

L'écran s'assombrit brusquement.

— Doux Jésus ! Il faut que ce soit moi qui annonce cette nouvelle à Océane, s'alarma la recrue.

Mais tout d'abord, il fallait qu'elle la trouve...

...022

Océane ne s'étant pas présentée au travail après Noël, Andrew Ashby ordonna à l'ordinateur de lui transmettre un code orange. Elle n'y répondit pas. Il tenta alors un code vert, puis un code rouge. Toujours rien. Il dépêcha tout de suite une équipe de sécurité chez elle, car sa montre indiquait qu'elle se trouvait dans son appartement, même si on ne la voyait pas sur les écrans. Ces hommes possédant une copie des clés de tous les logements des agents de Toronto, ils entrèrent chez Océane sans forcer la porte.

À leur grand soulagement, ils n'eurent pas à constater son décès. La jeune femme était bel et bien vivante, mais elle s'était réfugiée entre le mur du salon et le bras du sofa, recroquevillée sur le plancher. Elle tremblait de tous ses membres. Son foulard était enroulé autour de son poignet. Elle n'avait donc pas vu clignoter les chiffres de sa montre, mais elle avait dû en ressentir les vibrations lorsque la base avait tenté de la contacter.

Le chef de l'équipe se précipita à son secours. Jugeant qu'elle présentait certains symptômes d'un empoisonnement, il ne prit même pas le temps d'appeler les ambulanciers de la base. Il la cueillit dans ses bras et la ramena sans délai à l'Agence.

Andrew Ashby les rejoignit à l'infirmerie dès que l'ordinateur l'informa de leur arrivée. Il voulut entrer dans la petite pièce, mais le médecin le chassa et lui demanda d'attendre à l'extérieur les résultats de son examen. Le directeur fit donc les cent pas dans la salle attenante, anxieux de savoir pourquoi Océane était dans un si piteux état. Il n'aimait pas particulièrement la jeune femme, mais il avait un urgent besoin d'agents expérimentés. La Montréalaise était cynique et particulièrement têtue, mais elle n'avait peur de rien. Enfin, c'est ce que mentionnait son dossier.

— Monsieur Ashby ? l'appela finalement le médecin en sortant de la pièce.

— Comment est-elle ? Que lui est-il arrivé ?

— Elle est en état de choc. Je lui ai donné un léger sédatif pour la calmer.

— Vous a-t-elle dit quelque chose ?

— Elle n'écoute aucune de mes paroles et marmonne quelque chose qu'il m'est impossible de comprendre. Sans doute pourra-t-elle répondre à vos questions dans quelques heures.

— Mais elle n'est pas blessée ?

— Elle n'a pas une égratignure. Le scanner ne montre aucune lésion interne. Je ne peux en être absolument certain, mais on dirait qu'elle vient d'apprendre une terrible nouvelle.

Ashby remercia le médecin et retourna aux Renseignements stratégiques. Cindy Bloom avait-elle prévenu sa collègue de la mort de Yannick Jeffrey ?

— Je veux connaître tous les déplacements d'Océane Chevalier depuis Noël, fit-il en direction d'un technicien. Je veux savoir qui elle a rencontré et à qui elle a parlé.

Il s'enferma dans son bureau pour réfléchir aux derniers événements. Les agents de Montréal avaient survécu à la destruction de leur base. Cependant, l'Alliance semblait s'acharner sur eux et elle ne ciblait jamais ses victimes au hasard.

— Pourquoi ? murmura-t-il.

Océane, Cindy et Yannick avaient-ils mis la main sur des renseignements hautement confidentiels tandis qu'ils travaillaient au Québec ?

Un technicien vint lui remettre un imprimé de ce que la montre d'Océane avait enregistré. Elle s'était baladée à pied et en voiture dans le centre-ville et dans la banlieue. Elle avait mangé dans des restaurants différents, avait assisté à un spectacle de ballet et était toujours rentrée chez elle le soir. Elle avait revu le policier de la Sûreté du Québec, mais la montre n'avait pas capté leurs conversations.

Ashby n'était pas étonné qu'un grand nombre de représentants de la loi aient été présents lors de la course à la direction du parti mondialiste. Cependant, ils étaient tous retournés chez eux pour Noël. Pourquoi Thierry Morin, un policier du Québec, s'était-il attardé à Toronto ? Il demanda aussitôt une recherche sur son passé.

Au même moment, Cindy épluchait les journaux israéliens sur les banques de données de l'Agence. Un des techniciens se présenta alors pour son quart de travail. Connaissant le lien qui l'unissait à Océane, il l'informa que sa collègue avait été admise à l'infirmerie. Cindy laissa l'ordinateur en plan et fonça à la section médicale. Le médecin lui barra la route au moment où elle allait entrer dans la chambre.

— Que lui est-il arrivé ? s'énerva Cindy.
— Nous n'en savons encore rien.
— Je veux la voir.

Aux Renseignements stratégiques, les techniciens qui traquaient en permanence les deux agentes du Québec informèrent Ashby de la requête de Cindy. Le directeur se posta devant l'écran de surveillance et ajusta le casque d'écoute sur sa tête pour voir ce qu'il pourrait apprendre.

197

Le médecin laissa finalement entrer Cindy dans la chambre en lui recommandant de ne pas bouleverser davantage sa patiente. Assommée par les sédatifs, Océane esquissa un demi-sourire en reconnaissant la visiteuse. Cindy prit aussitôt sa main.

— Es-tu blessée ? s'inquiéta la recrue.

— Non..., souffla-t-elle.

— Pourquoi es-tu ici, alors ?

— Pour la première fois de ma vie, j'ai eu très peur.

— Toi ?

— Oui, moi. À Noël, il se passe des choses vraiment étranges.

— À qui le dis-tu !

Du bout de l'index, Océane dessina la lettre « c » sur la paume de la main de son amie. C'était leur signe secret pour indiquer qu'une caméra les épiait. Elles ne pouvaient pas s'entretenir librement dans cette base.

— Ça te fera sûrement du bien de te reposer ici quelques jours, fit la plus jeune.

Océane remarqua alors les larmes qui coulaient sur ses joues.

— Je n'ai rien, arrête de pleurer.

— Ils ne t'ont donc pas annoncé la mauvaise nouvelle ? s'étonna Cindy. Ils ont pourtant tenté de te joindre...

— Ils ne me disent absolument rien dans cette base. C'est comme si j'avais cessé d'exister depuis que je suis à Toronto. Toi, par contre, on dirait que tu es devenue leur petite princesse.

— Si tu veux changer de place avec moi, ne te gêne pas. On m'oblige à protéger un homme politique qui n'a absolument pas besoin de protection !

— Dis-moi ce qui te rend si triste.

Cindy se mordit les lèvres en hésitant, mais elle s'était juré de ne jamais mentir à ses collègues de travail.

— Yannick a été tué en mission, avoua-t-elle d'une voix étranglée.

Il avait dit à Océane qu'il était immortel, mais que la Ville sainte représentait tout de même un danger pour lui, l'Antéchrist étant un démon puissant. Se sachant sous écoute, l'agente de l'ANGE jugea préférable de faire montre de ses talents de comédienne, de manière à fournir une explication plus ou moins plausible de la terreur qui l'avait paralysée pendant plusieurs heures.

— C'est impossible, Cindy. Je l'ai vu hier !

— Il n'était pas ici, Océane. Il était à Jérusalem.

— Juste avant que je rentre chez moi, il m'a tendu la main, puis je ne me souviens plus de rien...

— Il est mort dans une fusillade à des milliers de kilomètres d'ici. C'est la vérité.

Océane éclata en sanglots. Cindy s'empressa de grimper sur le lit et de la serrer dans ses bras. En continuant de pleurer à chaudes larmes, Océane se dit qu'elles allaient certainement remporter les trophées de la meilleure actrice et de la meilleure actrice dans un second rôle lors des prochains Oscars.

Posté devant l'écran des Renseignements stratégiques, Ashby releva un sourcil. Il ne comprenait tout simplement pas l'attachement qui unissait les membres de la division de Montréal. À Toronto, chacun faisait son travail de son mieux, et lorsqu'un agent mourait, on le remplaçait.

Michael Korsakoff lui avait personnellement demandé de prendre ces deux femmes à sa base et de garder un œil sur elles. Le chef nord-américain soupçonnait Cédric Orléans d'avoir orchestré la destruction des installations de Montréal. Il ignorait toutefois si ce dernier avait fait participer ses agents à ses plans. Pendant un court instant, Ashby se demanda si Korsakoff avait fait exprès d'exposer Yannick Jeffrey à un si grand péril en Terre sainte.

Le directeur torontois avait parcouru le dossier du Canadien d'origine britannique. Si son identité avait été difficile à établir, son érudition, elle, ne faisait aucun doute. Il avait fait de longues études à Jérusalem, Londres et Paris avant d'être recruté par l'Agence. En plus de posséder une connaissance approfondie des méthodes préconisées par l'Alliance, il avait, le premier, découvert que ses assassins portaient des noms de code tirés du panthéon des dieux de la mort ou du chaos. « Quelle terrible perte... », déplora Ashby.

Il aurait préféré l'avoir à son service, plutôt que la rebelle Océane qui ne faisait que lui donner des désagréments depuis son arrivée en Ontario. En soupirant, il déposa le casque d'écoute, mais demanda au plus proche technicien de poursuivre l'enregistrement de l'échange entre Cindy et l'aînée.

○

Blottie dans les bras d'Océane, Cindy en profita pour chuchoter directement dans son oreille. Son message devait être court et presque inaudible.

— Vincent a des renseignements à te donner, mais tu dois utiliser son code secret.

Puis la jeune femme se redressa pour essuyer les larmes sur le visage d'Océane. Elles se mirent à parler du bon vieux temps, qui ne remontait pas si loin pour Cindy, et des qualités de Yannick. Elles résolurent finalement d'être fortes pour faire honneur à sa mémoire.

— Sais-tu où est rendu Cédric ? demanda Cindy à brûle-pourpoint.

— Il n'est plus à Alert Bay, répondit sa collègue en calmant ses faux sanglots. Michael Korsakoff me l'a en quelque sorte confirmé. Je crois qu'ils l'ont emmené quelque part où ils peuvent l'interroger à leur guise au sujet de l'explosion.

— Il ne faut pas s'en faire pour lui. Je suis certaine qu'ils le libéreront lorsqu'ils auront enfin la preuve que c'est le Faux Prophète qui a fait sauter notre base et personne d'autre.

— Ces derniers jours, j'ai eu le temps de songer aux événements qui ont précédé la déflagration et quelque chose me tracasse. Tu étais là lorsque les deux assassins de l'Alliance ont réussi à trafiquer l'accès de Yannick et à utiliser l'ascenseur, n'est-ce pas ?

— Oui, avec Yannick, Vincent et les membres de la sécurité. Nous avons transformé ces démons en passoires.

— Est-il possible qu'il y en ait eu un troisième dans cette cabine ?

Cindy prit le temps d'y réfléchir quelques secondes. Elle n'avait rien vu, mais ces créatures pouvaient se déplacer si rapidement que les caméras ne les captaient pas, comme dans la cellule d'Éros.

— Notre équipement de surveillance l'aurait repéré, décida-t-elle finalement. Il est ultrasensible. Et puis, où cet assassin aurait-il trouvé autant de dynamite ?

— Dans notre arsenal.

Chacune des bases de l'ANGE possédait en effet suffisamment d'armes, de munitions et de bombes pour faire disparaître tout un quartier.

— Pendant que tu reprends des forces, je vais aller faire quelques simulations sur l'ordinateur, pour voir si la dévastation aurait pu être causée par nos réserves d'explosifs, annonça Cindy.

— Fais attention à toi. On dirait que la malchance nous poursuit.

— Promis. Surtout ne t'inquiète pas.

Cindy l'embrassa sur le front et quitta la chambre. Dès qu'elle fut seule, Océane perdit contenance. Un fleuve de larmes coula sur ses joues. Comment en était-elle arrivée là ? Elle avait toujours fait preuve d'un courage qui lui avait valu tant d'honneurs. Pourquoi avait-elle eu peur d'un homme couvert d'écailles ? « Ce n'est pas lui qui m'a effrayée, mais la menace qu'une armée de ces monstres représente pour notre univers ! » comprit-elle finalement.

Yannick allait s'en sortir, car il était immortel. « Mais comment revient-il à la vie ? » se demanda-t-elle. Était-ce instantané ? Que se passerait-il s'il se réveillait après l'autopsie ou, pire encore, au beau milieu de l'autopsie ! Elle ne pouvait pas lui venir en aide, car elle avait juré de ne jamais dévoiler son secret.

Le visage verdâtre de Thierry réapparut alors dans son esprit. « Il doit y avoir une malédiction sur ma famille », se découragea-t-elle. Chaque fois qu'elle s'éprenait d'un homme, elle apprenait qu'il était extraterrestre.

On entra dans sa chambre. En reconnaissant Ashby à travers le brouillard qui voilait ses yeux, Océane essuya ses larmes avec le drap. Elle ne voulait surtout pas lui donner l'impression qu'elle était faible.

— Vous sentez-vous capable de m'expliquer ce qui s'est passé ? l'interrogea-t-il sur un ton dénué de compassion.

— J'ai eu une terrible vision, je crois.

Ce qui n'était pas tout à fait faux.

— Décrivez-la-moi.

— J'ai vu le visage désemparé d'un ami et j'ai senti sa souffrance.

— S'agissait-il de Yannick Jeffrey ?

Océane n'allait certainement pas lui raconter sa conversation avec Thierry Morin et sa transformation en une créature dont elle ne se rappelait même plus le nom. Au lieu de répondre à la question de son directeur, elle baissa la tête.

— Je ne prétends pas comprendre ces communications télépathiques qui se produisent parfois entre personnes qui se connaissent très bien, mais je sais qu'elles peuvent avoir de sérieuses conséquences sur leur santé. Je vous en prie, reposez-vous quelques jours.

— Qu'avez-vous l'intention de faire du corps de Yannick ?

— Il sera incinéré, puisqu'il a déjà été déclaré mort une fois à Montréal.

Ashby venait en fait d'apprendre que le cadavre avait disparu de la morgue. Il ne désirait cependant pas aggraver la détresse de son agente.

— Dès que vous vous sentirez bien, faites-le-moi savoir.

Il repartit sans même la saluer. Océane serra entre ses doigts la petite croix en or qui pendait à une fine chaînette. C'était un présent de Yannick dont elle ne se séparait jamais. Elle ferma les yeux, regrettant de plus en plus l'atmosphère détendue de la base de Montréal. Sur ces pensées, elle sombra dans le sommeil.

...023

Le lendemain de Noël, la neige cessa de tomber sur Toronto. Michael Korsakoff se tenait devant la grande fenêtre en demi-cercle de l'étage qu'il occupait dans un immeuble du centre-ville. Un verre à la main, il réfléchissait aux nombreux problèmes auxquels l'ANGE faisait face depuis les derniers mois. Tout avait commencé à Montréal...

La cloche, qui annonçait l'ouverture des portes de l'ascenseur, le sortit de sa rêverie. Le visage rayonnant de sa visiteuse lui arracha un sourire. Mithri Zachariah était élégamment vêtue, comme toujours. Ses manières impeccables plaisaient beaucoup au chef nord-américain, qui était d'une rudesse légendaire.

— Bonjour Michael, le salua la grande dame.

— Je suis ravi de te revoir, Mithri. Quel bon vent t'amène au Canada ?

— Je me morfondais à Genève, alors j'ai décidé de faire la tournée des divisions continentales.

— Je te connais trop bien pour croire qu'il s'agisse d'une visite uniquement amicale.

Il l'invita à s'asseoir dans les confortables bergères bordant l'âtre gigantesque et lui servit un soupçon de brandy.

— C'est le sort de Cédric qui te donne des remords ? demanda-t-il.

— Je sais que les faits l'incriminent, mais il n'a pas le profil d'un criminel. C'est un homme qui aimait profondément son travail et les gens sous ses ordres. J'ai lu toutes les évaluations que tu as faites de lui depuis sa prise en charge de la base de Montréal.

— J'ai jugé ses performances selon les critères de l'ANGE, bien sûr.

— Cédric Orléans ne quittait jamais sa base. Ton rapport indique qu'il s'était fait construire un appartement juste au-dessus, auquel il accédait par un ascenseur privé. Comment aurait-il pu recevoir des communications de l'ennemi sans que nous le sachions ?

Korsakoff avala le contenu de son verre d'un seul trait.

— Je suis d'accord avec toi : son passé est irréprochable. Mais tant que je n'aurai pas une meilleure explication de ce qui a causé la perte de sa base, il demeure notre principal suspect.

— Justement, Andrew Ashby a intercepté une conversation fort intéressante entre les deux agentes de Cédric qu'il a prises sous son aile.

— C'est donc pour cette raison que tu es ici. Qu'a-t-il entendu ?

— Océane Chevalier a relaté un incident qui s'est produit peu de temps avant l'explosion.

Elle lui rapporta les paroles échangées entre les deux femmes et souligna la pertinence de l'hypothèse de la mise à feu de l'arsenal.

— Andrew surveille étroitement Cindy Bloom qui s'emploie actuellement à démontrer que leurs réserves contenaient suffisamment d'explosifs pour détruire la ville, conclut-elle.

Korsakoff arqua un sourcil, incrédule.

— Admettons qu'elle ait raison, qui aurait eu accès à ce matériel ?

— Cédric, évidemment. Mais il n'y était pas.

— Ce qui est déjà suffisamment étrange. On dirait qu'il a quitté la base justement parce qu'il savait qu'elle allait exploser.

— Il était à la poursuite d'un dangereux criminel.

— Il aurait pu installer un dispositif de compte à rebours.

— Sans que nous le détections ? s'étonna Mithri.

— Tu ne vas pas croire à leurs histoires de démons, tout de même ?

— Une de nos missions est d'enquêter sur les étrangetés de ce monde, rappelle-toi.

— Mais cette hypothèse est complètement farfelue ! Nos caméras n'ont rien capté !

— En ce moment, toutes les théories sont bonnes, Michael. Je veux que tu les explores toutes.

Korsakoff se garda de faire un commentaire. Son air contrarié indiqua toutefois à la grande patronne de l'Agence qu'il n'était pas d'accord avec elle.

— Ce n'est pas toi, mais moi qui devrai faire des excuses à Cédric si jamais tu découvres qu'il est innocent, ajouta Mithri.

— Et si je t'apporte la preuve qu'il est coupable ?

— Je te laisserai choisir toi-même le jour de son exécution.

Mithri Zachariah termina son verre.

— J'ai aussi entendu dire que l'agent Jeffrey a perdu la vie à Jérusalem, laissa-t-elle tomber. C'est toi qui m'as suggéré de l'affecter à la base d'Adielle.

— Je ne l'ai certainement pas fait pour qu'il s'y fasse tuer. Il connaissait bien cette ville et il parlait aussi l'hébreu. J'ai cru que c'était une bonne décision.

— Il est venu à mes oreilles que vous ne vous entendiez pas très bien, lui et toi.

— Je refusais de croire à ses théories d'Empire romain, rien de plus.

— C'est une terrible perte pour nous, soupira la grande dame. Merci pour le brandy, Michael.

Elle le quitta sans rien ajouter de plus, laissant le chef de la division nord-américaine dans le doute.

Océane reprit rapidement courage. Le lendemain de son hospitalisation, elle demanda ses vêtements et se présenta au bureau de son directeur. Ashby feuilletait une pile de documents que l'agente rebelle reconnut aussitôt.

— Mademoiselle Chevalier, je pensais justement à vous.

Elle prit place devant lui avant qu'il l'invite à le faire.

— Je vois que vous n'avez pas pris votre travail au sérieux, poursuivit Ashby.

Il retourna vers elle un formulaire où elle avait utilisé le tampon pour dessiner un gros cœur.

— Je mourais d'ennui, expliqua Océane en haussant les épaules.

— Vous comprendrez qu'il est difficile d'attribuer un poste public à une personne qui n'est plus censée exister.

— Ce qui revient à la question que je vous ai posée lors de notre première rencontre : quand pourrai-je obtenir un transfert ? Je sais pertinemment que l'internationale est sans cesse à la recherche d'agents fantômes.

Le directeur la fixa dans les yeux pendant quelques minutes. Il n'aimait pas se faire dicter sa conduite, mais il ne savait plus comment traiter cette jeune femme.

— Je verrai ce que je peux faire. D'ici là, prenez quelques jours de repos et évitez de mettre les pieds dans le plat.

— Je verrai ce que je peux faire, répondit-elle en l'imitant.

D'un mouvement de la tête, il lui donna son congé. Océane bondit vers la porte. Elle ne pourrait pas secourir Yannick avant d'être mutée à la division de Mithri Zachariah. Toutefois, avant de quitter le Canada, elle avait un autre problème à régler.

Elle se dirigea vers les Laboratoires, mais n'eut pas le loisir d'utiliser l'un des ordinateurs. Un membre de la sécurité était posté à l'entrée.

— Monsieur Ashby préférerait que vous rentriez chez vous, lui dit-il poliment.

Assise non loin, Cindy arrêta de lire les informations à l'écran et leva la tête.

— Océane ! s'exclama-t-elle.

Elle courut à sa rencontre.

— Je t'ai acheté des chewing-gums pour te remettre de bonne humeur ! annonça-t-elle fièrement.

— Tu es vraiment chouette, toi. Merci.

— Dès que tu te sentiras mieux, nous irons faire des courses ensemble.

Cindy serra son amie dans ses bras tandis que cette dernière glissait son présent dans sa poche. Océane se laissa conduire devant chez elle. Elle laissa repartir la voiture de l'ANGE puis déchira délicatement l'emballage en alu du paquet de chewing-gums. Sa collègue s'était donné beaucoup de mal pour le recoller sans que rien y paraisse. À l'intérieur, elle avait inscrit l'adresse électronique ultrasecrète de Vincent et son mot de passe. Encore fallait-il qu'Océane puisse trouver un ordinateur quelque part...

Elle remonta son col et marcha sur la rue en respirant l'air frais. Ashby était probablement en train de la suivre sur les écrans des Renseignements stratégiques. Comment pourrait-elle communiquer avec Thierry Morin sans avoir toute l'Agence sur le dos ?

Sans se presser, elle retourna aux endroits où il avait croisé sa route, sans succès. Sachant ce qu'elle risquait, elle obliqua vers le quartier plus ou moins sécurisé où logeait le policier. Elle entra dans la ruelle. Thierry était debout devant sa voiture. Océane marcha vers lui en enroulant son foulard autour de son poignet.

— Pourquoi ne pas me l'avoir dit avant ? reprocha-t-elle, menaçante.

Elle le frappa violemment sur la poitrine avec ses poings. Thierry lui saisit les bras pour arrêter son geste.

— M'aurais-tu embrassé si tu l'avais su ? Aurais-tu couché avec moi ?

— Il aurait d'abord fallu que je me fasse à l'idée que tu n'es pas humain.

— Tu ne m'aurais même pas cru.

— Je veux tout savoir sur toi, Thierry Morin, tout.

— Pas ici.

Ils marchèrent jusqu'à un petit café.

— Je ne connais pas mes parents, murmura-t-il une fois qu'ils furent assis un peu à l'écart. Mon mentor est cependant convaincu que mon hybridation ne remonte pas à des siècles. Elle serait même très récente. C'est pour cette raison qu'il s'est intéressé à moi.

— Je ne comprends pas de quoi tu parles.

— Les reptiliens ont mêlé leur sang à celui des Pléadiens à l'époque des rois de Babylone. Dans mon cas, il semblerait que je ne sois pas le produit de milliers d'années de croisements, comme la plupart d'entre eux.

— Tes parents sont des reptiliens venus directement de l'espace ?

— Seulement mon père. Selon mon mentor, ma mère est Pléadienne. Il croit qu'elle habite à l'intérieur d'une montagne d'Italie avec d'autres réfugiés.

— Dans une montagne ? répéta Océane, sidérée.

— Cette planète a changé de densité plusieurs fois depuis sa création. La dernière fois, les géants blonds ont dû trouver un abri souterrain pour survivre.

— Admettons que tout ceci soit vrai, il y a donc d'autres imposteurs comme toi sur la Terre ?

— Exactement comme moi, non. Mon mentor affirme que je suis le seul Naga à posséder la moitié des pouvoirs de mes deux géniteurs.

— Qui sont ?

— Le pouvoir de me métamorphoser à volonté, de faire obéir la matière solide et de me déplacer dans la pierre, le béton, le sable et la terre, comme les Dracos.

Océane avait fini par accepter que Yannick Jeffrey avait la faculté de guérir les malades, et qu'Océlus pouvait disparaître et réapparaître comme bon lui semblait, mais se déplacer dans le béton ? Les affirmations de Thierry Morin dépassaient l'entendement.

— Je peux aussi retrouver les rois Dracos, comme les chasseurs des Pléiades. C'est ce qui a incité mon mentor à me fournir une éducation très spéciale. Son groupe était depuis longtemps à la recherche d'un traqueur.

— Il s'est occupé de toi uniquement pour que tu travailles plus tard pour lui ? Tu ne trouves pas ça égoïste ?

— J'ai eu la même réaction que toi, à l'adolescence, mais j'ai finalement compris que je n'avais été engendré que dans ce but.

— Ton mentor continue-t-il de te diriger ?

— Plus comme avant. Il m'indique surtout mes cibles et je dois lui rapporter une preuve de l'exécution de chaque roi serpent.

— Tu es donc un chasseur de primes.

— En quelque sorte.

Elle se cala dans sa chaise, découragée.

— Si je comprends bien, tu es coincé dans ce travail, soupira-t-elle.

— Pas plus que toi dans le tien. En fait, toi et moi, nous voulons exactement la même chose : sauver notre monde.

— En ce moment, je ne sauve pas grand-chose.

— Tu dois commencer par purger l'ANGE des Neterou et des Dracos qui s'y sont infiltrés. Ta mission est tout aussi importante que la mienne, Océane.

— Si je découvre ces reptiliens, est-ce que tu les extermineras ?

— Seulement une fois que j'aurai tué leur nouveau roi. C'est ma priorité.

— On dirait que j'ai été avalée par mon téléviseur pendant une émission de science-fiction…

Elle sirota son café en se demandant si elle voulait vraiment s'acoquiner avec un homme pareil et, de surcroît, choisir son camp dans la guerre clandestine que se faisaient les Nagas et les Dracos.

— Tu m'as dit que beaucoup d'humains ont du sang reptilien sans le savoir, se rappela-t-elle. Faudra-t-il que tu les élimines tous ?

— Non. La plupart ne savent même pas qu'ils ont une pareille ascendance. Ceux qui sont vraiment dangereux sont les sangs purs et leurs esclaves, qu'ils soient humains ou Neterou.

— Comme ceux que j'ai vus l'autre soir dans le quartier riche.

— Pour vraiment sauver les habitants de la Terre, il faudrait commencer par mettre fin à toutes les hostilités et enseigner aux gens à s'aimer.

« Yannick s'acquitterait fort bien d'une telle mission », songea la jeune femme.

— As-tu d'autres questions ? s'enquit Thierry, craignant de la voir partir en courant.

— Pourquoi des prêtres italiens t'ont-ils donné un nom français ?

— C'est le choix de mon mentor qui a déjà vécu au Québec.
— Laisse-moi deviner : il s'appelle Morin ?
— Je n'ai pas le droit de te parler de lui.

Ils quittèrent le café et marchèrent côte à côte en silence. Océane ne savait plus quoi penser de toute cette histoire.

— La première fois que je t'ai vue, lors de l'assassinat du gourou, tu m'as ébloui, avoua-t-il. Je ne voulais pas me laisser distraire de mon enquête, mais tu apparaissais partout où il se produisait un crime relié à l'activité des Dracos.

Océane n'était pas particulièrement romantique. Au lieu de comprendre que Thierry tentait de lui faire la cour, elle analysa plutôt ses paroles avec son esprit d'espionne.

— Es-tu en train de me dire qu'Éros était un reptilien ?
— Oui, mais contrairement à ce que je pensais, il ne faisait pas du tout partie de la famille royale.
— Et lors de la fusillade au cégep, est-ce...
— Océane, j'essaie de te dire que je t'aime. Ne pourrais-tu pas remettre cet interrogatoire à plus tard ?

Elle se figea sur place.

— J'imagine que je ne suis pas tout à fait le type d'homme auquel tu rêves, mais la belle n'a-t-elle pas appris à aimer la bête ?
— Ne dis pas ça, se chagrina Océane.
— J'ai vu l'horreur sur ton visage, l'autre soir.
— Mets-toi un peu à ma place.
— Je ne prends cet aspect que lorsque je dois faire mon sinistre travail.
— Et quand tu te promènes dans la pierre ?
— Je conserve mon apparence actuelle.
— Pourquoi faut-il toujours que je rencontre des hommes aussi étranges ?
— Sans doute les attires-tu.
— Bon, maintenant, c'est ma faute.

Il prit doucement sa main et l'embrassa. Océane ne résista pas. Elle se demandait plutôt si cet amour allait causer sa perte.

— L'Agence nous défend de nous marier et d'avoir des enfants, lui apprit-elle.

— C'est la même chose dans ma confrérie.

Océane se leva sur la pointe des pieds pour l'embrasser. Soulagé, Thierry l'étreignit à lui rompre les os. Ils échangèrent de longs baisers sans se soucier des passants.

— Qui étaient ces autres amants étranges ? chuchota-t-il à l'oreille d'Océane.

— C'est une question qu'un homme ne doit jamais demander à une femme, Thierry Morin.

— Puis-je te ramener chez moi ?

Au milieu d'un baiser, Thierry aperçut du coin de l'œil une voiture qui arrivait un peu trop rapidement du sud. Il tourna la tête au moment où l'occupant de la banquette arrière ouvrait le feu sur Océane et lui. Ses réflexes reptiliens l'emportèrent sur ses délibérations de Pléadien. Il posa la main sur le mur et pivota sur lui-même devant sa compagne, créant un écran de briques entre eux et leur assaillant. Les balles de la mitraillette frappèrent durement le bouclier miraculeux.

Océane n'avait même pas eu le temps de bouger. La rapidité d'exécution de Thierry la stupéfia, elle qui croyait que tous les reptiles étaient lents à réagir ! Dès que la mitraillade cessa, le policier fit disparaître le mur temporaire. Le gros véhicule sombre tournait au coin de la rue en faisant crisser ses pneus. Elle eut juste le temps de voir la plaque en penchant la tête de côté. Elle n'était pas difficile à retenir, puisqu'elle épelait un mot : « BUTO ».

— Je vais les rattraper, annonça Thierry en reculant de quelques pas.

Il constata alors qu'Océane avait été touchée. En voyant son regard se porter sur son épaule, l'agente y posa la main. Le sang coula entre ses doigts. Thierry abandonna toute idée de poursuite. De longues griffes sortirent de ses doigts et déchirèrent le tissu du manteau. La balle n'avait qu'éraflé la peau de la jeune femme.

— Qu'est-ce que tu attends pour les poursuivre ? reprocha-t-elle.

— Tu es blessée...

— Je ne suis pas à l'agonie. Il est bien plus important de connaître l'identité du tireur que de me faire des points de suture.

Il hésita encore un peu, puis pénétra dans le mur.

— Je ne m'habituerai jamais à ça, grommela Océane en déroulant le foulard de son poignet.

Elle activa un code rouge, puis utilisa le fichu pour arrêter l'écoulement du sang.

Thierry Morin traversa plusieurs immeubles en vitesse pour finalement atteindre la rue sur laquelle la voiture noire avait tourné. Il faillit heurter un piéton en émergeant du béton, mais ce n'était guère le moment de s'excuser. La berline lui passa sous le nez. Cette fois, il put voir le visage de celui qui avait tenté de le tuer : c'était un partisan de James Sélardi. Il se rappelait très bien l'avoir croisé dans le grand salon lors de la course à la présidence. Le pauvre homme était probablement une marionnette du roi serpent. En rapportant à son souverain qu'il n'avait pas réussi à abattre le traqueur Naga, il ne ferait certainement pas de vieux os.

...024

L'équipe d'intervention fut rapidement sur place. Océane avait le dos appuyé sur la brique fragmentée par les décharges de la mitraillette. Des passants s'étaient précipités à son secours, mais elle assura que ce n'était qu'une égratignure et que la police était déjà en route. Ces bons Samaritains ne la quittèrent que lorsque la camionnette de l'ANGE se gara devant eux. Un secouriste traita tout de suite la blessure de l'agente, heureusement superficielle.

Pendant qu'il pansait la plaie, la jeune femme observa le travail rapide et efficace des autres membres du groupe. En un clin d'œil, ils avaient discrètement photographié tous les trous, retiré les balles qui s'y trouvaient encore et ramassé les cartouches éparpillées dans la rue. Avant que qui que ce soit remarque leurs étranges activités, ils étaient en route pour la base.

Dès qu'ils furent dans le garage souterrain, le chef de l'équipe exigea qu'Océane se rende à l'infirmerie. Elle acquiesça avec un air angélique et entra dans l'ascenseur. Une fois dans le long couloir, elle passa devant la porte de la section médicale sans même lui accorder un regard, pour se diriger vers celle des Laboratoires. Il ne lui faudrait que quelques secondes pour découvrir l'information qu'elle cherchait.

Elle s'empressa de s'asseoir à un poste de travail vacant et de pianoter le code de la base de données.

L'Agence avait accès à des renseignements que les policiers préféraient garder pour eux. La fiche du propriétaire de la voiture immatriculée « BUTO » apparut à l'écran. Son visage ne lui dit rien. Elle accéda rapidement à un autre réseau de l'ANGE, où cette dernière rassemblait tout ce qu'elle pouvait sur les personnes importantes du pays.

— Douglas Grimm, radié du Collège des médecins..., lut-elle tout bas.

La porte des Laboratoires chuinta. Océane accéléra sa lecture puis tapa en vitesse le code de communication avec les autres bases, faisant mine de vouloir parler à son collègue resté à Vancouver.

— Mademoiselle Chevalier, fit une voix familière.

Elle leva la tête, s'attendant à voir la mine agacée de son directeur. Étrangement, le visage d'Ashby était blanc comme de la craie.

— Que faites-vous ici ? demanda-t-il, étonné de la voir encore en vie.

— Je voulais faire savoir à Vincent que je vais bien, répondit Océane en souriant.

Son nouveau patron reprit contenance de son mieux.

— On vous a demandé de voir le médecin, articula-t-il enfin.

— Ce n'est qu'une égratignure.

— Quelqu'un vient de vous tirer dessus !

— Cela va sans doute vous surprendre, mais ce genre d'incident fait partie des risques que courent tous les espions. En réalité, c'est vous qui devriez consulter le médecin. Vous avez une mine affreuse.

Les techniciens avaient cessé leur travail pour les observer. Malgré ses manières suaves et sa grande politesse, Andrew Ashby réagissait plutôt mal aux ripostes de ses subalternes.

— Je vous prierais d'obéir aux ordres que vous recevez, mademoiselle Chevalier.

— D'accord, mais vous verrez bien que je n'ai rien de sérieux.

Dès qu'elle fut partie, Ashby vérifia ce qu'elle avait demandé à l'ordinateur. Lorsque le visage de Douglas Grimm apparut à l'écran, il s'assit sur la chaise, complètement désemparé. Pourquoi cette espionne s'intéressait-elle à lui ? Depuis qu'il avait été expulsé de l'hôpital où il saignait des patients pour le compte de ses frères reptiliens, Douglas s'était fait aussi discret que possible. Une rumeur disait qu'il travaillait dans une entreprise de pompes funèbres et qu'il était très près des maîtres Dracos.

Il effaça le fichier, incapable de conserver son calme. Tout autour, les techniciens faisaient semblant de s'affairer à leurs propres machines, mais ils ne perdaient pas un instant de la déconfiture de leur directeur. Ce dernier se leva, prit une profonde inspiration et quitta les Laboratoires. Il regagna son bureau en vitesse, même s'il savait qu'il ne pouvait établir aucun contact avec ses semblables en utilisant les ressources de l'ANGE.

Le roi serpent lui avait demandé de faire disparaître Océane Chevalier, puisqu'elle risquait de faire échouer ses plans d'enlèvement. Ashby avait donc eu recours au réseau d'esclaves assassins. N'étaient-ils pas programmés à cet effet ? Le visage de Douglas revint dans son esprit. De quelle façon était-il mêlé à cette histoire ?

— Vous êtes ici depuis plus de dix-huit heures, monsieur Ashby, annonça la voix électronique de l'ordinateur central.

— Je vous remercie de me le rappeler, soupira-t-il.

Ashby était profondément inquiet, car Kièthre apprendrait son échec tôt ou tard... Ce n'était pas sa propre sécurité qui l'inquiétait, mais celle de ses enfants. En règle générale, les Neterou ne s'attachaient pas à leur progéniture. Ils avaient plutôt l'habitude de l'offrir à leurs seigneurs pour assouvir leurs besoins. Mais Ashby était fier des progrès de ses deux fils, et il désirait pour eux le plus brillant des avenirs.

Il rentra chez lui, un luxueux appartement du centre-ville. Son épouse vint l'aider à enlever son manteau et l'embrassa sur la joue.

— Quelqu'un t'attend au salon, lui dit-elle joyeusement.

Pourtant, le couple ne fréquentait personne. Il s'empressa d'entrer dans le salon et s'arrêta net en reconnaissant son visiteur.

— Andrew, te voilà enfin ! s'exclama Sélardi.

— Avions-nous rendez-vous ? balbutia le pauvre homme.

— Est-ce vraiment nécessaire ? Je suis venu te parler d'un certain assassinat manqué.

— Je ne sais pas ce qui s'est passé. Habituellement, nos gens sont efficaces.

— Moi, je sais exactement ce qui s'est passé. Viens t'asseoir.

Sentant venir sa dernière heure, Ashby prit place sur le sofa. Sélardi changea alors d'apparence. Ses nouveaux vêtements élastiques lui permettaient maintenant de passer de l'homme à la bête sans faire éclater toutes leurs coutures. Les yeux étincelants du roi captivèrent aussitôt ceux de son serviteur.

— Il y a un Naga dans la ville, lui apprit-il d'une voix râpeuse.

— Un traqueur, ici ? s'alarma Ashby. Il nous détruira tous !

— Pas si nous frappons les premiers.

— Mais ce sont de farouches combattants, monseigneur. Aucun de nous n'a été formé à se battre ainsi.

— Avant de s'attaquer à vous, c'est moi qu'il cherchera à détruire.

Ashby s'étonna de voir jaillir une flamme de plaisir dans les iris vermeils du Dracos.

— Vous ne le craignez pas ? osa-t-il demander.

— Je n'aime pas les choses faciles. Si j'arrive à contrecarrer le Naga, mon règne sera célébré jusqu'à la fin des temps.
— Il en viendra d'autres.
— Je les tuerai un après l'autre.

Kièthre lécha ses lèvres fines avec sa langue fourchue. Maintenant qu'il était fermement implanté dans le corps du politicien, il devait se nourrir de l'énergie vitale d'une victime innocente et pure. Habituellement, les Dracos absorbaient celle de jeunes enfants qu'ils faisaient enlever par leurs esclaves. Mais lorsqu'ils pouvaient mettre la main sur un adulte sans malice...

— Je commencerai bientôt ma campagne électorale, poursuivit-il. C'est à ce moment que vous me livrerez la brebis.

Ashby acquiesça d'un mouvement de la tête.

— Je dois montrer que je suis le plus fort si je veux mener à bien la grande mission des Dracos. Cette fois, nous prendrons possession de la planète.

Sélardi reprit son apparence humaine et offrit un visage détendu au pauvre homme terrorisé.

— De grâce, Andrew, débarrasse-moi de tous ceux qui pourraient nous faire échouer.

— Je ne vous décevrai pas.

Le nouveau roi se leva en rajustant sa veste. Ashby l'imita. Il mourait d'envie de lui demander ce qu'il savait sur les activités du docteur Grimm, mais il risquait de perdre la vie si sa question se révélait trop indiscrète.

— Affecte Cindy à ma surveillance personnelle lors de mon premier discours électoral, exigea le politicien.

— Oui, bien sûr.

— Tu iras loin, mon ami, si tu suis mes ordres à la lettre.

Le Dracos tapota amicalement le bras du Neterou et le quitta. Les souverains accordaient rarement une seconde chance à leurs serviteurs. Ashby ne pouvait se permettre d'essuyer un nouvel échec.

...025

Les blessures de Yannick finirent par se refermer. Le ciel lui avait octroyé la vie éternelle, mais il lui incombait de prendre soin de son enveloppe physique. Dès qu'il fut en état de se mouvoir, il tint la promesse qu'il avait faite à Chantal. Il s'entoura de son bouclier protecteur, pour ne pas attirer l'ennemi sur eux, et emmena la jeune touriste visiter le mont des Oliviers et le mont Sion, à l'est de la ville. Il avait surtout choisi cet endroit pour les vues exceptionnelles qu'il offrait de la vieille cité. La jeune femme s'émerveilla devant les tombeaux de la vallée du Cédron et les premiers vestiges de la cité de David. Yannick lui raconta que sur le mont Sion s'était déroulée la dernière Cène.

Le berceau de la foi chrétienne n'était pas très vaste. On n'y trouvait pas de grandes cathédrales gothiques ou autres splendeurs architecturales. Les églises de la ville faisaient pâle figure en comparaison de leurs sœurs européennes. Tous les édifices étaient modestes, mais ils donnaient à la ville une grande humilité.

Le lendemain, Chantal loua une voiture, la seule façon d'explorer tous les lieux de la Terre sainte. Après y avoir déposé une cargaison d'eau embouteillée, les deux aventuriers prirent la route.

— Êtes-vous marié ? demanda la jeune femme à brûle-pourpoint.

— Plus maintenant, mais je l'ai déjà été lorsque je vivais ici. Et vous ?

— J'ai eu plusieurs petits amis égoïstes et immatures, donc je cherche toujours la perle rare.

— Vous rencontrerez votre âme sœur quand votre cœur le désirera vraiment.

— J'ai travaillé très fort pour arriver où j'en suis, vous savez, et il est très important pour moi de choisir quelqu'un qui me fera grandir. J'ai appris, avec les années, à ne plus prendre le premier qui passe.

— Avec les années ? répéta Yannick. Mais vous êtes toute jeune.

— Ne vous fiez pas à vos yeux. Mon esthéticienne est aussi une magicienne.

Sa remarque le fit bien rire. Lui n'avait pas eu besoin de tels soins pour garder son apparence pendant tous ces siècles.

— Le véritable mal de ce siècle, c'est que les gens ne veulent plus assumer les conséquences de leurs actes, déclara-t-elle. C'est une attitude que nous devons absolument changer si nous voulons survivre.

— C'est donc une des raisons qui vous ont poussée à venir en Judée, comprit-il.

— Je suis à la recherche de moi-même. Le meilleur moyen pour commencer à se redécouvrir, c'est par sa foi, non ?

— J'admire votre maturité, mademoiselle Gareau.

Tandis qu'ils partaient à la découverte de la côte et de la Galilée, Yannick lui parla de la vie de Jésus.

— Il est né à Bethléem, il a grandi à Nazareth et il a été baptisé dans le Jourdain. Il a surtout prêché autour du lac de Tibériade. C'est là qu'il a raconté ses paraboles et accompli ses miracles.

— Mais il a été crucifié à Jérusalem.

— C'est exact. La dernière semaine de sa vie, il y fit une entrée triomphale, un peu avant la Pâque. Il réunit tous ses disciples pour le repas pascal, puis les conduisit au domaine de Gethsémani où il fut arrêté.

Yannick cessa de parler, profondément perdu dans ses souvenirs. Tout en suivant les indications sur la route, Chantal lui jeta des coups d'œil inquiets.

— On dirait que ces événements vous bouleversent beaucoup, dit-elle finalement.

— Les gens ne connaissent pas sa véritable personnalité...

— Si je ne savais pas que vous étiez un professeur d'histoire biblique, je serais portée à croire que vous avez eue une vie antérieure dans ce pays.

Cette déclaration tira Yannick de sa transe.

— Certaines personnes disent que la secte à laquelle appartenait Jésus croyait à l'astrologie et aux vies antérieures, poursuivit-elle.

— Il voulait surtout ouvrir l'esprit des gens, mais il a en effet mentionné à certaines occasions qu'il était déjà venu ici.

Yannick demeura silencieux le reste du trajet jusqu'aux ruines de Césarée. Lorsque Chantal arrêta la voiture dans le parking, il sembla revenir à la vie. Il suivit d'abord sa nouvelle amie dans les ruines du théâtre romain.

— Au début, quand vous m'avez dit que vous aviez été attaqué par des démons, j'ai cru que vous divaguiez. Après tout, vous veniez d'être attaqué à coups de couteau. Ensuite, j'ai pensé que vous aviez employé ce terme pour me faire comprendre que ces bandits n'avaient pas de cœur. Maintenant, je commence à me demander si vous étiez sérieux.

Il inspira profondément, ne sachant comment lui annoncer qui il était. Dieu lui avait demandé de revenir sur Terre pour surveiller la montée de l'Antéchrist. Il ne lui avait jamais défendu de dire la vérité à ceux qu'il rencontrerait. Il ne l'avait pas fait dans le passé, en raison du manque de compréhension des hommes. Même s'il ne pouvait pas mourir, les bûchers où finissaient les hérétiques ne l'avaient guère attiré. Mais ce siècle était plus indulgent.

— Je ne désire pour rien au monde vous effrayer, surtout au beau milieu de vacances qui vous ont certainement coûté une fortune, mais malheureusement, ces entités existent vraiment.

— Pourquoi s'attaquent-elles à vous ?

La question tant redoutée...

— Cette fois, vous allez croire que je me suis échappé d'un asile, soupira-t-il.

— J'ai l'esprit ouvert.

— Je l'espère. Alors voilà, je suis l'un des Témoins à qui Dieu a demandé de surveiller les agissements du mal jusqu'au retour de son Fils.

— C'est vrai ?

— Même si j'ai été parfois obligé de le faire, je n'aime pas mentir.

Voyant que ses yeux exprimaient un soupçon de crainte, Yannick décida de lui donner une preuve de son identité, sans se soucier que cette démonstration de ses facultés dénoncerait sa présence en Terre sainte.

— Aimeriez-vous boire un soda ?

La petite bouteille apparut dans sa main, faisant sursauter Chantal.

— Comment avez-vous fait ça ?

— Dieu m'a accordé certains pouvoirs, comme celui de détruire mes ennemis et de me procurer tout ce dont j'ai besoin pour survivre.

— Ce n'est pas un tour de magie ?

Il secoua la tête.

— C'est donc pour ça que vous en savez autant sur ce pays. Vos parents étaient réellement galiléens...

223

— Ils sont morts depuis plus de deux mille ans.

— En tout cas, vous êtes bien conservé.

La plaisanterie le fit sourire. Il lui tendit la boisson fraîche qu'elle décapsula sur-le-champ pour voir si son contenu était bien réel.

— Je n'arrive pas à le croire... C'est vraiment impressionnant.

— Vous n'êtes pas effrayée, pourquoi ?

— Je n'en sais rien... Pour une raison que j'ignore, vous ne m'inspirez aucune crainte.

Soulagé qu'elle ne se sauve pas en courant, Yannick lui raconta l'histoire des ruines de Césarée qui surmontaient les vestiges d'un port phénicien, plus ancien encore.

— Hérode a fait bâtir cette ville en l'honneur de l'empereur César Auguste, ajouta-t-il.

Chantal lui jetait des regards inquiets de temps en temps, mais qui aurait pu la blâmer ? Il n'était pas donné à tout le monde de rencontrer un immortel.

Ils visitèrent le palais d'Hérode, la rue byzantine, la muraille et la citadelle croisées, puis finalement l'aqueduc romain. Cette jeune femme photographiait absolument tout pour sa meilleure amie qui rêvait depuis toujours de visiter cette contrée célèbre, mais qui n'avait pu participer à ce voyage à cause de son travail.

Dans la voiture, alors qu'ils poursuivaient leur pèlerinage vers Nazareth, Chantal voulut savoir si la soudaine présence de Yannick sur la Terre signifiait qu'elle était en danger.

— Je suis ici depuis deux millénaires, alors, il ne faut pas trop s'en faire, répondit-il pour la rassurer. Je crois bien que nous pourrons terminer cette expédition avant que Satan essaie de s'emparer du monde.

Ils parcoururent Nazareth, devenu un site chrétien important après la conquête des croisés. En cette période de l'année, les touristes affluaient et, malgré son intérêt pour cet endroit dont l'architecture avait été en grande partie préservée, Chantal demanda à Yannick de l'emmener dans un lieu moins bondé. Il choisit aussitôt le lac de Tibériade, où il avait jadis vécu.

Il se fit un devoir de lui montrer en premier lieu le site de Yardenet, là où avait eu lieu le baptême de Jésus, dans les eaux du Jourdain, puis il lui fit garer la voiture près d'un bosquet et la conduisit sur des sentiers moins fréquentés.

— Il a marché ici, lui révéla-t-il en baissant les yeux sur le sol.

Chantal s'accroupit et posa les paumes sur le sentier sablonneux.

— C'est fascinant, s'émerveilla-t-elle. Les trois quarts de la planète se demandent s'il a vraiment existé et moi, je visite en compagnie d'un des Témoins les lieux où il a prêché.

— Et un de ses disciples, en plus, ajouta Yannick.

Elle se leva d'un trait, les yeux écarquillés.

— Lequel ?

— Képhas.

— Je ne me souviens pas d'avoir entendu ce nom à l'église.

— On l'a traduit par Simon-Pierre.

— Ha ! Vraiment…

Il prit sa main et l'entraîna sur une partie de la rive du lac qui n'avait pas été envahie par les stations balnéaires et les monuments religieux.

— Celui sur qui il a bâti son église ? demanda-t-elle.

— Disons qu'il m'a confié beaucoup de responsabilités.

Ils prirent place à une table de bois, en bordure de la plage.

— Que veut dire Képhas ? poursuivit-elle, curieuse.

— Cela signifie « rocher » en araméen.
— Vous viviez dans cette région ?
— J'habitais plus au nord avec mon frère. Nous pêchions dans ce lac où le poisson abonde.
— Avez-vous assisté à des miracles ?
— J'ai vu Jeshua marcher sur ces eaux. J'ai aussi assisté à sa transfiguration, à son arrestation et à son procès...
— Et vous l'avez renié trois fois, se rappela-t-elle.

Les yeux de Yannick se remplirent de larmes.

— Pardonnez-moi, je ne voulais pas vous causer de chagrin, se reprit aussitôt Chantal.
— Je l'ai abandonné au moment où il avait besoin de moi. Je n'ai pas eu le courage de Yahuda qui lui a obéi jusqu'à la fin...

Yannick ressentit alors une présence maléfique. Les serviteurs de Satan avaient-ils déjà envahi la terre de prédilection du Christ ? Il pivota lentement sur son banc, cherchant l'ennemi sans alarmer la jeune femme.

— Est-il vrai que vous avez été crucifié la tête en bas ? fit-elle sans se douter de rien.

Il n'eut pas le temps de répondre à sa question. Deux démons sortirent de terre en même temps, armés de glaives menaçants. Yannick n'entendit pas le cri d'effroi de Chantal. Mais une fois sa surprise passée, au lieu de se cacher sous la table ou de prendre la fuite, elle adopta une position d'autodéfense aux côtés du professeur d'histoire.

Les deux créatures sans âge portaient de longs manteaux noirs aux manches en lambeaux. Leurs cheveux crasseux tombaient en mèches distinctes dans leur dos. Yannick ne les avait jamais rencontrés auparavant. Il ne connaissait ni leurs noms, ni leur fonction.

— Retournez dans l'abysse d'où vous êtes issus ! ordonna le Témoin d'une voix forte.

Au lieu de trembler devant lui, ils s'avancèrent, un pas à la fois, comme des cadavres revenus à la vie. Yannick n'avait pas du tout envie d'être poignardé une seconde fois. Il se mit à réciter des phrases dans une langue que Chantal ne connaissait pas. La luminosité du soleil devint insoutenable, mais était-ce bien celle du soleil ? La voyageuse risqua un œil au-dessus d'elle. À son grand étonnement, il y avait un trou dans le ciel ! Elle cligna des yeux et y distingua plusieurs facettes miroitantes comme sur un énorme diamant.

Un rayon ardent s'en échappa et s'abattit sur les monstres qui furent réduits en cendres en l'espace d'une seconde.

— Ne restons pas ici, fit Yannick, très inquiet.

Il saisit le bras de Chantal et l'obligea à courir jusqu'à la voiture. Elle sauta sur le siège du conducteur et vit qu'il n'ouvrait pas la portière du passager.

— Mais qu'est-ce que vous faites ? Montez tout de suite !

— Il n'est pas question que je mette votre vie en danger. Ce n'est pas vous qu'ils cherchent, mais moi. Retournez à Jérusalem et ne regardez pas derrière vous.

— Vous plaisantez ! Je ne vous laisserai pas à leur merci !

— Chantal, ce n'est pas le moment de discuter. Armillus dispose non seulement de démons, mais aussi d'assassins dans le vrai monde. Je vous en conjure, n'attendez pas qu'ils vous associent à moi.

— Qui ?

Deux Jeep surgirent du nord. Elles roulaient beaucoup trop vite pour être conduites par des touristes.

— Montez ! répéta la jeune femme, terrorisée.

Il était trop tard pour faire autrement. Yannick obtempéra. Il n'eut pas le temps de lui demander de fuir, d'instinct, Chantal écrasa l'accélérateur. Ne pouvant reprendre la route par laquelle elle était arrivée à Tibériade, elle fonça sur celle menant à Beth Shean.

— Je ne voudrais pas avoir vos ennemis ! cria-t-elle en malmenant le moteur de la voiture.

— Tout cela est sur le point de changer si vous vous entêtez à vouloir m'aider.

— C'est peut-être une épreuve que le ciel m'envoie pour ouvrir mes yeux.

Il était parfaitement inutile de discuter avec elle. Yannick se retourna juste à temps pour voir leurs poursuivants gagner du terrain. Le canon d'une carabine apparut sur le côté du passager.

— Baissez-vous, ils ont des armes à feu ! fit-il.
— Je ne peux pas, je conduis ! protesta Chantal.

Les premières balles fracassèrent la vitre arrière de la voiture. La jeune femme se crispa, mais ne perdit pas son sang-froid pour autant. Elle exigea le maximum du véhicule qui, malheureusement, en avait déjà vu bien d'autres.

Les Jeep étant en bien meilleur état, elles finirent par les rattraper. Yannick matérialisa un revolver dans sa main et tira sur celle qui tenait la mitraillette. Il atteignit sa cible. Le démon hurla et laissa tomber l'arme automatique sur la chaussée. L'automobile tout-terrain tamponna alors l'arrière de la voiture de Chantal qui fit un bond sur la route.

Yannick ferma aussitôt les yeux pour demander l'aide du ciel. L'ennemi les percuta si violemment que la jeune femme perdit la maîtrise de la voiture. Elle sortit de la route, frappa un monticule de pierres, fit un vol plané de quelques mètres et atterrit sur le côté de Yannick. Après plusieurs tonneaux, elle s'immobilisa sur ses roues dans un nuage de poussière.

Le Témoin battit des paupières. Il s'en était fallu de peu qu'il perde conscience et qu'il soit à la merci des sbires de l'Antéchrist. Il capta l'odeur de l'essence qui se répandait sur le sable. À côté de lui, Chantal s'était évanouie. Son front entaillé saignait abondamment. Il devait la sortir de là. Rassemblant toutes ses forces, il parvint à s'extirper de la carcasse fumante par la fenêtre fracassée. Les Jeep s'étaient arrêtées sur la route et leurs occupants en descendaient en riant.

Yannick contourna le capot à quatre pattes, ouvrit la portière du conducteur, saisit les bras de sa bienfaitrice et la traîna plus loin. La voiture prit feu et l'épais nuage noir qui s'ensuivit permit au professeur de se cacher afin de surprendre ses assaillants. Lorsque ces derniers arrivèrent près de la jeune femme inconsciente, leur proie n'était nulle part.

— Fouillez les bosquets ! exigea leur chef.

Il se pencha pour voir si le cadavre du soldat de lumière était resté dans la voiture, mais les flammes l'empêchèrent de voir quoi que ce soit. Un de ses hommes étouffa un cri. Le chef se releva d'un seul coup, arme au poing.

— Où est Ikal ?

— Il est allé par là, indiqua l'un des deux autres en pointant le canon de son fusil vers les arbustes.

— Va le chercher. Je connais un autre moyen de faire sortir ce rat de son trou.

Le démon décolla en direction du boqueteau. On tira alors un coup de feu. Le chef attendit quelques minutes, s'attendant à voir surgir son second tirant le Témoin par les cheveux. Rien ne se produisit. Comprenant qu'il ne lui restait qu'un seul subordonné, le chef s'approcha de la jeune femme inconsciente et dirigea le canon de son arme vers sa tête.

— Si tu ne sors pas de là, je lui loge une balle dans la tête ! cria-t-il.

Yannick ne pouvait pas laisser mourir une innocente. Il se faufila entre les branches, marchant très lentement, prêt à intervenir si le démon ne tenait pas sa parole.

— Je connais ton visage, cracha ce dernier.

— Nous nous sommes rencontrés à Jérusalem il y a quelques jours, je crois.

— Nous t'avons pourtant tué.

— Je ne peux pas mourir.

— Mais elle, oui.

Un sourire sadique apparut sur le hideux visage de l'assassin. Yannick fit un pas avec l'intention de les empêcher de faire du mal à Chantal. Les deux suppôts du diable levèrent aussitôt leurs fusils sur lui et pressèrent la détente. À leur grand étonnement, les balles s'en échappèrent avec une incompréhensible lenteur.

— Mais qu'est-ce…, commença le chef.

Océlus se matérialisa devant eux. D'un geste brusque, il plongea ses mains dans leurs deux cœurs noirs et les arracha. Les deux créatures écarquillèrent les yeux en voyant les organes battre sur les paumes du deuxième soldat céleste. Océlus referma sèchement les doigts et les broya impitoyablement. Les démons s'enflammèrent en poussant des cris de désespoir.

— Ce n'était pas trop tôt, maugréa Yannick en se penchant sur Chantal.

Il soigna l'entaille sur le front de la jeune femme, pendant que son ami l'auscultait, lui.

— Tu as subi de nombreuses blessures en très peu de temps, Képhas, remarqua-t-il.

— Je suis content que tu t'en rendes compte.

— Des balles et des poignards.

— Mais pas la même journée, heureusement.

Océlus s'assit en tailleur pour observer le travail de guérison de son collègue.

— Qui est-elle ?

— Une jeune touriste du Canada. Elle m'a aidé lorsque j'ai réussi à quitter la morgue de l'hôpital à Jérusalem.

— La morgue, c'est l'endroit où on regarde à l'intérieur des corps morts ?

— Précisément, mais je suis parti avant qu'on me découpe en petits morceaux.

— Tu sais bien que je les aurais recollés, affirma Océlus.

Une fois la coupure refermée, Yannick retira sa main du front de Chantal et regarda fixement son ami. Il était très sérieux.

— Le corps humain a besoin de tous ses organes pour fonctionner, expliqua le professeur. Qu'aurais-tu fait si on avait mis mon cœur, mon foie et mes poumons dans des bocaux ?

— Je serais allé les chercher, bien sûr.

— Est-ce que je t'ai déjà parlé de Frankenstein ?

Océlus secoua la tête pour dire non. Yannick n'eut pas le temps de lui fournir de plus amples explications sur ce mystérieux personnage : la jeune fille revenait à elle. Elle battit des paupières et eut une réaction de panique en apercevant l'inconnu vêtu d'un pantalon et d'une chemise de toile noire plutôt démodés.

— C'est un ami, l'apaisa Yannick.

— Les coups de feu… La voiture ?

— Je crains qu'elle ne soit une perte totale.

Elle parvint à s'asseoir très lentement avec son aide. Les deux Jeep étaient garées sur le bord de la route, mais ses occupants ne s'y trouvaient pas. Le professeur d'histoire lui expliqua ce qui s'était passé.

— Êtes-vous sûr que votre nom n'est pas Indiana Jones ? fit-elle, découragée.

Océlus leva un regard interrogateur sur son compatriote.

— Non, il ne s'est jamais appelé ainsi, affirma-t-il. Moi, c'est Yahuda Ish Keriyot.

Yannick n'en croyait pas ses oreilles. C'était la première fois depuis leur vie en Galilée qu'Océlus utilisait son véritable nom !

— Au moins, lui, c'est évident qu'il est du coin, se tranquillisa Chantal.

— Lui, c'est Képhas, le présenta Océlus.

— Il vous a appelé par votre nom de jadis ! s'étonna-t-elle.

Cette fois, Océlus nageait en pleine confusion. Jamais Yannick n'avait révélé à une personne qu'il venait tout juste de rencontrer sa véritable identité.

— Yahuda était aussi un des disciples de Jésus, avoua ce dernier en surveillant la réaction d'Océlus.

— Il est sur la Terre depuis deux mille ans, lui aussi ?

— Sa situation est plus difficile à expliquer.

— N'y a-t-il que vous deux ?

— Le Seigneur a choisi parmi ses apôtres ceux qu'il aimait le plus pour veiller sur cette planète, fit Océlus. Il a jadis confié à Képhas la suite de son ministère et à moi...

Yannick voulut intervenir pour lui éviter un autre déchirement, mais, à sa grande surprise, le disciple malaimé poursuivit :

— À moi, il a confié la plus terrible des missions. Il m'a demandé de le trahir auprès des autorités juives pour qu'il puisse être libéré de son enveloppe physique.

— Vous êtes Judas ! comprit Chantal.

— Je vous jure que je n'ai pas fait ce geste de bon cœur.

— Saviez-vous que l'histoire vous en tiendrait rancune ?

— Non. Je l'ai découvert plus tard, en revenant périodiquement dans votre univers physique.

Chantal arqua un sourcil : il avait pourtant l'air corporel.

— Comment pourrais-je vous expliquer ce qu'il est ? soupira Yannick. Je pense que la notion d'esprit s'en rapproche le plus.

Chantal toucha le bras d'Océlus.

— Je ne possède pas de grandes notions de paranormal, avoua-t-elle, mais habituellement nos mains ne passent-elles pas à travers un esprit ?

— Seulement lorsqu'il se déplace sous forme de lumière. Mais lorsqu'il s'arrête un moment, il redevient physique.

— Et vous ?

— Je pouvais le faire, il n'y a pas si longtemps, mais j'ai perdu ce pouvoir.

Océlus ne se lança pas dans cette embarrassante explication, au grand soulagement de Yannick.

— Voulez-vous que je vous emmène quelque part ? proposa-t-il plutôt.

— Que dirais-tu des ruines de ma maison ? suggéra Képhas à son ami.

Sa suggestion lui plut énormément. Abandonnant la voiture fumante et les Jeep de l'ennemi, Océlus posa les mains sur leurs bras pour les transporter magiquement au nord, dans un petit endroit près de Capharnaüm, où Képhas avait vécu autrefois avec sa femme avant de suivre Jésus.

...026

Celui que Satan avait choisi pour s'incarner sur Terre n'était pas un homme foncièrement mauvais. Cependant, administrateur ambitieux, il était arrogant et manipulateur. Né de père israélien et de mère palestinienne, il avait reçu une solide éducation et fait son service militaire. De retour dans le monde civil, il s'était intéressé aux affaires. Son intelligence et son opportunisme lui avaient permis d'amasser une fortune en très peu de temps. Sa soif de pouvoir avait donc fait de lui le candidat parfait pour le prince des ténèbres.

Un soir, le magnat de la finance s'était couché au meilleur de sa forme, à la veille de la prise de possession d'une entreprise rivale. Il ne devait jamais plus se réveiller. L'entité maléfique qui venait de le chasser de son enveloppe corporelle avait déjà possédé d'autres corps, mais aucun n'avait été aussi bien adapté à ses desseins. Sa richesse allait lui permettre de s'offrir bien des largesses, jusqu'à ce que tout l'univers s'agenouille à ses pieds. Mais d'abord, il devait gagner la confiance du peuple.

— Bientôt, se promettait-il tous les jours.

Il ne lui restait qu'un domaine à conquérir avant de faire connaître son visage : la politique. C'était un monde encore plus dangereux que celui de l'armée ou de la finance, car des reptiliens inférieurs en occupaient presque tous les échelons.

L'Antéchrist n'avait pas choisi le corps d'un Dracos. Ces derniers n'étaient que des créatures endogées qui n'avaient jamais évolué depuis leur arrivée sur cette planète. En fait, elles contribuaient à la maintenir dans l'ignorance. Pour s'incarner sur la Terre, le roi des démons y avait préféré le corps d'un Anantas. À l'origine, cette race était née d'un croisement entre les Dracos et les Lyriens, mais au fil des millénaires, elle s'était affranchie de ces êtres moins avancés. Elle se considérait désormais comme une race supérieure qui régnait sur bien des systèmes solaires. La mission des Anantas était d'étendre leur domination sur tout l'univers.

Le prince des ténèbres avait entendu parler des textes sacrés qui prédisaient la fin de son règne, mais il n'était pas superstitieux. Il n'avait qu'à déjouer ces ridicules prophéties pour atteindre son but. « Un jeu d'enfant », se réjouissait-il. Pour ne pas entrer en rivalité avec un autre démon de son rang, l'Antéchrist s'était entouré de créatures d'une autre souche : des Orphis. Ces hommes serpents utilisaient une puissante magie pour parvenir à leurs fins et ils obéissaient docilement à leurs ordres, sans jamais penser aux dangers auxquels ils s'exposaient. Arimanius faisait partie de cet ordre de démons, mais il était aussi très arriviste. Les promesses de l'Antéchrist avaient fait de lui son plus fidèle serviteur.

Pour ne pas perdre la faveur de son maître aux mains d'un démon plus futé que lui, le Faux Prophète utilisait des Orphis beaucoup moins intelligents que lui. Justement, ils venaient de laisser s'échapper une proie qu'Armillus aurait aimé voir disparaître.

Ahriman se matérialisa au fond de la pièce en baissant respectueusement la tête. Il se doutait bien que l'Antéchrist connaissait déjà son échec.

— Maître…, commença-t-il.
— Tu m'as affirmé qu'il était mort.

Le prince des ténèbres posa sur Arimanius un regard incisif.

— Selon la constitution des humains, il l'était. Son cœur ne battait plus et ses poumons ne respiraient plus. Mais puisqu'il est un Témoin de Dieu...

— Combien de fois devrai-je te dire que ce ne sont que des racontars ?

— Cet homme possède pourtant une grande magie.

— Comme la plupart d'entre nous.

Arimanius jugea préférable de se taire, car son maître ne semblait pas comprendre la menace que représentait ce juif pour son règne.

— Cette fois, je le chasserai moi-même, mais c'est la dernière, gronda l'Antéchrist.

Il s'évapora comme un mirage.

○

Yannick avait allumé un petit feu au milieu des ruines de sa maison de pierre. Chantal était presque assise dans les flammes tellement elle avait froid. Pour l'aider à se réchauffer, Océlus avait fait apparaître une couverture de laine qu'il avait déposée sur ses épaules. La pauvre femme avait tout perdu dans cette attaque menée par les forces du mal : ses papiers d'identité, son argent et ses photos. Yannick n'avait pensé qu'à lui sauver la vie en la sortant du véhicule endommagé. Il n'avait même pas vu son sac à dos sur la banquette arrière. Tout avait flambé.

Éreintée, Chantal écoutait la conversation de ses compagnons d'une oreille distraite.

— Retourneras-tu dans ton agence, maintenant ? voulut savoir Océlus.

— Non, ce n'est plus possible, soupira Yannick. Après ce qu'ils ont vu à la base de Jérusalem, je ne pourrai pas accomplir ma mission en paix. Ils me bombarderont de questions et ils pourraient même m'accuser de trahison, car ils ont vu ta lumière et ils ont sûrement su que j'ai été ensuite tué à coups de couteau et conduit à la morgue.

— Il est temps de nous faire connaître, Képhas.

— C'est plus facile pour toi que pour moi, mon frère. Tu peux t'éclipser à volonté et ton absence de matérialité te permet d'éviter les balles et les lames.

— Lorsque viendra le temps pour nous de prévenir ouvertement les gens du danger que représente l'Antéchrist, tu sais bien que je serai à tes côtés en tout temps.

Un murmure s'éleva du lac. Yannick se redressa et vit une centaine de flambeaux valsant sur la berge, au sud. Ils étaient portés par des hommes qui avançaient rapidement vers eux.

— Tu entends ce qu'ils disent ? demanda le professeur d'histoire.

— Ils blasphèment contre Dieu, s'affligea Océlus.

Inquiète, Chantal se posta près de Yannick.

— C'est vous qu'ils cherchent, n'est-ce pas ?

— Je crois que oui. Nous ne pouvons plus rester ici.

— Où veux-tu aller ? s'informa l'autre Témoin.

— À Jérusalem, décida Yannick. Nous serons tranquilles dans la chambre de Chantal.

— Que je paierai comment ? s'énerva cette dernière.

Océlus posa les mains sur leurs épaules, les transportant aussitôt dans une rue sombre de la Ville sainte. Ne connaissant pas l'emplacement de l'hôtel, il les avait matérialisés à proximité de la porte de Jaffa. Yannick s'orienta rapidement et poussa les fuyards vers l'intérieur de la vieille ville. Océlus s'arrêta brusquement, les forçant à s'immobiliser.

— Il est ici, annonça-t-il, très inquiet.

Yannick le ressentit aussi. Ce n'était pas le Faux Prophète et ses démons qui les traquaient, mais l'Antéchrist lui-même.

— Ramène Chantal au Canada, ordonna le professeur.
— Seulement si tu viens avec nous, riposta Océlus.
— Que se passe-t-il ? fit la visiteuse. Qui est ici ?
— Je veux seulement voir son visage, affirma Yannick.

L'énergie maléfique se rapprochait dangereusement vite.

— Partez tout de suite !

Océlus n'entrevit qu'une solution. Il laisserait Chantal aux bons soins de Cindy à Toronto et reviendrait prêter main-forte à son ami. Yannick ne les vit même pas se changer en fumée blanche. Il s'était déjà tourné vers le dôme de l'église du Saint-Sépulcre. Même si le prince des ténèbres parvenait à le mettre en pièces, il aurait le temps d'imprimer ses traits dans sa mémoire et de rendre bien plus facile sa tâche et celle du deuxième Témoin.

Il gagna la rue du Muristan et se hâta jusqu'à l'intersection. Il n'y avait plus de clients devant les magasins du Souk el-Dabbagha. Avaient-ils aussi capté cette terrifiante menace ? Yannick contourna prudemment la dernière maison sur sa droite. Un homme se tenait sur le parvis de l'église. Il était seul. Malheureusement, l'obscurité enveloppait toute sa silhouette.

Yannick savait qu'il n'était pas de taille à affronter Satan, mais Dieu ne l'avait pas chargé de le terrasser, seulement de l'épier.

— Approche, fit calmement Armillus.

Cet endroit à découvert était plutôt dangereux, mais le professeur d'histoire était un homme bien trop curieux pour se dérober. Il marcha vers le démon, sans se presser. Armillus scruta ses pensées les plus secrètes. Cet homme avait déjà vécu au temps du Christ...

— Tu es brave, le nargua l'Antéchrist. Toutefois, ce ne fut pas toujours le cas.

Il faisait évidemment référence au passé, lorsque l'apôtre avait renié son maître trois fois. Yannick chassa aussitôt la culpabilité qui s'emparait de lui.

— Tu n'as pas de langue, disciple ?

Yannick continua d'avancer. Il n'aurait qu'à créer de la lumière lorsqu'il serait tout près du corps qu'avait choisi Satan.

— Personne ne peut me détruire, Képhas. Ton Dieu aurait dû te prévenir avant de te renvoyer ici.

Armillus leva le bras. Une boule de feu se forma dans sa paume. Yannick n'eut pas le temps de voir son visage dans l'éclat des flammes. Quelque chose s'enroula autour de ses pieds et l'entraîna dans le sol.

...027

Sous le sol gelé d'Alert Bay, Vincent McLeod avait poursuivi son travail de recherche d'arrache-pied. Ne pouvant utiliser les canaux habituels de communication, car il se savait désormais surveillé, il avait dû reconstituer le casse-tête un morceau à la fois. Lorsqu'il travaillait sur un projet officiel, il ouvrait une toute petite fenêtre à l'écran, à partir de laquelle il poussait plus loin sa reconstitution des années manquantes de James Sélardi.

La base de données de Phoenix ne mentionnait rien sur le politicien durant cette période. Vincent s'entêta tout de même à parcourir les fichiers d'informations quotidiennes de l'Arizona. Il apprit, à son grand étonnement que, à l'époque, le directeur de l'ANGE de cette région s'appelait Andrew Ashby. Curieusement, il dirigeait maintenant la base de Toronto, où Océane et Cindy avaient été envoyées...

Vincent éplucha ensuite les journaux de la ville de Gemini et des alentours, demandant à son programme personnel de recherche de l'alerter s'il trouvait des faits étranges ou macabres. En quelques minutes à peine, il obtint la liste des articles traitant de disparitions de jeunes enfants dans des circonstances inexpliquées. « Quatre-vingt-deux en cinq ans ! » s'étonna-t-il.

Il retourna sur les sites traitant des reptiliens, où il croyait avoir vu un paragraphe sur le rapt d'adolescents et de jeunes filles. Il avait parcouru distraitement ce texte en tentant d'absorber tout ce qu'il pouvait sur ces créatures. Maintenant, il avait besoin de l'explorer à fond. Avec beaucoup de concentration, il relut tous ces documents jusqu'à ce qu'un liquide chaud tombe sur ses doigts. Il recommençait à saigner du nez.

— Merde ! maugréa-t-il.

Il fouilla ses poches et en sortit plusieurs mouchoirs en papier. Il les pressa sur ses narines, en vain. Le sang continuait de couler comme d'un robinet. Il mit fin à son travail et quitta les Laboratoires. Dans les bases de l'ANGE, on pouvait trouver un médecin à toute heure du jour. Il tapa son code sur la serrure à combinaison. Le docteur Robson, généraliste et psychologue de surcroît, étudiait des résultats d'analyse en sirotant un thé.

— Bonsoir Vincent, fit le vieil homme en le voyant apparaître à la porte de son bureau.

— Je regrette de vous embêter à une heure pareille, mais j'ai besoin de votre aide.

Il n'était pas difficile de deviner pourquoi. Il y avait des gouttes de sang sur sa blouse et les mouchoirs devenaient de plus en plus écarlates.

— Allonge-toi sur la table d'examen, le convia Robson.

Vincent ne se fit pas prier. Le médecin commença par arrêter l'hémorragie, puis utilisa une petite caméra pour examiner les parois nasales de son patient.

— Je continue de croire que c'est de la fatigue, Vincent.

— Je n'ai jamais saigné autant de ma vie et je travaillais de plus longues heures à Montréal. Je suis certain que j'ai une tumeur ou un truc comme ça.

— Les examens approfondis que nous avons faits l'auraient décelée. Pourquoi ne te reposes-tu pas quelques jours, loin des écrans des Laboratoires ?

— J'ai tellement de mal à trouver le sommeil.

— Je vais t'aider, ce soir.

Robson emplit une mince seringue d'un liquide transparent qu'il puisa dans une bouteille curieusement en évidence sur le comptoir.

— Je n'aime pas vraiment les médicaments, gémit l'informaticien.

— Ce n'est qu'un léger sédatif qui te permettra de dormir en posant la tête sur l'oreiller. Cependant, je ne peux te garantir que tu rêveras.

— Je ne rêve jamais, de toute façon.

Il plissa le nez lorsque l'aiguille lui transperça la peau, mais ne fit rien pour nuire au travail du médecin. Quelques secondes plus tard, la pièce se mit à tourner.

— Vous aviez dit que je pourrais me rendre à…

Ses plaintes s'étouffèrent dans sa gorge. Deux membres de la sécurité foncèrent dans la pièce en poussant une civière chromée. Ils soulevèrent Vincent de la table d'examen et l'y couchèrent en un mouvement coordonné. Sans perdre de temps, ils roulèrent le patient dans une autre pièce de la section médicale : elle ne contenait qu'un fauteuil et une lampe suspendue au plafond. Ils arrêtèrent Vincent sous le faisceau lumineux et évacuèrent les lieux.

Sans se presser, Robson s'approcha de la civière. Il souleva les paupières du Montréalais, prit son pouls et s'assit finalement près de lui.

— Est-ce que tu m'entends, Vincent ? demanda-t-il d'une voix tranquille.

Le patient s'agita.

— Tu es en parfaite sécurité et tu me fais confiance, poursuivit le médecin.

— En sécurité…, répéta l'informaticien somnolent.

— J'aimerais te poser quelques questions, Vincent. Te sens-tu capable d'y répondre ?

— J'ai toujours réponse à tout…

— C'est ce qu'on dit de toi, en effet. Peux-tu me raconter ce qui s'est passé à Montréal juste avant que la base de l'ANGE explose ?

Vincent se mit à trembler de façon incontrôlable. Robson lui agrippa les bras pour l'immobiliser.

— Tu n'as rien à craindre. Je suis ton ami et personne ne peut te faire de mal ici.

— Ce sont des démons… Ils sont capables de venir jusqu'ici…

Le médecin continua donc de lui murmurer des phrases apaisantes jusqu'à ce qu'il cesse complètement de se débattre.

— Voilà, c'est beaucoup mieux. Ce que je veux, c'est que tu m'aides à me défendre contre ces créatures, alors tu dois me dire tout ce que tu sais.

— Il faut fuir les miroirs…, souffla Vincent.

Robson releva un sourcil, surpris.

— Quels miroirs ? demanda-t-il.

— Ils y font danser des couleurs qui paralysent tout le corps…

Le médecin se tourna vers le mur de la pièce où était encastré un grand miroir. Il savait que l'homme qui se tenait de l'autre côté était probablement tout aussi surpris que lui.

— Où est-ce arrivé, Vincent ? poursuivit Robson.

— Chez moi. L'écran est devenu anormal et plus aucun de mes membres n'a voulu bouger.

— Que s'est-il passé ensuite ?

— On m'a emmené. Il faisait si sombre.

L'informaticien lui parla de sa terrifiante rencontre avec Ahriman. Il ne cessait de répéter que ce n'était pas un agent de l'Alliance, mais un suppôt de Satan. Lorsqu'il décrivit les boules de feu sortant des mains de son bourreau, le médecin sursauta.

— Mais personne ne peut faire une chose pareille, Vincent. Es-tu certain de ne pas avoir rêvé ?

— Non, ce n'était pas un rêve. J'ai eu si mal lorsqu'elles m'ont brûlé la peau.

Même s'il aurait aimé en entendre davantage sur ce curieux phénomène, Robson n'ignorait pas que les dirigeants de l'Agence s'intéressaient plutôt aux événements qui avaient suivi l'enlèvement du savant. À regret, il passa donc par-dessus cet épisode intrigant.

— Yannick Jeffrey t'a ramené à la base et le médecin a soigné tes blessures, fit-il. Tu as tout de suite repris ton poste, malgré ta faiblesse.

— Ils avaient besoin de moi, à cause de l'alerte.

— Tu parles de l'intrusion dans la base, n'est-ce pas ?

Robson lui fit raconter en détail l'intervention des agents de l'ANGE dans le long couloir menant à l'ascenseur.

— Es-tu certain qu'il n'y avait que deux assassins de l'Alliance dans la cabine de l'ascenseur ?

— Non...

— Comment pourrais-tu en être bien sûr ?

— Il faudrait que je voie l'enregistrement.

— C'est suffisant, intervint Korsakoff dans les haut-parleurs dissimulés dans le plafond.

Ce dernier se demandait déjà si l'un de leurs satellites avait eu le temps de capter cet enregistrement. Beaucoup de matériel avait été perdu à Montréal, beaucoup de précieux collaborateurs aussi. De son côté du miroir, il pouvait voir tout ce qui se passait dans la petite pièce. Il demeura parfaitement immobile, tandis que les membres de la sécurité venaient chercher Vincent pour le ramener dans sa chambre.

— J'aimerais continuer de travailler sur le traumatisme que lui a causé l'enlèvement, déclara le médecin.

— Nous en reparlerons plus tard, trancha Korsakoff.

Quelques imprimés informatiques à la main, Christopher Shanks entra alors derrière le chef de la division nord-américaine. Il semblait perturbé.

— Qu'avez-vous trouvé ? s'enquit Korsakoff.

— Peu de chose, je le crains. Les ordinateurs n'ont aucun secret pour Vincent McLeod. Il couvre ses traces comme un agent de première classe. Je n'ai réussi à retrouver que ce fragment de son travail.

Korsakoff en prit rapidement connaissance. C'était bien peu, en effet, mais un nom ressortait de cette enquête menée secrètement : James Sélardi.

— Est-ce vous qui lui avez demandé cette recherche ?

— Non, affirma catégoriquement Shanks. Le service de la Mondialisation possède un dossier exhaustif sur le nouveau chef du parti mondialiste. Je ne comprends pas pourquoi Vincent a ressenti le besoin de creuser plus profondément dans sa vie.

— Je dois le savoir. Interrogez-le à ce sujet. Et trouvez la vidéo de l'intrusion de l'Alliance à Montréal.

Shanks hocha docilement la tête, même s'il doutait de pouvoir mettre la main sur cet enregistrement. Il quitta la pièce aussi silencieusement qu'il y était entré.

...028

La base de Toronto n'était pas le meilleur endroit pour faire apparaître une touriste montréalaise qui était censée visiter la Terre sainte durant les fêtes de Noël. C'était pourtant là que se trouvait Cindy Bloom, même s'il était très tard. Océlus ne sut plus quoi faire. Il ne pouvait pas non plus matérialiser Chantal dans l'appartement de l'agente où des yeux de verre voyaient tout.

Il choisit finalement la sécurité d'une église déserte du centre-ville, afin de mettre un terme à ce voyage interdimensionnel qui risquait d'épuiser sérieusement la jeune femme. Chantal s'effondra sur ses genoux en reprenant sa forme matérielle.

— Vous voyagez toujours ainsi ? s'étouffa-t-elle.

Océlus se pencha sur elle.

— Je suis désolé, je ne savais plus où aller.

— Où sommes-nous ?

— Dans une ville qui s'appelle Toronto. Je ne pouvais pas vous déposer chez Cindy, c'était trop dangereux.

— Écoutez, je ne connais personne en Ontario, alors vous allez me ramener chez moi, à Montréal. Vous savez où se trouve Montréal, au moins ?

— Oui, je m'y suis souvent matérialisé.

— J'habite à Outremont, sur la rue...

— Je ne connais pas ces divisions modernes.

— Dans ce cas, comment pourrez-vous me reconduire à mon appartement ?

— Essayez de visualiser l'extérieur de votre maison.

Rompue de fatigue, elle ferma les paupières et tenta de se rappeler les moindres petits détails de la façade de l'immeuble : la petite clôture de fer forgé, les buissons qui cachaient les fenêtres du soubassement, les décorations de Noël. Océlus plaça les mains sur ses tempes et trouva cette information dans son esprit. Il lui faudrait survoler toute l'île avant de retrouver cette image et Képhas avait besoin de lui. Sans la prévenir, le Témoin s'envola à nouveau avec la jeune femme.

Se doutant qu'elle ne pourrait pas rentrer chez elle sans la clé de métal dont se servaient maintenant les propriétaires de logement pour empêcher les rôdeurs d'y entrer, Océlus la transporta à l'intérieur. Puisqu'elle chancelait sur ses jambes, il la fit asseoir sur le sofa.

— Vous avez réussi...
— Je dois repartir aider Képhas.
— Attendez !

Elle arracha un coin de la première page du journal qui traînait sur la table à café, s'empara d'un stylo abandonné dans un cendrier et griffonna quelque chose.

— Remettez ceci à Yannick.

Océlus referma la main sur le bout de papier et disparut. Chantal se laissa retomber sur le dos, les poumons en feu et la tête lourde.

Pendant que Cindy Bloom poursuivait ses nombreuses simulations avec les maigres informations que possédaient les Renseignements stratégiques de Toronto sur l'arsenal de Montréal, un technicien mettait la touche finale à un travail de décryptage, grâce à un logiciel mis au point par Vincent sur le débrouillage des bandes sonores inaudibles.

Achille Black n'avait certes pas la trempe d'un McLeod. Il savait qu'il ne pourrait jamais s'élever en grade en se contentant d'obéir aux ordres de son directeur. Il lui fallait un coup d'éclat. Il avait donc décidé de rapporter à ses patrons les conversations qu'Océane Chevalier avait eues à l'extérieur de l'Agence, malgré l'interférence qu'avait causée son foulard. S'il avait les compétences informatiques nécessaires pour travailler les transcriptions une à une, Black n'avait cependant pas le jugement adéquat pour en faire un bon usage.

Les premières phrases imprimées par l'ordinateur lui parurent anodines. Thierry Morin figurait dans les archives de recherche de Montréal, et Océane le connaissait déjà. Le policier et l'agente avaient surtout échangé des paroles plus ou moins habituelles de retrouvailles.

Puis, sur la deuxième page, Black apprit que Morin faisait partie d'une société secrète ! Ce qu'il lut ensuite au sujet des reptiliens lui fit dresser les cheveux sur la tête, mais il n'était pas au bout de ses surprises. Lorsque l'inspecteur du Vatican déclara qu'il y avait aussi des reptiliens dans l'ANGE, le technicien fut abasourdi. D'un paragraphe à l'autre, le sang se glaçait dans ses veines : Océane avait été suivie par un lézard géant sur une rue de Toronto ! Black était dans un si grand état de panique qu'il ne comprit même pas ce qu'il lut sur le roi Dracos.

Il rassembla les feuilles en tremblant et se précipita à la porte du bureau de son chef, car il ne l'avait pas encore vu partir.

— Monsieur Ashby, vous avez un visiteur, annonça une voix électronique.

Le directeur fit disparaître l'écran dissimulé dans sa table de travail.

— Qui est-ce ?

— Monsieur Achille Black, sentinelle du sud de l'Ontario.

Les techniciens ne venaient pourtant jamais le déranger. Agacé, Ashby ordonna tout de même à l'ordinateur de laisser entrer ce subalterne.

— Que puis-je faire pour vous, monsieur Black ? fit-il en s'efforçant de sourire.

— Vous ne devinerez jamais ce que j'ai trouvé.

— Je vous suggère de m'en informer, dans ce cas.

— J'ai la preuve que l'agente Océane Chevalier a échangé des informations confidentielles avec le policier montréalais Thierry Morin.

— Pour commencer, monsieur Morin est un inspecteur du Vatican, pas de Montréal. Vous devriez vérifier plus scrupuleusement vos sources, monsieur Black.

— C'est un détail insignifiant comparé à ce que j'ai trouvé par la suite. Lisez vous-même.

Il lança presque les feuilles sur la table de travail. Faisant de gros efforts pour conserver un air imperturbable, son directeur en parcourut chaque ligne. Il leva ensuite un regard glacé sur son employé.

— Vous comprenez, j'espère, que ce rapport risque de mettre mademoiselle Chevalier dans l'embarras ? fit-il sur un ton sévère.

— Est-ce vraiment important ? Monsieur Ashby, il s'agit d'un complot bien plus grave encore.

— Je ne suis pas l'homme des conclusions intempestives, j'en ai peur. Donnez-moi le temps de relire ce document et d'en vérifier tous les faits avec mes supérieurs. Vous vous rappelez qu'il y a une hiérarchie dans l'ANGE, n'est-ce pas, monsieur Black ?

— Oui, bien sûr, pardonnez-moi. Je suis tellement ébranlé.

— Si ces renseignements sont vrais, vous avez raison de l'être. Rentrez chez vous, maintenant. Vous avez bien travaillé.

Ce compliment gonfla le technicien d'orgueil et lui fit oublier momentanément sa frayeur. Il salua son directeur de la tête et quitta le bureau. Il fila tout droit vers les casiers où les employés rangeaient leurs effets, retira sa blouse et enfila son manteau. Comme il le faisait tous les soirs, il descendit aux garages de l'Agence et quitta le stationnement du château lorsque l'ordinateur jugea qu'il pouvait le faire sans être repéré.

Dès que Black eut quitté la base, Andrew Ashby se posta devant son ordinateur. Il accéda à ses fichiers et fit disparaître toute la transcription des conversations entre son agente et le représentant de la société secrète tant redoutée des Dracos. Sans le faire exprès, le technicien lui avait confirmé l'identité de l'exécuteur de leur défunt roi. Thierry Morin était le Naga qui avait été chargé de les détruire tous.

Puisqu'il était lui-même Neterou, Ashby pouvait difficilement remettre cette information entre les mains de Kevin Lucas ou de Michael Korsakoff. Cela aurait signé son propre arrêt de mort. Cependant, il ne pouvait pas non plus permettre à ces renseignements de circuler librement. Il retourna dans son bureau et demanda à l'ordinateur de lui donner accès à son ascenseur personnel. Un des panneaux de bois du mur de gauche se mit à glisser, découvrant une porte d'acier.

○

Fier de lui comme il ne l'avait jamais été de toute sa vie, Achille Black s'empressa de regagner le quartier tranquille où il habitait. Bientôt, il pourrait se payer une grosse maison dans la banlieue huppée. Il avait tellement hâte de dire à sa femme qu'il était sur le point d'obtenir enfin la promotion dont il avait toujours rêvé. Contrairement aux agents, les techniciens avaient le droit de se marier et d'avoir des enfants, mais ils étaient tenus au secret comme tous les employés de l'ANGE.

Il gara enfin sa petite voiture dans le parking, de plus en plus excité. Il se faufila entre les automobiles des autres locataires, faiblement éclairées par un seul lampadaire, se dirigea d'un pas vif vers l'entrée vitrée. C'est alors qu'il crut entendre un curieux craquement. « Ce doit être un autre raton laveur », songea Black. Ces mammifères étaient un véritable fléau dans la région.

Il mit le pied sur le trottoir en béton et entendit un bruissement de feuilles. La bestiole tentait probablement de se cacher dans les arbustes qui séparaient la petite pelouse de son immeuble de celle du bâtiment voisin.

— Déguerpis, sale bête ! s'exclama-t-il.

Quelqu'un le saisit par-derrière. Black était un homme relativement bien bâti qui savait se servir de ses poings, mais la créature qui l'avait saisi possédait une force dix fois plus grande que la sienne.

— Lâchez-moi ! cria le technicien.

Son agresseur le fit brusquement pivoter. Black se retrouva devant une vision sortie tout droit d'un cauchemar. Un homme au visage recouvert d'écailles luisantes le retenait fermement par le collet de son manteau. Le reptilien aurait fort bien pu le tuer en enfonçant ses longues griffes dans son dos, jusqu'à atteindre son cœur, mais il voulait que cet humain voie les yeux ophidiens de ceux qu'il avait tenté de dénoncer.

Dans un geste aussi rapide que l'éclair, le Neterou enfonça ses crocs dans la gorge de Black. Le pauvre homme n'eut jamais le temps de crier au secours.

...029

Lorsqu'il se réveilla enfin dans sa chambre d'Alert Bay, Vincent ne se souvenait de rien. Il parvint à s'asseoir, malgré le violent mal de tête qui venait de l'assaillir. Il fouilla dans sa petite armoire et dénicha des analgésiques. Incapable de mettre un pied devant l'autre, il se recoucha et attendit que le marteau qui s'abattait à fréquence régulière dans son crâne se soit calmé. Où était-il allé la veille ? Pourquoi se trouvait-il dans un état aussi lamentable ?

Il demeura longtemps couché sur le dos puis, soudain, le visage du docteur Robson apparut dans son esprit. « Je suis allé à l'infirmerie parce que je saignais du nez », se rappela-t-il. Et ensuite ? Le brouillard se dissipa peu à peu. Le médecin lui avait administré un sédatif... Vincent ne se souvenait pourtant pas s'être rendu à sa chambre après cette visite. Il n'y avait qu'une façon d'en avoir le cœur net.

Après une réconfortante douche chaude, il alla manger dans la grande cafétéria et étudia les réactions des autres employés de la base. Aucun ne lui porta un intérêt particulier. Vincent se dirigea donc vers les Laboratoires. Il activa son épingle à cravate en franchissant la porte et put donc se rendre à un poste de travail en retrait sans attirer l'attention des caméras.

Sans perdre une seconde, il utilisa le code d'accès de Christopher Shanks pour obtenir l'enregistrement de la soirée précédente. Il se vit alors entrer dans la section médicale, recevoir l'injection, puis être transporté dans une pièce où rien ne fut filmé. Une heure plus tard, selon le chronomètre de la vidéo, il en ressortait sur une civière.

— Que m'ont-ils fait ? murmura l'informaticien, sidéré.

Il n'était plus seulement sous surveillance, mais aussi manipulé contre son gré ! Océane n'avait pas pu lui expliquer ce qui se passait à Toronto, mais il avait senti dans sa voix qu'elle vivait la même chose que lui.

Tout à coup, il ressentit un pressant besoin de savoir où se trouvaient les survivants de l'Agence montréalaise, en commençant par Cédric. Christopher Shanks lui avait promis de s'informer du sort de son ancien patron, mais il ne lui en avait jamais reparlé. L'intuition de Vincent lui disait qu'ils étaient tous en grand danger. Il poussa donc l'audace jusqu'à accéder aux archives de la division nord-américaine et découvrit le dossier de Cédric.

EN DÉTENTION À ARCTIQUE III.

Il comprenait le sens de ces mots, mais il ne pouvait concevoir qu'on emprisonne ainsi le meilleur directeur de l'ANGE. Arctique III était une installation pénitentiaire dont personne ne voulait jamais parler. Vincent avait découvert son existence par lui-même, en furetant un peu partout dans les bases de données défendues.

Rapidement, il s'assura que les filles étaient en sécurité à Toronto, puis il chercha le dossier de Yannick. Un sourire de soulagement s'étira sur ses lèvres, lorsqu'il apprit que le corps de son ami avait mystérieusement disparu de la morgue. Un bouton de couleur se mit à clignoter dans le coin de l'écran. S'il était passé inaperçu devant les caméras, son intervention informatique, elle, venait d'être repérée.

Vincent en effaça rapidement les traces à l'aide de son logiciel personnel qui apparaissait sous la forme d'une menaçante mâchoire de tyrannosaure. Elle avalait tout le contenu de l'écran et disparaissait aussi vite qu'elle était apparue. Le savant retourna à la porte d'entrée, désactiva son épingle à cravate, puis se dirigea lentement à l'opposé de l'immense salle pour donner le temps aux caméras de le suivre. Il s'installa à un ordinateur parmi une dizaine d'autres dans l'îlot central, comme s'il n'avait absolument rien à cacher.

Christopher Shanks lisait les rapports des instructeurs de sa base sur les progrès des recrues de l'ANGE lorsque Michael Korsakoff demanda à le voir. Heureusement pour lui, quelques minutes auparavant il avait retrouvé la séquence vidéo de Montréal.

— Faites entrer, demanda le directeur à l'ordinateur.

Même le Premier ministre du Canada n'aurait pu franchir cette porte métallique sans son autorisation. Mais cela ne flattait l'ego de Shanks d'aucune façon. C'était un homme intègre et dévoué à l'Agence.

— Pourquoi avez-vous consulté le dossier de Cédric tout à l'heure ? fit Korsakoff sans même le saluer. Vous savez pourtant ce qui lui est arrivé.

— Je n'ai rien fait de tel, affirma le directeur d'Alert Bay.

— C'est pourtant votre code personnel qui a été utilisé. Qui le connaît, à part vous ?

— Absolument personne.

Korsakoff arqua un sourcil.

— Il faut être particulièrement doué pour subtiliser un code d'accès, pensa-t-il tout haut.

— Dans cette base, un seul homme est capable d'un tel exploit. Laissez-moi m'en occuper.

— C'est comme vous voulez.

— J'ai quelque chose à vous montrer.

D'un geste de la main, Shanks invita le chef nord-américain à s'asseoir, puis pressa sur les touches de l'ordinateur encastré dans sa table de travail. L'écran géant sur le mur opposé s'anima. Les deux hommes assistèrent en silence à la fusillade qui avait eu lieu dans le couloir de Montréal, tandis que des démons de l'Alliance tentaient de s'infiltrer dans la base. Ils virent Yannick entrer dans la cabine pour s'assurer que l'homme couché sur le plancher était bel et bien mort, puis Barastar lui tomber dessus du plafond. Vincent avait foncé vers l'ascenseur sans la moindre hésitation, pendant que Yannick tirait sur Barastar à bout portant. Les agents Jeffrey, McLeod et Bloom s'étaient ensuite dirigés vers les Renseignements stratégiques, pendant que l'équipe d'intervention tirait les deux corps dans le couloir et commençait à nettoyer l'ascenseur.

— Il n'y avait que deux envahisseurs, comme le mentionnait le rapport de Cédric, comprit Korsakoff.

— Je ferai tout de même examiner cette vidéo à la loupe, si vous n'y voyez pas d'objection.

— Ne perdez pas de temps. Je dois rencontrer madame Zachariah demain soir et elle s'attend à des réponses limpides de notre part.

Christopher Shanks demeura songeur pendant un moment, après le départ de Korsakoff. Il était bien fâcheux que le seul technicien capable de décortiquer ces images soit le même qui avait volé son code personnel. « Une chose à la fois », se dit-il. Il quitta son bureau et demanda qu'on lui remette le CD ultra-confidentiel de l'attentat de Montréal. Il serra le boîtier dans sa main et marcha jusqu'aux Laboratoires en respirant profondément.

Il trouva Vincent parmi les autres informaticiens, toujours obsédé par ses reptiliens. Il se posta derrière lui et lut sur l'écran les premières lignes qui parlaient de bases souterraines disséminées sur toute la planète.

— Vincent, j'aimerais que tu me rendes un service, fit amicalement le directeur.

Sur ses gardes, le savant fit pivoter sa chaise vers son nouveau directeur.

— Je crains que les images de cette vidéo ne nous cachent quelque chose d'important. Tu es, à mon avis, le seul qui puisse me dire si j'ai raison.

— Suivez-moi, accepta-t-il à contrecœur.

Le jeune Montréalais contourna plusieurs groupes d'ordinateurs et entra dans une salle aux murs de verre qui contenait d'autres appareils. Il prit place devant l'un d'eux et tendit la main. Shanks lui remit l'enregistrement. Dès les premières images, Vincent se figea.

— Si tu ne désires pas revivre cette scène, je comprendrai.

— Non, ça va aller, se ressaisit l'informaticien. Que cherchez-vous, au juste ?

— Un troisième attaquant.

— À quoi cela vous servira-t-il ?

— À innocenter Cédric Orléans.

L'informaticien tressaillit. « Il s'est servi de mon code pour savoir ce qu'il était advenu de son directeur », comprit Shanks. Vincent se mit à pianoter sur le clavier, ralentissant les images de façon traditionnelle. Aucun commando ennemi ne sortit de l'ascenseur. Il changea d'ordinateur et fit apparaître un de ses logiciels, qu'il avait reconstruit de mémoire.

— Qu'est-ce que c'est ? demanda Shanks en tirant une chaise près de lui.

— Yannick Jeffrey prétendait que les agents de l'Alliance n'étaient pas humains comme vous et moi. J'ai donc conçu un « détecteur de démons ». Il recherche des créatures qui peuvent avoir une morphologie différente de la nôtre.

Il repassa donc la séquence en utilisant sa création informatique. Elle ne montra rien de surnaturel dans la cabine pendant ou après le barrage de tirs des agents de l'ANGE. Vincent allait arrêter le défilement au ralenti des images, lorsqu'il assista à un spectacle incroyable. Du corps de Barastar sortit une fumée noire qui prit une forme humanoïde avant de longer le mur et de passer derrière l'équipe d'intervention.

— Vous avez vu ça ? souffla-t-il, stupéfait.

En état de choc, Christopher Shanks n'arriva pas à prononcer un seul mot. Vincent pianota à vive allure sur le clavier, mais puisqu'il ne s'agissait pas d'une intervention en temps réel, il n'obtint aucun des angles captés par les autres caméras.

— Je ne peux rien faire de plus sans tous les enregistrements, déclara-t-il, frustré.

— Je vais voir si je peux les récupérer des archives de Kevin Lucas, répondit le directeur, revenant de sa surprise. Mais avant, dis-moi comment tu as réussi à prendre mon code.

— Seulement si vous me dites pourquoi vous m'avez drogué.

— Pour la même raison que nous avons mis la main sur cette vidéo !

— Pour innocenter Cédric ? s'étonna Vincent.

— C'est exact. Nous voulions voir si ton subconscient avait enregistré des événements dont tu ne te souvenais pas.

— Vous n'aviez pas le droit de me soumettre à ces tests sans mon consentement.

— Légalement, non. Mais nous avons pensé que si nous t'en parlions d'abord, certains mécanismes de défense instinctifs auraient pu se mettre en action.

— Qu'avez-vous appris de moi ?
— Tu nous as suggéré de retrouver cette vidéo et de la regarder de plus près. Même en état d'hypnose, tu es plutôt efficace.

Shanks ne voulait pour rien au monde s'aliéner le jeune savant, car il représentait un atout certain pour l'ANGE dans sa lutte contre les serviteurs du mal, mais il devait aussi obéir aux ordres de Korsakoff.

— Pourquoi t'intéresses-tu à James Sélardi ? se décida-t-il à lui demander.
— Je crois qu'il est reptilien.

S'il n'avait pas vu un démon sortir du corps de Barastar, le directeur aurait probablement éclaté de rire. Il savait maintenant que tout était possible.

— Tu as des preuves de ce que tu avances ?
— Pas encore, mais je suis tenace. Notre Agence sert à protéger les hommes et les femmes qui habitent cette planète. Je ne peux pas laisser une telle créature décider de leur avenir.
— C'est une noble quête. Si tu me promets de ne plus jamais utiliser mon code d'accès, je te donnerai un coup de main.
— C'était juste pour savoir ce que vous aviez fait de Cédric.
— Il restera malheureusement en Arctique jusqu'à ce que nous soyons certains qu'il n'a pas fait exploser sa propre base.

Vincent baissa la tête, comme s'il ne le croyait pas.

— Nous y arriverons, l'encouragea Shanks.

Il le quitta, avec l'intention d'aller récupérer tous les enregistrements que Montréal avait transmis au directeur canadien avant sa destruction.

...030

Plus décidée que jamais à prouver que l'anéantissement de sa base était le résultat d'un complot de l'Alliance, Cindy Bloom travaillait très fort sur un programme de simulation. Elle avait eu beaucoup de mal à obtenir l'inventaire exact de Montréal au moment du drame. Pour étayer sa thèse, elle avait tout de même rassemblé les résultats de plusieurs charges explosives différentes. Lorsqu'elle entra finalement les données fournies par la division canadienne, elle soupira avec soulagement : les dommages subis par la ville correspondaient, à quelques maisons près, à ceux qui apparaissaient dans les rapports officiels.

Elle grava le tout sur un mini-disque, sauvegarda les graphiques et les colonnes de chiffres dans son fichier personnel et vérifia sa boîte de réception avant de rentrer chez elle. « Qui pourrait bien m'écrire ? » songea-t-elle. Elle fut bien surprise de trouver un seul message à l'écran, en provenance d'un individu ou d'une entreprise qui s'appelait *Capsula*. Elle se souvint alors de ce qui était arrivé à Vincent lorsque son ordinateur avait été infecté par l'Alliance.

« S'il s'agissait d'un traquenard, l'ordinateur de la base ne l'aurait pas laissé passer », décida-t-elle finalement. Elle rassembla son courage et pressa la touche Entrée. Un numéro de téléphone clignota sur l'écran. Cindy prit tout de suite un stylo pour le noter dans sa main. Les chiffres prirent feu et se consumèrent virtuellement en une fraction de seconde. Elle supprima aussitôt le message électronique et calma les battements de son cœur.

La jeune femme ne pouvait certainement pas faire cet appel à partir de la base. De toute façon, c'était presque l'heure du dîner et elle avait suffisamment travaillé. Elle enfila son manteau et prit le chemin de la sortie. Ashby avait cessé de la faire reconduire par les membres de la sécurité. De toute façon, elle n'habitait pas très loin et l'air frais lui faisait toujours le plus grand bien.

L'ordinateur lui permit de grimper l'escalier souterrain du jardin après s'être assuré que personne ne s'y trouvait. Cindy longea le mur du château et aboutit dans la rue. Elle referma les bras sur sa poitrine pour se protéger du vent. En accélérant le pas, elle arriverait à se réchauffer davantage.

Une fois au centre-ville, elle s'arrêta dans une cabine téléphonique. Elle inséra une pièce de monnaie dans l'appareil et composa le numéro écrit dans sa main. Il s'agissait d'un message enregistré.

— Cindy, c'est Vincent. Je viens d'apprendre que Cédric a été emprisonné dans une base que l'ANGE possède en Arctique. On n'y envoie que des dirigeants accusés de haute trahison. Aucun n'en est jamais revenu. Je me souviens d'avoir lu, il y a quelques années, que le châtiment réservé aux directeurs jugés coupables est l'exécution.

Cindy étouffa un cri d'horreur.

— J'ai adressé le même message à Océane, mais je ne sais pas si elle a accès à mes envois. Il nous faut trouver une façon de sortir Cédric de ce mauvais pas. En travaillant chacun de notre côté, nous pouvons y arriver. Ce message s'effacera dès que tu l'auras écouté, pour nous protéger tous les deux. J'ai hâte de te revoir.

Un déclic annonça que son ancien collègue n'avait plus rien à ajouter. Cindy raccrocha en tremblant. Comment l'ANGE avait-elle pu croire à une telle félonie de la part d'un homme aussi droit que Cédric ? Des larmes se mirent à couler sur ses joues. Elle avait accepté de se joindre à l'Agence pour lutter contre les injustices !

Une main se posa sur son épaule. Cindy fit volte-face en utilisant son sac à main pour frapper son assaillant.

— Tout doux ! s'exclama Aodhan en riant.

— Vous ne pourriez pas vous annoncer au lieu de terroriser les gens ?

— Mais vous pleurez ?

Elle sortit un mouchoir de sa poche et s'essuya les yeux.

— Pourquoi m'espionnez-vous ? hoqueta-t-elle.

— Parce que je suis un espion, évidemment, voulut-il plaisanter.

— Je n'ai pas du tout envie de rire.

Elle sortit de la cabine téléphonique, contourna l'agent de l'ANGE et poursuivit sa route.

— Je suis désolé ! fit l'Amérindien. Attendez !

Il la rattrapa en deux enjambées.

— Je me rendais au travail lorsque je vous ai aperçue. Je vous jure que je ne vous suivais pas. Dites-moi ce qui vous cause tout ce chagrin.

— Vous ne pourriez pas comprendre.

L'Agence l'avait coupée de sa famille et de ses amis en la déclarant morte, mais elle le savait pourtant depuis des mois. Qu'avait-elle appris au téléphone ?

— Je ne sais même pas si je peux vous faire confiance, ajouta-t-elle.

— Ai-je une tête de démon ?

Elle lui jeta un coup d'œil furtif. Il lui offrait son air le plus angélique.

— N'essayez pas de me faire rire.

— Je veux seulement vous consoler.

Il la devança et se tourna vers elle, la forçant à s'arrêter.

— Je ne pourrai jamais comprendre ce que vous et vos collègues de Montréal ressentez, mais je vous jure que tous les agents de l'ANGE sont solidaires et sincères, même ceux du Nouveau-Brunswick.

Son air moqueur arracha un sourire à la jeune femme.

— Je ne suis jamais allée au Nouveau-Brunswick, avoua-t-elle en essayant de changer de sujet.

— C'est une très belle province et les gens y sont très accueillants.

Ils marchèrent lentement ensemble.

— J'ai grandi à Ottawa, raconta-t-elle.

Elle lui parla des privations de ses parents pour assurer à leurs enfants une bonne éducation. Son frère étudiait la médecine à Montréal. Elle était certaine qu'il serait le meilleur médecin de tous les temps.

— Comment vous êtes-vous retrouvée à Alert Bay ? s'étonna-t-il.

— J'ai été recrutée par un de mes professeurs à l'université. Je voulais devenir travailleuse sociale et sauver tout le monde. Il m'a proposé une façon plus rapide d'y arriver. J'ai fait croire à mes parents que je devais faire un long stage en Colombie-Britannique, ce qui n'était pas tout à fait faux. Les idéaux de l'Agence ressemblaient trop aux miens pour que je n'en fasse pas partie.

Elle lui retourna la question.

— Moi, c'est dans ma famille, expliqua Aodhan. Mon oncle était directeur, alors quand il a vu que je grandissais en sagesse et en beauté…

Cindy éclata de rire.

— J'ai aussi un don pour remonter le moral des gens, ajouta-t-il.

— Si vous n'aviez pas fait ce travail, qu'auriez-vous choisi d'être ?

— Un docteur clown.

Aodhan la reconduisit jusqu'à son immeuble qui, de toute façon, était sur sa route. Au moment où il allait lui ouvrir la porte du hall d'entrée, une bourrasque le plaqua contre le mur de verre. Cindy vit s'infiltrer dans sa poitrine une vapeur blanche.

— Monsieur le Loup, est-ce que ça va ? s'enquit-elle.

Il battit des paupières en reprenant son équilibre. Son premier geste fut de mettre la main sur la montre de la jeune femme. Cindy sut tout de suite que son ami Océlus venait de prendre possession du corps d'Aodhan.

Avant qu'il puisse ouvrir la bouche, la jeune femme agrippa son poignet et lui montra qu'il portait aussi une montre de l'ANGE. Océlus l'ensorcela sans perdre de temps.

— Quelque chose de terrible se prépare, annonça-t-il.

— Pourriez-vous être un peu plus précis ? s'alarma Cindy.

Puisqu'il faisait froid sur la rue, elle entraîna Aodhan dans l'immeuble et le fit asseoir sur le vieux divan de l'entrée.

— Képhas m'a ordonné de reconduire Chantal chez vous, expliqua Océlus. Je n'aurais jamais dû le laisser seul dans la même ville que l'Antéchrist.

— Yannick est vivant ? se réjouit-elle. Mais qui est Chantal ?

— C'est une jeune femme qui lui est venue en aide lorsqu'il a été tué à coups de couteau.

Cindy écarquilla les yeux, de plus en plus confuse. Il recommença donc son récit depuis le début.

— Lorsque je suis retourné à Jérusalem, Képhas n'était plus là ! conclut-il.

— L'avez-vous cherché au ciel ?

— Il n'était ni là, ni sur Terre…

— Ne nous affolons pas, recommanda Cindy, même si elle avait envie de se remettre à pleurer. L'Antéchrist, c'est le diable lui-même, non ? Il a peut-être la faculté de vous masquer sa présence.

— Nous ne savons pas de quoi il est capable. C'est pourquoi nous devons surveiller ses actes.

— Et puis, c'est peut-être Yannick qui utilise ses pouvoirs pour lui échapper.

— Il en a si peu.

— Mais il nous a dit qu'il ne les avait pas tous perdus. Je vous en prie, faites-lui confiance.

Elle le serra dans ses bras pour le réconforter.

— Quelle est cette grande peine que vous vivez aussi ? s'affligea-t-il.

— Nos dirigeants soupçonnent Cédric Orléans de trahison. Ils l'ont emprisonné dans une installation fortifiée d'où personne ne sort jamais.

Océlus était évidemment sensible à ce genre d'injustice.

— Vincent et moi tentons de prouver qu'il n'est pas à la solde de l'Alliance.

— Désirez-vous que je le fasse sortir de cet endroit ?

— Oui, affirma Cindy sans réfléchir.

— Il est sur cette planète ?

— Bien sûr que oui. Savez-vous ce qu'est l'Arctique ?

Il secoua la tête.

— C'est complètement au nord, là où il y a presque toujours de la neige et de la glace, expliqua Cindy.

Océlus avait vu beaucoup de pays qui ressemblaient à cette description, mais il avait le pouvoir de se déplacer très rapidement dans le monde invisible. De plus, il avait soigné Cédric lorsqu'il avait été blessé par Arimanius à Montréal. Il ne lui serait pas difficile de détecter son énergie. Mais avant de se mettre à la recherche de ce chef de l'Agence, il jetterait un dernier coup d'œil à Jérusalem...

— C'est l'un des malins plaisirs de Satan que de nous faire de la peine, murmura-t-il dans l'oreille de la jeune femme. C'est ainsi qu'il réussit à nous déstabiliser et à s'emparer de nos âmes. Je vous en conjure, ne le laissez pas gagner.

Elle releva doucement la tête vers son visage. Il avait les mêmes yeux sombres que le vrai Océlus.

— L'amour est mille fois plus fort que la peur, ajouta-t-il.

— Je sais, mais je suis terrifiée à l'idée qu'ils exécuteront Cédric sous de fausses accusations.

— Il ne mourra pas.

Il embrassa tendrement Cindy, s'abreuvant de courage avant de quitter ce corps et de repartir dans son monde à lui.

...031

Andrew Ashby avait une mine rayonnante lorsqu'il se présenta au travail. Les techniciens des Renseignements stratégiques le regardèrent passer du coin de l'œil en se demandant ce qui lui arrivait. Avait-il été muté à la division canadienne, ou même à l'internationale ? En fait, c'était la grande quantité de sang qu'il avait bue la veille qui décuplait son énergie reptilienne.

Maintenant qu'il était de nouveau au meilleur de sa forme, il songea à la façon de se débarrasser d'Océane Chevalier. Il fallait que sa mort ressemble à un accident. Cette femme étant de nature curieuse, il ne serait pas très difficile de la faire tomber dans un guet-apens. Il eut à peine le temps de prendre place derrière sa table de travail que l'ordinateur lui signalait une première communication :

— Monsieur Ashby, monsieur Lucas aimerait vous parler.

— Mettez à l'écran, je vous prie.

Le visage enfantin du chef de la division canadienne apparut sur le mur.

— Bonjour Andrew, fit-il. L'ordinateur me dit que tu n'as pas encore pris tes messages.

— Je viens tout juste d'arriver. Y a-t-il une urgence ?

— Un de tes hommes a été retrouvé sans vie devant son immeuble tôt ce matin.

— Qui ? fit mine de s'alarmer Ashby.

— Une de tes sentinelles du nom d'Achille Black. La police croit que le motif du meurtre est le vol.

— Doux Jésus !

— J'ai demandé une autopsie pour m'assurer que ce n'est pas une exécution commandée par l'Alliance. Je t'en ferai parvenir une copie dès que je l'aurai, en fin de journée.

— Je t'en remercie.

— Évidemment, tu sais déjà que nous ne pourrons pas exprimer nos condoléances à sa famille, puisqu'il était censé travailler comme informaticien employé par le gouvernement canadien. Je ferai en sorte que des fleurs lui soient envoyées en leur nom.

— Je me chargerai par contre d'avertir le reste de l'équipe des Renseignements stratégiques et de leur demander d'être doublement vigilants lorsqu'ils quittent l'Agence.

— Très bien. À plus tard, Andrew.

Le visage de Lucas fut remplacé par le logo de l'ANGE. Ashby oublia tout de suite la mort du subalterne pour se concentrer sur celle d'Océane.

— Ordinateur, mademoiselle Chevalier est-elle arrivée à la base ?

— Elle vient d'y entrer, monsieur Ashby.

— Demandez-lui de se rendre à mon bureau.

— Je le fais à l'instant.

Ashby consulta ses messages du matin en attendant la rebelle. Elle franchit sa porte quelques minutes plus tard. C'était pourtant une jolie femme, bien habillée, avec de belles manières, mais trop intelligente pour son propre bien. Elle portait deux gobelets en carton dans les mains.

— Je vous ai apporté du café, mais n'allez pas vous imaginer que j'en ferai une habitude, déclara-t-elle en posant un gobelet sur la table de travail.

— Veuillez vous asseoir, mademoiselle Chevalier.

Océane lui obéit sans rouspéter. Elle se mit à siroter la boisson chaude en fixant son directeur dans les yeux. Il y avait quelque chose en elle qui mettait Ashby profondément mal à l'aise, mais il n'arrivait pas à l'identifier.

— Jusqu'à ce que je reçoive une réponse définitive en ce qui concerne votre mutation à l'internationale, j'aimerais que vous meniez une petite enquête pour moi, commença le directeur.

— Tant que cela n'implique pas l'utilisation d'un tampon encreur...

Il ne releva pas le sarcasme.

— Certaines informations reçues cette semaine laissent entendre qu'un certain Douglas Grimm serait un tueur à gages de l'Alliance. Il aurait tout dernièrement reçu une importante somme d'argent en provenance d'Europe.

— Connaissez-vous aussi ses cibles ?

Le soudain sérieux de l'agente surprit Ashby.

— Pas exactement, non, mais un de nos techniciens a été assassiné cette nuit, une sentinelle, pour être plus exact.

— Quelqu'un qui possédait des renseignements hautement confidentiels ?

— Tous les membres des Renseignements stratégiques y ont accès.

— Habituellement, ces assassins s'attaquent aux agents, pas aux techniciens. Comment connaîtraient-ils leur identité, de toute façon ?

— Je ne vous ai pas demandé de me rencontrer ici ce matin pour faire des hypothèses, mais pour vous confier une mission.

— Je l'accepte, évidemment, affirma Océane. Il serait gentil, par contre, de me laisser utiliser les ordinateurs de la base plus que cinq minutes.

— Cela va de soi. Vous pouvez disposer.

— N'oubliez pas de boire votre café avant qu'il soit froid, recommanda-t-elle en se levant.

Elle quitta le bureau en réprimant un sourire. Cette fois, elle allait montrer à ses nouveaux patrons de quel bois elle se chauffait. Elle commença par faire une courte recherche informatique sur Douglas Grimm. À son grand étonnement, elle n'eut aucune difficulté à trouver l'adresse de son domicile. Il habitait un grand domaine à l'extérieur de la ville.

Elle adressa donc à Ashby un message très poli lui demandant la permission d'utiliser un des véhicules de la base. Il répondit à sa requête par un seul mot : « Faites ». Pourquoi son directeur était-il devenu si conciliant tout à coup ? Craignait-il que les événements qui avaient mis fin aux opérations de Montréal ne se reproduisent chez lui ?

Océane se rendit d'abord aux armements où elle ne prit qu'un revolver. Si ce docteur Grimm était réellement un tueur, il valait mieux qu'elle se protège. Elle descendit ensuite au garage où l'on avait déjà préparé sa berline. « C'est presque trop beau pour être vrai », songea-t-elle en y prenant place. Elle quitta la base par le stationnement de la Casa Loma et activa le GPS.

Il y avait beaucoup de circulation le matin dans cette grande ville, mais elle n'était pas pressée. Elle alluma la radio, trouva une station de musique rock et se mit à chanter le hit qu'elle diffusait.

Océane atteignit l'autoroute quelques minutes plus tard et suivit les directives du système de localisation de la voiture. Elle emprunta la sortie indiquée et se retrouva dans un quartier d'impressionnants manoirs et de terrains immenses, entièrement clôturés et parfois protégés par des murs dignes des forteresses médiévales. Occupée à admirer les somptueuses demeures, elle ne vit pas qu'une voiture la suivait de loin.

Elle avait à peine parcouru deux belles avenues lorsqu'un gros camion noir sortit à reculons d'une entrée et barra complètement sa route. Océane sentit un pincement à l'estomac. Elle ouvrit la portière. Le bruit d'un moteur derrière elle attira son attention. Un autre camion identique au premier venait de couper sa retraite. Ce ne pouvait être que des agents de l'Alliance. « Comment ont-ils su que je tentais de me rendre chez Grimm ? » s'étonna-t-elle. Un seul homme connaissait sa mission : Ashby.

— Si je capture ce médecin de l'enfer, je l'enferme dans le bureau du directeur pour qu'ils règlent leurs comptes entre eux, grommela Océane.

Elle descendit de la berline en mettant tout doucement la main sur son arme. Les conducteurs et passagers des poids lourds contournèrent leurs capots. Ils étaient quatre : Océane ne devait donc perdre aucune balle.

— Excusez-moi, mais je dois me rendre à un rendez-vous, fit-elle avec un sourire. Ne pourriez-vous pas me laisser passer avant de vous mettre au travail ?

Ils portaient des jeans et des parkas dont la capuche cachait partiellement leurs traits. C'est seulement lorsqu'ils se rapprochèrent davantage que la jeune femme vit que c'étaient des reptiliens. Le menton et le nez proéminents de leurs visages recouverts d'écailles vert sombre lui rappelèrent le profil des chats. Ils n'étaient pas armés, mais leurs doigts étaient munis de griffes d'au moins six centimètres !

— Parlez-vous ma langue ? poursuivit-elle.

Le plus rapproché fonça sur elle sans que les autres bougent. Océane n'avait pas le temps d'étudier la hiérarchie de ce curieux groupe, elle braqua son revolver sur lui.

— Arrêtez ou je tire !

Il était presque sur elle. Océane appuya sur la détente sans même sourciller. La première balle freina l'élan de son agresseur et provoqua sa fureur. L'espionne fut obligée de tirer encore deux fois dans sa poitrine pour qu'il s'écrase finalement sur l'asphalte. C'est alors qu'elle ressentit une cuisante douleur dans l'épaule. Un Neterou venait d'y enfoncer ses griffes. Océane glissa son arme sous son aisselle et tira. Son assaillant la lâcha, mais ce n'était pas la balle qu'il reçut dans le thorax qui le fit reculer. Un grondement de bête sauvage résonna entre les camions. « Ils ne vont pas se battre pour savoir lequel va me manger, tout de même ! » s'énerva l'agente.

Elle pivota vivement vers le reptilien qu'elle venait de blesser et en vit un autre, beaucoup plus pâle, celui-là. Vêtu d'une longue tunique beige, il tenait dans les mains une espèce de sabre japonais.

« Je suis au beau milieu d'un tournage de film », se dit l'agente en voyant le nouvel arrivant fondre sur les reptiliens plus sombres en levant son sabre au-dessus de sa tête. Océane recula doucement en direction de la haute clôture de fer forgé qui entourait le domaine à sa gauche, afin de donner de l'espace à ce fou qui semblait vouloir se prendre pour Bruce Lee. Revolver au poing, elle tirerait sur le premier qui s'élancerait sur elle.

Les minutes qui suivirent furent étourdissantes. Le samouraï se mit à virevolter en tous sens, brandissant son arme étincelante, frappant ses adversaires d'estoc et de taille. Lorsqu'il s'immobilisa, les camionneurs à écailles gisaient sur la chaussée, leur corps d'un côté et leur tête de l'autre. Le liquide qui coulait sur la lame n'était pas du sang, mais une sorte de sirop marine.

Le vainqueur s'avança alors vers la jeune femme.

— Arrêtez ou je tire ! cria-t-elle.

Le visage du guerrier se transforma aussitôt : les petites écailles s'enfoncèrent dans sa peau, comme sous le mouvement d'une vague. Océane reconnut les traits de Thierry Morin ! Elle baissa son revolver.

— Qu'est-ce qui vient de se passer ? fit-elle, ahurie.

— Quelqu'un a lancé un appel à des Neterou afin qu'ils t'éliminent. Je l'ai entendu, grâce à ma chambre en béton que tu détestes tant.

— Bon, j'admets qu'elle a une certaine utilité, même si elle n'est aucunement inspirante.

Elle enveloppa son poignet avec son foulard. De son côté, il essuya la lame de son sabre avec le chiffon attaché à sa ceinture et le glissa dans son fourreau.

— Dis-moi qui a lancé cet appel, exigea Océane. Quelqu'un de l'ANGE ?

Il demeura muet.

— Mes propres employeurs tentent de me faire tuer et tu refuses de me dire de qui il s'agit ? se fâcha-t-elle.

Il la fit pivoter pour examiner les blessures dans son dos. Il huma les cinq petites plaies à travers le manteau et se détendit : elles n'étaient pas empoisonnées.

— Je ne connais pas leurs noms, répondit-il finalement. Je n'ai pas accès à ces renseignements. Mais je parie que si nous assistions à l'une de leurs messes noires, tu les reconnaîtrais.

— Tu pourrais vraiment m'aider à trouver ce criminel qui se cache parmi nous ?

— À moins que ça ne te plaise de te faire attaquer ainsi jusqu'à ce qu'ils te tuent.

— Es-tu en train de me dire que tu arrêterais de venir à mon secours ?

— Tu es impossible, soupira-t-il avec amusement.

Une longue griffe poussa sur l'index de Thierry. Avant qu'Océane puisse réagir, il sectionna d'abord son foulard, puis le bracelet de sa montre.

— Qu'est-ce que tu fais ?

Il lui fit signe de se taire, imbiba la montre avec le sang qui avait traversé son vêtement, puis la jeta par terre.

— Je veux que tu pousses le plus terrible cri d'effroi de toute ta vie, chuchota-t-il en prenant sa main.

Elle comprit alors ce qu'il tentait de faire et hurla à ameuter tout le quartier. Thierry la fit ensuite courir en direction du deuxième camion qui avait refermé le piège sur l'agente.

— Mais ma voiture ! protesta-t-elle une fois qu'ils eurent contourné l'énorme capot.

— Je ne te conseille pas d'y reprendre place.

— Ils n'auraient pas poussé l'audace jusqu'à piéger la berline !

— Les assassins ont toujours un plan de secours au cas où ils manqueraient leur coup.

Il poussa Océane vers sa propre voiture.

— Tu es plutôt séduisant en peignoir, le taquina-t-elle.

— C'est une tunique d'exécution.

— Si tu le dis.

Au lieu de lui faire payer sa moquerie, il l'attira contre lui et chercha ses lèvres. Ils s'embrassèrent longuement.

— Il y a des filles qui rêvent d'un beau prince sur un cheval blanc, soupira-t-elle. Moi, je n'ai rien trouvé de mieux qu'une grenouille samouraï.

Il éclata de rire et l'obligea à s'asseoir sur le siège du passager. Ce n'était vraiment pas le moment de flâner dans le quartier d'un Draghanis, célèbre parmi les reptiliens pour le nombre impressionnant des victimes qu'il avait saignées à mort.

...032

Depuis qu'il avait remis les pieds à Jérusalem, Yannick n'avait jamais été aussi malmené de toute sa vie. Criblé de balles, puis attaqué à coups de couteau, il venait une fois de plus d'être victime du mauvais sort. Il était immortel, certes, mais pas à l'abri de la douleur, et il commençait à en avoir assez de souffrir.

Au moment où il allait enfin identifier l'homme qui avait sacrifié son enveloppe corporelle à Satan, un phénomène incroyable s'était produit. Le sol avait cédé sous lui et le choc lui avait fait perdre conscience. En reprenant graduellement ses sens, il se rappela les derniers instants qui avaient précédé sa chute. La ville avait été construite sur des fondations encore plus anciennes. Il n'était pas rare, dans une cité biblique, qu'un piéton s'enfonce subitement dans un ancien tombeau.

S'attendant à trouver un amas de vieux ossements autour de lui, Yannick fut bien étonné de sentir la douceur de la soie sous ses mains. Il battit des paupières. Une lampe à l'huile était suspendue au-dessus de lui. Elle éclairait suffisamment la pièce pour qu'il constate qu'il se trouvait dans un palais quelconque et non dans une crypte.

Il tenta de se redresser et fut surpris que ses muscles lui obéissent. Il commença par examiner son propre corps avant de déterminer où il se trouvait. Curieusement, il n'avait subi aucune blessure malgré ce plongeon spectaculaire à travers la chaussée. Il regarda attentivement autour de lui. La pièce était grande et meublée à la mode de son époque. Aucune fenêtre n'était percée dans les murs de pierre grège.

Le très grand lit où il avait atterri, à moins d'y avoir été transporté, était en fait un châlit de bois dans lequel on avait installé un épais matelas de plumes. Les draps étaient luisants et propres. Il ne s'agissait donc pas d'un site archéologique.

Yannick posa les pieds sur le sol. Deux des murs étaient, en réalité, de grandes bibliothèques. Sur le troisième s'adossait une imposante table de travail en bois finement travaillé, une table ordinaire et deux bancs. Quant au quatrième mur, une immense porte en occupait le centre. De chaque côté pendaient des sabres et des dagues.

— Mais où suis-je tombé ? s'étonna l'érudit.

Il avait étudié, et même vécu, l'histoire partout dans le monde, mais jamais il n'avait vu ce type de logement nulle part. Il réussit à se mettre debout. Sa tête tournait encore. « C'est déjà miraculeux qu'elle soit demeurée attachée à mon corps », pensa-t-il pour minimiser la gravité de sa situation. Un homme normal aurait probablement ouvert la porte pour s'enfuir au plus vite. Pas Yannick. Il s'approcha plutôt du meuble en bois où s'alignaient des pots de céramique de toutes tailles. Tout près, il trouva des plumes pour écrire.

— Un monastère ? se demanda-t-il.

Il traîna les pieds jusqu'à la bibliothèque. Avec beaucoup de douceur, il retira un livre d'un rayon à la hauteur de ses yeux. Rien n'était écrit sur sa couverture de cuir. Il l'ouvrit donc au hasard et fut tout de suite confronté au plus grand mystère de sa vie : une écriture qu'il ne connaissait pas. À première vue, elle semblait composée de caractères cunéiformes semblables à ceux qu'utilisaient jadis les Assyriens. En y regardant de plus près, Yannick découvrit qu'elle n'était pas vraiment faite de signes en fers de lance. Les lettres ressemblaient davantage à des marques de griffes.

La porte grinça derrière l'agent de l'ANGE. Il fit volte-face. Un homme entrait, avec un plateau de bois entre les mains. Il portait une longue tunique blanche et un capuchon recouvrait sa tête.

— Venez vous asseoir, l'invita l'étranger avec un accent exotique.

— Où suis-je ? Qui êtes-vous ? Comment suis-je arrivé ici ?

— Je ne serais pas un bon hôte si je ne vous nourrissais pas avant de répondre à vos questions.

Il déposa les victuailles sur la table. Yannick y jeta un coup d'œil, espérant ainsi découvrir l'origine de ces lieux par le type de nourriture qu'on y offrait. Il fut étonné d'y trouver des aliments qu'il consommait lorsqu'il vivait sur les rives du lac de Tibériade. Il remit le livre à sa place et s'approcha prudemment.

— Asseyez-vous, je vous en prie, le convia l'inconnu.

Yannick lui obéit, surtout par curiosité. Il souleva un petit pain sans levain et le huma : il était frais. Il le trempa dans l'huile d'olive aromatisée de romarin et le porta à sa bouche. Un millier de souvenirs revinrent à sa mémoire. Il goûta au fromage de chèvre, aux olives, aux galettes de seigle, aux quartiers d'avocat, aux dattes et aux filets de dorade cuits dans l'huile.

— Surtout ne vous gênez pas, lui dit le maître des lieux. Mangez à votre faim.

Lorsque Yannick fut rassasié, il leva des yeux emplis de curiosité sur celui qu'il croyait être un moine.

— Il est maintenant temps pour moi de répondre à vos questions. Vous êtes dans ma maison, à Rome. Je m'appelle Silvère Morin. C'est moi qui vous ai emmené ici.

— Je suis pourtant tombé dans un trou de la chaussée à Jérusalem…

— Pas tout à fait. J'ai saisi vos pieds et je vous ai tiré vers le bas.

Yannick haussa les sourcils avec incrédulité.

— Si vous aviez été vraiment humain, je n'aurais pu vous épargner le sort qui vous attendait aux mains de l'Anantas que vous avez provoqué, ajouta-t-il. Votre morphologie m'échappe complètement.

L'esprit de Yannick tenta désespérément de trouver une explication logique à cette curieuse affaire.

— Vous étiez dans les égouts ? s'enquit-il.

— Les rats vivent dans ces canalisations souterraines, pas les êtres pensants. Si vous me disiez qui vous êtes avant de poursuivre votre interrogatoire ?

— Je m'appelle Yannick Jeffrey.

— Mais ce n'est pas votre vrai nom.

— Vous semblez en savoir davantage sur mon compte que vous le laissez paraître. Appartenez-vous à l'Agence ? Ou pire encore, à l'Alliance ?

— Le groupe auquel j'appartiens remonte à une époque bien plus lointaine. Nous possédons un sixième sens qui nous permet de flairer les êtres différents. Vous ressemblez à un être humain, mais vous êtes d'un âge que ces créatures ne peuvent pas atteindre.

— Habituellement, j'adore les devinettes et les jeux intellectuels, mais le monde est en danger et je n'ai pas de temps à perdre. Dites-moi exactement qui vous êtes et je vous rendrai la pareille.

L'étranger repoussa son capuchon sur ses épaules. Sa tête était celle d'un lézard aux écailles vert sauge. Il y avait, dans ses yeux d'un bleu aussi pur que celui du ciel, des pupilles verticales, comme celles des serpents.

— Surtout, n'ayez crainte. Je ne suis pas un Dracos assoiffé de sang.

— Je ne sais même pas ce que vous êtes..., s'étrangla Yannick.

— Contrairement à ce qu'on fait croire à la majorité des habitants de cette planète, l'homme ne descend pas du singe, mais des étoiles. Plusieurs races stellaires se sont installées ici au début des temps, dont la vôtre. Mes ancêtres sont venus des Pléiades. Ils ressemblaient beaucoup aux êtres humains, mais des mutations génétiques orchestrées par des Dracos leur ont imposé une apparence différente.

— J'ai enseigné l'histoire toute ma vie, mais je n'ai jamais entendu parler de ces invasions.

— Rassurez-vous, en aucun temps nous ne nous sommes imposés sur cette planète. À notre arrivée, il y avait de l'espace pour tout le monde.

— Pourquoi ignorons-nous tout cela ?

— Parce qu'en ce moment, sur la Terre, les Dracos règnent en rois et maîtres, même s'ils ne sont pas nombreux. Ils occupent des postes importants dans tous les pays. Ils sont donc libres de nous imposer leur version de l'histoire de l'humanité, et nous cacher le fait qu'ils sont des créatures carnivores...

— Vous êtes un Dracos ?

— Non, je suis un Naga. Je vous expliquerai la différence lorsque vous m'aurez un peu parlé de vous.

Jamais, depuis le début de sa mission, Yannick n'avait imaginé qu'il avouerait un jour son identité à un dragon doué de raison.

— Je suis l'un des apôtres du prophète Jeshua, commença-t-il. Je suis né Shimon, fils de Yonathan, il y a environ deux millénaires. J'ai tout laissé pour suivre Jeshua : ma famille, ma femme, mon métier. Il a alors changé mon nom pour Képhas et il m'a demandé de poursuivre son ministère après sa mort.

— Comme c'est fascinant…

— Au moment de mon exécution, à Rome justement, Dieu m'a immortalisé afin que je reste sur la Terre pour surveiller l'arrivée au pouvoir de l'Antéchrist. J'allais enfin voir son visage lorsque vous m'avez emmené ici.

— Pour vous sauver la vie, rappelez-vous. Je ne vous sens aucunement équipé pour affronter un Anantas de sa trempe.

— Depuis le début de cette conversation, vous employez des noms que je n'ai jamais entendus en deux mille ans d'existence.

Silvère se rendit à la bibliothèque d'où il préleva un livre. Yannick remarqua avec surprise que sous son long vêtement, le moine traînait une lourde queue. Ce dernier déposa sur la table un ouvrage gros comme un atlas. Il tourna les pages sans se presser. Elles étaient couvertes des mêmes curieux caractères que l'agent avait remarqués plus tôt.

— Quelle est cette écriture ? se décida-t-il à demander.

— C'est la mienne. Je l'ai apprise des Anciens, comme tous les autres descendants des Pléadiens.

— Vous avez écrit tous ces livres ?

— Tous, sauf un.

— Mais quel âge avez-vous ?

— J'ai cinq cents ans de moins que vous. Bon, nous y voilà.

Il s'arrêta sur une page où apparaissaient plusieurs illustrations à l'encre noire. Il s'agissait d'une dizaine de visages et de corps d'hommes lézards de différentes formes.

— Il y a une hiérarchie parmi les reptiliens, expliqua Silvère en reprenant sa place. Les Dracos ont le sang le plus pur, alors ils s'arrogent bien des droits. Plus leurs écailles sont blanches, plus ils sont importants dans leur société. Les rois et les princes sont albinos. Ils vivent en grande partie dans une autre dimension, où ils se nourrissent d'énergie négative. De temps à autre, l'esprit d'un Dracos s'incarne sur cette planète en utilisant le corps d'un volontaire humain ou autre.

— Moi qui croyais que le monde invisible était réservé aux enfants de Dieu...

— Il est lui-même subdivisé en plusieurs plans. Notre Créateur vit tout en haut.

— Parlez-moi des autres reptiliens, s'intéressa Yannick.

— Les Dracos ont créé d'autres espèces en mêlant leur ADN à celui des habitants des Pléiades, de la Lyre, du Bouvier, d'Orion, de Sirius, de Véga, d'Arcturus et d'Aldébaran ainsi qu'à celui des Terriens. Certains de ces croisements ont eu lieu ici même, sur la Terre. Ces hybridations n'ont pas toutes donné le même résultat, comme vous pouvez l'imaginer. Certaines de ces races étaient moins manipulables que d'autres, surtout les quatre premières.

— Comme celle des Nagas, comprit l'agent.

— C'est exact. Le croisement entre les Dracos et les Pléiadiens s'est avéré très décevant pour ces grands maîtres du monde, puisque la nouvelle espèce reptilienne a conservé sa bonté, sa sensibilité et sa compassion. Mais les Dracos n'ont surtout pas apprécié que parmi leurs nouveaux sujets se sont élevés les « traqueurs » : des Nagas qui se donnent pour mission, dès leur naissance, de repérer les princes et les rois cruels et de les éliminer.

Yannick apprit que les autres races créées avec les sujets de la Lyre, du Bouvier, d'Orion, de Sirius, de Véga, d'Arcturus, d'Aldébaran et de la Terre, s'appelaient respectivement : les Anantas, les Draghanis, les Shesha, les Orphis, les Naass, les Cécrops, les Saèphes et les Neterou.

Silvère pointa leurs différentes caractéristiques sur les dessins. Ils n'avaient pas tous le même faciès, ni la même couleur. Les Anantas, les Draghanis et les Shesha étaient de plus grande taille et leurs écailles étaient gris bleu. Dans leur forme humaine, ils pouvaient être de n'importe quelle nationalité. Leurs yeux humains étaient généralement gris sombre. Ils battaient rarement des paupières.

— Les Orphis, les Naass, les Cécrops, les Saèphes et les Neterou sont plus dociles et font de bons esclaves pour les races supérieures. Ils sont vert sombre et solidement bâtis.

— Tous ces reptiliens peuvent-ils se métamorphoser ?

— Oui, mais pas tous avec la même facilité.

— Comment les reconnaît-on lorsqu'ils prennent un aspect humain ?

— Seul un reptilien peut en flairer un autre et seul un Naga peut retrouver un prince ou un roi dans le monde.

Yannick demeura silencieux quelques minutes, son cerveau tentant d'assimiler tous ces nouveaux éléments.

— J'ai toujours cru que le prince des ténèbres était un démon, soupira-t-il.

— Un démon n'est pas une entité matérielle. C'est une âme maléfique qui s'empare d'un corps.

— Et ce démon est en fait un être extraterrestre…

— Le problème fondamental de la vie humaine n'est pas le péché, mais l'ignorance, le consola Silvère. Nous sommes meilleurs que cet univers, car nous appartenons au monde du divin.

Jamais Yannick n'avait pensé rencontrer un jour un vieux sage ayant cette apparence. Toutes les paroles qui sortaient de sa bouche aux dents pointues agissaient sur lui comme un baume.

— Si nous allions prendre un peu l'air ? proposa Silvère.

— Ne craignez-vous pas la réaction des gens ?
— Pas la nuit.

Ils grimpèrent un escalier qui n'en finissait plus de remonter à la surface. Un vent frais balaya leur visage lorsqu'ils atteignirent le dernier palier. Ils se trouvaient sur l'un des bâtiments du Vatican. Yannick respira l'air frais et admira les étoiles. La sienne était tout près de celle de son ami Yahuda. Mais où était-il passé, celui-là ?

— Cet endroit existe un peu à cause de vous, déclara Silvère en marchant jusqu'au bord du toit.

— Je n'ai jamais rien demandé de tel. D'ailleurs Jeshua nous avait mis en garde contre la tentation de bâtir des temples pour l'honorer. Il n'arrêtait pas de nous répéter que nous pouvions prier n'importe où.

— Il avait bien raison.

Même à cette heure, il y avait encore des fidèles sur la grande place.

— Vous devriez reculer un peu, lui conseilla Yannick.

— Je suis habitué à être confondu avec les statues, plaisanta le reptilien.

Mais pour le rassurer, le Naga accepta de revenir vers lui.

— Que pouvez-vous me dire au sujet des Anantas ? s'enquit l'agent.

— Ils sont fiers, arrogants et méprisants. Ils prennent plaisir à voir souffrir les autres et tuent sans nécessité. Ils se nourrissent de chair et s'abreuvent de sang humain. Ce qui les distingue surtout des autres hybrides, c'est leur maîtrise des forces de la nature.

« Comme les boules de feu », se rappela Yannick.

— Si j'ai un seul conseil à vous donner, c'est de ne pas affronter vous-même celui que vous appelez l'Antéchrist. Je sens des facultés magiques en vous, mais elles ne suffiraient pas à vous protéger contre la brutalité de cet Anantas.

— Je vous remercie de votre hospitalité et de m'avoir ouvert l'esprit, aussi.

— Nous avons tous un rôle à jouer sur la Terre, Képhas, disciple de Jeshua. Le mien, c'est d'allumer des lanternes. Saurez-vous retrouver votre chemin dans cette ville ?

— Sans aucun problème. J'y ai étudié à différentes époques.

— Alors, venez, je vais vous montrer comment sortir d'ici sans que vous soyez importuné par la garde. Et que les dieux soient avec vous, Képhas.

Silvère tourna les talons et retourna vers l'escalier. « Les dieux ? » s'étonna Yannick. Il n'y en avait pourtant qu'un.

...033

Océlus avait passé Jérusalem au peigne fin sans se faire voir, car il ressentait une présence malfaisante en Terre sainte. À son grand désarroi, il ne trouva aucune trace de son ami Képhas. Ses pouvoirs lui permettaient de le chercher partout sur la planète, mais il devait d'abord s'acquitter d'une autre mission pour l'ANGE. Cindy lui avait dit qu'il serait trop dangereux de ramener directement Cédric Orléans à quelque base que ce soit. Il lui faudrait le conduire dans un endroit où aucune oreille de métal, ni aucun œil de verre, ne le surprendraient. La jeune femme lui avait fait une suggestion fort intéressante à cet effet. Cindy ne connaissait qu'un endroit au Québec où personne n'osait aller, car cette propriété ne ressemblait à aucune autre dans le monde.

Le Témoin parcourut les grandes étendues gelées avec son esprit, jusqu'à ce qu'il trouve une constellation d'abris de forme circulaire. Il ne s'agissait pas d'habitations familières à cette région, alors il décida de les examiner de plus près. Il ressentit aussitôt la présence d'équipement électronique similaire à celui de l'ANGE. Curieusement, il n'y avait que cinq personnes dans cette petite ville artificielle.

Océlus flotta dans la première pièce : un poste de contrôle dirigé par trois hommes. Il poursuivit sa route et trouva une femme endormie dans une pièce séparée des autres, puis Cédric dans une autre section. Ce dernier était debout devant le hublot du mur qui donnait sur l'extérieur, malgré l'heure avancée. Océlus conserva son invisibilité tandis qu'il étudiait le cœur du prisonnier. Cédric Orléans était un homme rationnel, d'une grande curiosité intellectuelle. Il avait besoin de preuves concrètes pour croire à l'existence d'une chose. Comment allait-il réagir à l'apparition d'Océlus ?

Képhas avait cependant répété à son ami de Galilée à maintes occasions que son directeur était compréhensif et large d'esprit. Il le tenait en haute estime. Océlus tenta donc le tout pour le tout. Il se matérialisa derrière le Neterou.

— Monsieur Orléans ? l'appela-t-il.

Le directeur fit volte-face, sidéré. Apparemment, on ne lui rendait pas souvent visite. L'habillement ancien du Témoin le distinguait facilement du personnel de l'installation pénitentiaire.

— Je vous reconnais…, murmura Cédric en fouillant dans sa mémoire.

— J'ai refermé la blessure que vous a infligée Arimanius.

La scène se rejoua dans l'esprit de Cédric : l'immeuble en construction, l'ordinateur isolé dans un coin, les boules de feu dans les mains d'Ahriman.

— Vous êtes Océlus.

Ce dernier le confirma d'un léger mouvement de la tête.

— Comment êtes-vous entré ici ?

— C'est difficile à expliquer.

— Qui vous envoie ?

— Cindy Bloom.

— Cindy ? s'étonna le directeur de Montréal.

— Je suis venu vous sortir d'ici, comme à l'époque du Far West.

Océlus croyait que cette allusion historique l'aiderait à comprendre le but de sa présence, mais il y avait encore plus de confusion dans les yeux du directeur.

— Elle est convaincue que vous serez injustement exécuté, ajouta-t-il. Elle doit avoir plus de temps pour prouver votre innocence.

— Vous ne pourrez jamais me faire sortir d'ici.

— Rien n'est impossible aux serviteurs de Dieu.

Le jeune homme aux traits sémites s'approcha de Cédric et lui saisit les bras. Avant que le Neterou puisse réagir, il était aspiré dans un curieux tourbillon glacé où il pouvait à peine respirer. Quelques secondes plus tard, l'air frais pénétrait à nouveau dans ses poumons. Océlus le libéra en observant sa réaction.

— Je sais que cette façon de se déplacer cause des désagréments aux êtres vivants, voulut-il s'excuser.

— Aux êtres vivants ? répéta Cédric avec incrédulité. Vous n'en êtes pas un ?

— Je suis mort il y a très, très longtemps. C'est Dieu qui m'a octroyé le pouvoir de revenir à volonté dans ce monde afin de le protéger du mal.

— Et vous comptez parmi les amis de Cindy ?

Océlus choisit d'utiliser le nom que Képhas se donnait depuis plusieurs années afin de ne pas troubler davantage le pauvre homme.

— Je l'ai connue grâce à Yannick Jeffrey.

Cédric ne mit qu'un instant à établir le lien entre son agent et cette créature qui se déplaçait à volonté dans l'espace.

— Vous êtes le deuxième Témoin, comprit-il.

— Je ne suis pas encore supposé le dire, mais c'est exact.

— Selon les textes sacrés, votre mission est de surveiller l'Antéchrist, pas de libérer un homme comme moi de sa prison.

— D'une certaine façon, vous êtes lié aux événements qui se produiront bientôt. Je vous demanderai de ne pas faire connaître votre présence jusqu'à ce que je retrouve le premier Témoin.

— Il a été muté en Israël.

Cédric n'avait évidemment pas été informé des derniers événements.

— Il n'y est plus, se contenta de répondre Océlus. Cependant, je sais comment le retrouver. Je le ramènerai ici dès que je le pourrai.

Le personnage biblique le salua de la tête et s'évapora, causant un autre choc au directeur de l'ANGE. Il avait vu beaucoup de choses qui n'avaient aucun sens durant sa carrière, mais jamais un homme qui pouvait disparaître…

Cédric regarda autour de lui, se demandant où le Témoin l'avait emmené. Les murs étaient décorés de fresques assyriennes et les meubles semblaient être des reproductions de ceux de l'âge d'or de la Mésopotamie.

— Je connais cet endroit, souffla-t-il.

Deux larges portes, rappelant celles des anciens fours, attirèrent son attention. Il tira sur l'un des anneaux et se retrouva dans un couloir décoré à la façon des anciens Égyptiens.

— Andromède…

Le corridor était faiblement éclairé, mais il reconnut assez facilement son visage parmi les centaines de hiéroglyphes. Cédric avait eu une seule aventure amoureuse dans sa vie. Elle n'avait pas duré longtemps, car après l'assassinat de son père, il était parti pour Alert Bay. L'ANGE s'était chargée de faire comprendre à sa bien-aimée qu'ils ne pourraient plus jamais se revoir.

Le jeune avocat avait rencontré cette jolie veuve au cabinet où il travaillait. Elle venait de perdre son mari millionnaire et voulait demander conseil à l'un des associés quant à la façon de récupérer son héritage. Cédric l'avait croisée tandis qu'elle attendait, au bureau de la réceptionniste, qu'on vienne la chercher. Quelque chose en elle avait tout de suite retenu son attention.

Elle lui avait demandé son nom en lui adressant un sourire. Les reptiliens ne possédaient pas la faculté d'aimer. Pourtant, ce jour-là, Cédric avait ressenti quelque chose au fond de sa poitrine. Par manque d'expérience, il ne pouvait pas savoir que c'était un coup de foudre. Maladroitement, il avait remis sa carte à cette admirable femme vêtue de noir. Elle avait ri aux éclats, réchauffant davantage le cœur du Neterou.

Après son interminable rencontre avec les experts de la firme, la cliente avait demandé à la réceptionniste d'appeler Cédric Orléans, prétextant devoir lui remettre des papiers. Il avait accouru, laissant en plan les dossiers qu'on lui avait demandé d'étudier. Andromède l'avait alors entraîné dans l'ascenseur, puis dans la rue. Sans la moindre gêne, elle lui avait demandé de la suivre chez elle...

— Cédric ?

Il sursauta en se retournant et vit, à l'autre extrémité du couloir, une apparition sortie tout droit de son passé. Andromède l'observait avec surprise. Elle portait un kimono de soie noire, attaché à la taille par une ceinture dorée. Ses cheveux étaient remontés en chignon où étaient plantés des peignes brillants.

— Mon Dieu, c'est bien toi ! s'exclama-t-elle.

Elle courut se jeter dans ses bras.

— Je peux tout t'expliquer, tenta-t-il pour l'apaiser.

— Les policiers ont dit que tu étais mort ! Je suis même allée à tes funérailles !

Elle le repoussa brutalement, passant de la joie à la rage.

— Pourquoi m'as-tu fait autant de peine ? lui reprocha-t-elle en éclatant en sanglots.

— Je n'ai jamais voulu te blesser.

Il la laissa pleurer, impuissant. Ceux de sa race étaient si mal équipés devant la tragédie. Lorsqu'elle se fut calmée, il lui prit la main et l'emmena dans la grande chambre à coucher égyptienne où ils avaient fait l'amour la première fois. Le Récamier était exactement au même endroit, entre deux énormes chats de plâtre doré. Il obligea Andromède à s'y asseoir.

— Ce que je t'ai fait est impardonnable, je ne le sais que trop bien, s'excusa-t-il. Il fallait que je disparaisse pour mener à bien mon travail.

— Tu défendais des criminels ?

— Non, pas du tout. J'ai cessé de pratiquer le droit et je me suis joint à une société secrète qui protège les habitants de la Terre. J'ignorais que mes employeurs avaient simulé ma mort.

— Tu me dis la vérité, Cédric ?

— Je ne t'ai jamais menti. C'est la vie qui nous a séparés. Je n'y pouvais rien.

Andromède se blottit contre lui. Rassemblant son courage, elle se décida à lui faire aussi des confidences.

— Il s'est passé beaucoup de choses après ton départ, dit-elle. Je suis restée enfermée dans cette maison où j'ai finalement mis notre enfant au monde.

Le sang de Cédric se glaça dans ses veines. Si la reine serpent venait à apprendre qu'il avait un héritier, elle le réclamerait !

— Je ne me sentais pas capable de l'élever correctement toute seule, alors je l'ai donné en adoption, poursuivit-elle.

— Quoi ?

— Un bébé a besoin de deux parents pour se développer normalement. Je ne voulais pas épouser n'importe qui juste pour lui donner un père.

— Tu l'as perdu de vue ?

— Pas du tout. Je l'ai donné à une personne proche de moi. De cette façon, je ne manquais aucun de ses progrès.

— Était-ce une fille ou un garçon ? s'énerva-t-il.

— C'était une belle petite fille.

Il se détendit aussitôt. La reine ne se préoccupait des filles que lorsqu'elles devenaient ses rivales.

— Elle avait tes cheveux et tes yeux aussi, mais mon intelligence et mon indépendance.

— Tu parles d'elle au passé...

— Elle a péri l'automne dernier dans la catastrophe de Montréal. J'ai pleuré toutes les larmes de mon corps, mais cela ne me la ramènera jamais.

— As-tu des photos d'elle ?

— J'ai encore mieux que ça.

Elle l'entraîna dans le sous-sol où elle avait transformé la chambre Shinto en véritable sanctuaire à la mémoire de son enfant. Les pupilles reptiliennes de Cédric s'habituèrent tout de suite à la faible luminosité. Les murs de la pièce étaient recouverts de bambou. Sur de petites étagères en métal brûlaient des lampions. Andromède fit marcher son amant entre les coussins qui servaient à s'asseoir sur le sol. Il leva les yeux sur l'autel de marbre d'où s'élevaient des volutes d'encens. Juste au-dessus, la mère avait accroché une photo géante de sa fille.

Cédric se figea en reconnaissant les traits de la défunte : c'était Océane !

...034

Des grincements stridents sortirent Océane du sommeil. Elle ouvrit un œil. À côté d'elle, Thierry s'était redressé sur un coude et écoutait attentivement cette langue incompréhensible pour les êtres humains. La jeune femme ne brisa pas sa concentration. Elle attendit que cessent ces lamentations pour l'embrasser entre les omoplates.

— C'est le journal du matin ? s'enquit-elle.
— Ils préparent une fête, mais ils n'ont pas dit où elle se tiendrait.
— Que veulent-ils célébrer ?
— Ils parlent d'une grande victoire de leur roi, quelque chose qui doit se passer aujourd'hui.
— Si tu avais un téléviseur comme tout le monde, on pourrait obtenir plus de précisions.
— Si j'installais un tel appareil ici, ses ondes bloqueraient mes perceptions extrasensorielles.

Océane décida donc de l'emmener déjeuner dans un petit restaurant où plusieurs écrans étaient suspendus au plafond. Elle prit place le plus près possible de l'un d'eux. Thierry glissa sur le banc près d'elle.

— Je me sens tellement libérée depuis que tu m'as enlevé ma montre, avoua-t-elle.

La serveuse leur versa du jus d'orange. Dès qu'elle fut partie, le policier y versa un peu de poudre.

— Tu en mets dans tout ce que tu manges ? demanda Océane, intriguée.

— Seulement dans les liquides.

— Tu en mettrais dans ton potage ?

— Est-ce que tu es née aussi curieuse ? s'amusa-t-il.

— Mon premier mot n'a pas été « papa » ou « maman », mais « pourquoi ».

— Tes parents ont dû avoir beaucoup de plaisir à t'élever.

— Ils me manquent beaucoup, s'attrista sa compagne. Même s'ils étaient plus conventionnels que moi, ils étaient toujours là pour me rassurer, pour m'encourager, pour me serrer dans leurs bras. Lorsqu'ils sont morts dans un attentat terroriste au Moyen Orient, je travaillais déjà pour l'Agence. Si tu savais à quel point j'ai regretté de ne leur avoir jamais dit la vérité.

Thierry se raidit en portant le regard sur le téléviseur. Océane leva les yeux elle aussi. James Sélardi apparaissait en arrière-plan, tandis que la présentatrice annonçait qu'il donnerait une conférence le soir même à Toronto, sur la plate-forme électorale de son parti.

— Bingo, chuchota Océane à l'oreille de Thierry.

Ce dernier prit note mentalement de l'endroit et de l'heure de cette assemblée. C'était peut-être sa chance de démanteler le culte ontarien une fois pour toutes. Il alluma son téléphone, appela la station de télévision pour obtenir le numéro et l'adresse de l'hôtel où se donnerait l'allocution du chef du parti mondialiste, puis s'informa auprès de la direction de l'hôtel sur la façon d'y assister. Il raccrocha et mit le petit appareil hors tension.

— À quoi sert un téléphone mobile qui n'est pas en mode de fonctionnement ? lui demanda Océane.

— Il sert à attirer l'attention des jolies fouineuses, évidemment.

— Ne commence pas à m'imiter.

— Lorsque je suis à la chasse, ses vibrations me nuisent.

— Tu me laisseras chasser avec toi ce soir ?

Son hésitation amusa la jeune femme.

— Je t'avertis, Thierry Morin : si tu m'enfermes dans un placard, c'est fini entre nous.

Il l'embrassa tendrement sur les lèvres.

— Je ne veux pas qu'il t'arrive malheur, murmura-t-il.

— C'est une remarque sexiste. Nous ne sommes plus à l'époque des princesses enfermées dans des tours pendant que les hommes s'amusaient comme des fous.

— Ils ne s'amusaient pas, ils défendaient leur territoire.

— Ça aussi, c'est sexiste.

— Aurai-je un jour le dernier mot avec toi ? soupira-t-il.

— Jamais.

Ils s'embrassèrent un long moment comme de jeunes amoureux. Après le déjeuner, ils grimpèrent dans la voiture de Thierry et ratissèrent le quartier où se trouvait l'hôtel. Océane constata que lorsqu'il flairait une proie, le policier du Vatican n'était pas très bavard. En l'observant attentivement, l'agente comprit qu'il cherchait un endroit où il pourrait garer son véhicule afin d'y avoir accès rapidement durant la soirée.

Puis soudain, un sourire s'étira sur les lèvres de Thierry. « Il a vu tout ce qu'il voulait voir », comprit Océane. Ils passèrent le reste de la journée dans un grand centre commercial et achetèrent des vêtements sombres à la fois chics et souples. Une fois déguisés en gens du grand monde, ils revinrent à l'hôtel. Il était assez tôt pour que le Naga trouve facilement une place dans la rue. Un policier torontois voulut l'empêcher de laisser sa voiture à cet endroit. Thierry baissa la vitre et lui montra son insigne.

— Très utile, chuchota Océane, tandis que l'homme saluait son collègue de la tête et s'éloignait.

— N'est-ce pas ? se contenta-t-il de répondre.

Il lui ouvrit galamment la portière et lui tendit la main. Océane savait quand être elle-même, et quand faire étalage de ses talents d'actrice. Elle se composa un air snob en se laissant tirer hors du véhicule.

Ils allèrent prendre un verre au bar de l'hôtel. Curieusement, le reptilien n'y versa pas sa potion magique.

— C'est que je n'ai pas l'intention de boire, expliqua-t-il devant la moue dépitée d'Océane.

— L'alcool vous affaiblit-il ?

— Tout dépend de la quantité ingurgitée. Les Nagas ne sont pas si différents de vous.

— Et les autres ?

— Cela dépend des croisements.

— Quand as-tu découvert que tu n'étais pas humain ?

— J'étais très jeune, peut-être cinq ou six ans.

— Est-ce que tu as eu peur ?

— Non. Mon mentor m'avait préparé à cette métamorphose. Il m'a appris à passer d'un état à l'autre par des jeux.

— Tout en apprenant à te servir d'un sabre ?

Thierry demeura silencieux quelques secondes, comme si des images passaient devant ses yeux. Océane ne le pressa pas. Elle étudia plutôt son visage, fascinée par le pouvoir de concentration de cet homme.

— Au début, c'était une arme de bois, dit-il finalement.

— Savais-tu que tu deviendrais un exécuteur ?

Le policier hocha doucement la tête pour dire oui.

— Ne nous juge pas trop vite, Océane. Notre société ne fonctionne peut-être pas exactement comme la tienne, mais nous aimons nous aussi cette planète et nous voulons y vivre en harmonie avec tous ses habitants.

— Mais pas les Dracos...

— Les sangs purs sont trop primitifs, mais nous pouvons encore sauver les sang-mêlé.

Lorsque les participants commencèrent à arriver, Thierry et Océane se mêlèrent à la foule. Ils s'installèrent dans les dernières rangées pour voir entrer tout le monde. Il s'agissait surtout de représentants de la haute société, de partisans et de journalistes. Certains riaient et bavardaient en allant s'asseoir, d'autres faisaient des têtes d'enterrement. C'étaient surtout ces derniers qui semblaient intéresser le Naga.

— Laisse-moi deviner, murmura Océane, ce sont les gens que j'ai vus sortir de la belle maison il y a quelques nuits ?

Il se contenta de répondre par un léger mouvement de la tête. Il mémorisait chacun des visages de ces esclaves Neterou et n'en perdait pas le compte. Presque toute la troupe y était. Océane le laissa faire son travail. Elle se tourna plutôt vers la scène. La conférence était sur le point de commencer. Il y avait plusieurs policiers en civil tout autour de la salle. Appuyés contre le mur, ils écoutaient les ordres dans leurs petits casques d'écoute, immobiles comme des statues. Océane ne vit aucun agent de l'ANGE. « Comme c'est curieux », songea-t-elle. La base de Toronto avait dépêché une véritable armée lors de la course à la présidence, et maintenant, plus rien ?

Lorsque la salle fut comble, des préposés refermèrent les portes et un projecteur éclaira la tribune. Océane vit alors Cindy, flanquée de deux imposants gardes du corps. Elle ne semblait pas du tout heureuse d'être là. « Quelque chose ne tourne pas rond », se douta l'aînée.

Pourquoi la base n'avait-elle assigné qu'un seul de leurs membres, et une recrue par-dessus le marché !

— Mesdames, mesdemoiselles, messieurs, fit un homme d'une soixantaine d'années, vêtu d'un complet qui devait coûter un millier de dollars. Sans plus tarder, je vous présente celui que vous êtes tous venus entendre : le futur Premier ministre du Canada, James Sélardi !

Un tonnerre d'applaudissements accueillit le politicien tandis qu'il grimpait sur l'estrade. Il salua très bas tous ceux qui s'étaient déplacés malgré le froid, puis attendit que l'assistance se calme. Il commença par remercier tous ses collaborateurs, puis se mit à parler ouvertement de ce qu'il entendait faire une fois au pouvoir. Lorsqu'il mentionna son programme d'implantation de puces électroniques sous la peau de tous les habitants du pays, Thierry se redressa comme si une abeille l'avait piqué.

— Cet implant est devenu une nécessité, affirma Sélardi avec un sérieux très reptilien. Nous identifions déjà les animaux électroniquement de façon à les retrouver lorsqu'ils s'égarent. Imaginez les bienfaits que nous apportera cette technologie : il n'y aura plus de disparitions d'enfants, parce que les satellites seront en mesure de les retrouver.

Les participants se mirent à l'applaudir chaudement.

— Non seulement les parents pourront retracer les allées et venues de leurs enfants, mais ils pourront également les protéger contre les pédophiles et les prédateurs sexuels, car eux aussi seront identifiés de la même façon. La technologie nous permettra même de leur imposer un violent choc électrique lorsqu'ils oseront s'approcher d'un enfant.

Océane avait relevé un sourcil. N'était-ce pas là une violation des droits et libertés de la personne ?

— Vous n'aurez plus besoin de transporter de papiers personnels. Les puces contiendront des informations sur vous, vos empreintes digitales, vos dossiers médicaux et bien d'autres renseignements qui, autrement, pourraient tomber entre les mains de bandits sans scrupules. Grâce à elles, il n'y aura plus de vols d'identité !

« Mais un ordinateur central pourra aussi imposer sa volonté à tous ces gens », comprit Océane, horrifiée. De plus, ces implants permettraient au gouvernement de connaître les déplacements de tout le monde.

— Les puces nous aideront à sauver des vies, car il sera possible de connaître sur-le-champ le dossier médical d'une personne malade, son groupe sanguin, ses allergies, poursuivit Sélardi. Elles nous permettront aussi de venir en aide aux naufragés, aux gens égarés en forêt ou en montagne.

Pendant qu'il poursuivait son discours enflammé sur les bienfaits de cette technologie, Océane vit que les gardes du corps du politicien venaient de saisir les bras de Cindy, pour l'entraîner de force vers une porte au fond de l'estrade.

— Thierry, est-ce que les reptiliens sont friands de jeunes femmes innocentes ? demanda-t-elle, alarmée.

— Ils les tuent pour leur prendre leur énergie vitale.

Océane bondit de son siège et quitta la salle. Elle courut dans le couloir qui longeait le salon, espérant qu'il débouche sur la porte où on venait d'emmener sa collègue. Elle arriva devant un ascenseur de service. L'indicateur de position signalait que la cabine descendait. Océane poussa la porte de l'escalier et dévala les marches.

Thierry s'était levé un peu après sa compagne, pour ne pas alerter les policiers en fonction. En marchant calmement vers une autre porte de sortie, il constata que les membres de la secte commençaient eux aussi à quitter l'assemblée en douce. Le Naga ne s'en préoccupa pas. Il se dirigea vers les toilettes des hommes. Il vit alors du coin de l'œil qu'Océane fonçait dans le couloir perpendiculaire. Il ne servait à rien de poursuivre les ravisseurs par là. Il emprunta plutôt l'escalier menant au hall d'entrée.

Océane atteignit la rue au moment où les gorilles contraignaient Cindy à entrer dans une camionnette. La jeune femme se débattait et criait à crever les tympans des kidnappeurs. Avant qu'Océane puisse faire un seul pas en direction du véhicule, il décolla comme une fusée. Haletante, l'agente regarda tout autour pour trouver un moyen de transport. La voiture de Thierry tourna le coin de l'immeuble en faisant crisser ses pneus. Elle sauta sur le siège du passager.

— Ils sont partis par là ! lança-t-elle, énervée.

— Je sais où ils vont, répondit-il en écrasant l'accélérateur.

...035

Devant un écran d'ordinateur, Vincent McLeod retraçait habilement les déplacements d'une créature vaporeuse, grâce à toutes les vidéos que la division de Kevin Lucas avait pu lui fournir. Christopher Shanks était assis en retrait et observait attentivement le travail minutieux du savant. Derrière lui, Michael Korsakoff se tenait debout, les bras croisés.

Ils assistèrent alors à un spectacle très révélateur. L'étrange fumée quitta le corps d'un des assassins de l'Alliance. Elle erra ensuite dans plusieurs corridors de la base de Montréal avant de trouver ce qu'elle cherchait.

— C'est bon signe, déclara Vincent. Le démon ne savait pas où se situait l'arsenal. Donc, l'Alliance ne possède pas les plans de nos installations.

Ils virent l'être nébuleux se faufiler sous le mince interstice entre la porte et le plancher. À peine trois secondes plus tard, une terrible explosion mettait fin à la transmission de la caméra de surveillance.

— Je crois que c'est assez probant, souligna Shanks.

La montre de Korsakoff se mit à vibrer. Il baissa les yeux et vit que les chiffres clignotaient en rouge. Il sortit aussitôt de sa poche son petit écouteur et appuya sur le cadran de la montre.

— MK deux, quatre-vingt-quinze, fit-il.

Il écouta la communication de son propre réseau sans sourciller.

— S'agit-il d'une information confidentielle ? s'enquit Shanks.

— Cédric Orléans s'est enfui d'Arctique III, laissa-t-il tomber.

— Mais c'est impossible, voyons.

Korsakoff demanda que la vidéo de l'incident lui soit envoyée à Alert Bay, afin qu'il puisse l'examiner sans tarder. Il confirma le numéro de code de l'ordinateur que Vincent était en train d'utiliser et mit fin à l'échange en soupirant. L'informaticien pianotait déjà sur son clavier.

Les trois hommes visionnèrent la courte séquence. Cédric Orléans se tenait debout devant le hublot de sa cellule, même si c'était la nuit noire à l'extérieur. Tout à coup, il se retourna, comme si quelqu'un l'avait surpris. La caméra montrait pourtant tout l'intérieur de la pièce : il n'y avait personne en compagnie du directeur de Montréal. Ils virent bouger les lèvres de Cédric.

— Je veux entendre ce qu'il dit, exigea Korsakoff.

Vincent tapa plusieurs codes sans succès.

— Le système de sécurité n'a pas enregistré le son.

Puis le directeur de Montréal disparut comme par enchantement, déconcertant les trois observateurs.

— Y a-t-il eu rupture dans l'enregistrement ? demanda aussitôt Korsakoff.

— Non, monsieur, affirma Vincent qui vérifiait déjà le chronomètre.

Il fit repasser la séquence en surveillant attentivement les lèvres de son ancien patron. Il les vit articuler clairement le nom d'Océlus. En contenant sa joie de son mieux, le savant leva les yeux sur Shanks.

— Comment expliques-tu ce qui s'est passé ? lui demanda le directeur d'Alert Bay.

— Si je pouvais expliquer les voyages spatiotemporels, je remporterais un prix scientifique...

— Que disent les capteurs d'Arctique III ? grommela Korsakoff, mécontent.

— Absolument rien, monsieur.

Vincent afficha les données à l'écran pour que tout soit bien clair pour les deux dirigeants. Personne n'était entré et personne n'était sorti de la base cette nuit-là.

— C'est impossible ! protesta Korsakoff. Il n'est tout de même pas passé à travers le plancher !

— Il y aurait un trou, commenta innocemment Vincent.

— Je dois retourner à Toronto, annonça le chef nord-américain à l'intention de Shanks. J'utiliserai mes propres ressources pour retrouver Cédric. J'aimerais que vous en fassiez autant.

— Portait-il sa montre ? demanda Shanks.

— Malheureusement, non.

Lorsqu'il eut déposé Cédric Orléans au mont Saint-Hilaire, Océlus retourna tout de suite en Ontario pour annoncer à sa belle qu'il s'était acquitté de sa mission sans embûche. Il survola Toronto, croyant trouver Cindy chez elle ou à la base de l'ANGE. Quelle ne fut pas sa surprise de la repérer dans la banlieue et de ressentir sa terreur. Il fonça comme un aigle à son secours et se matérialisa devant l'entrée de la grande maison. Deux hommes venaient de s'y engouffrer en retenant l'agente de force. Océlus n'écouta que son cœur. Il s'élança à leur poursuite, mais se heurta à un mur invisible et s'écrasa sur le dos.

Il secoua la tête, étourdi par le coup. « Mais je ne suis pas corporel, s'étonna-t-il. Rien ne peut m'empêcher de franchir un obstacle matériel, sauf... ». Il entendit des moteurs de voitures. Elles entrèrent les unes derrière les autres et se garèrent. Leurs passagers ne pouvaient évidemment pas voir Océlus, planté au milieu du stationnement.

Ils entrèrent en silence dans le manoir. Le Témoin les suivit, plus prudemment, cette fois. Une force maléfique le repoussa aussitôt : il s'agissait d'un vortex diabolique ! Paniqué, il tourna sur lui-même, jusqu'à ce qu'il ressente l'arrivée d'une énergie amie. De l'autre côté de la rue, une autre voiture venait de s'arrêter. Océlus distingua les traits d'Océane à travers la vitre de la portière.

— Que Dieu soit loué, se réjouit-il.

Il alla au-devant de l'agente de l'ANGE qui descendait du véhicule. Océlus reconnut le conducteur : il avait essayé de sauver Cédric à Montréal lorsque le Faux Prophète avait tenté de le tuer.

— Océlus ! s'exclama Océane, enchantée.

— Des serviteurs du mal ont fait entrer Cindy dans cette maison, l'informa-t-il en la pointant du doigt.

— Nous les suivions, justement. Est-ce que Thierry peut te voir ?

— Pourquoi est-ce qu'il ne me verrait pas ? s'étonna le policier en contournant le capot.

Il s'approcha en ajustant la courroie du fourreau de son sabre d'exécution autour de sa poitrine.

— Parce qu'il n'est pas humain, évidemment, riposta Océane.

— Il peut me voir parce que nous nous sommes déjà rencontrés, expliqua Océlus. Dépêchez-vous, je vous en prie. Je crains que ces hommes ne fassent du mal à Cindy.

— Nous allons la sortir de là, ne t'inquiète pas, le rassura la jeune femme.

Ils traversèrent la rue en vitesse. Curieusement, la propriété n'était pas gardée. « Ils doivent posséder un système d'alarme ou des gardiens armés », pensa Océane en marchant vers la porte. Ses yeux cherchaient par terre un mince filet de laser ou une plaque de détection. Il n'y avait pourtant rien.

— C'est trop facile, murmura-t-elle.

— Laisse-moi passer devant, exigea Thierry, et ce n'est pas une demande sexiste. Je suis en mesure de flairer les pièges posés par d'autres reptiliens.

— C'est d'accord... pour cette fois.

Il lui adressa le plus charmant des sourires et se mit au travail, utilisant la paume de sa main pour ressentir des énergies que seul Océlus pouvait capter à part lui. Pour ne courir aucun risque, Océane retira son revolver de son étui. En mettant le pied dans le vestibule, Thierry fut violemment frappé derrière le crâne par un bâton et s'écrasa tête la première dans la maison. L'agente de l'ANGE agrippa son arme à deux mains et fit feu vers le plafond pour faire fuir les agresseurs. Elle fut frappée d'horreur lorsque le corps du policier fut vivement tiré à l'intérieur.

— Océlus ! l'implora Océane.

— Je ne peux rien faire dans un vortex satanique, s'étrangla-t-il, impuissant.

— Va chercher de l'aide !

Sans penser à sa propre sécurité, la jeune femme fonça dans le manoir en tirant des coups d'avertissement. Le Témoin demeura interdit un moment. Jamais il n'avait eu affaire à une telle situation. Qui aller chercher ? Il s'évapora en fermant les yeux. Un seul homme pouvait maintenant les sortir de ce mauvais pas.

Il parcourut l'Europe à toute vitesse. En direction de Jérusalem, il fut surpris de sentir la présence de Képhas dans la ville où s'élevait le Vatican. Il se laissa descendre dans la rue où marchait Yannick. Le pauvre homme sursauta lorsque son ami apparut brusquement devant lui.

— Tu dois m'aider ! cria ce dernier.

— Moi ? s'étonna Yannick. C'est toi qui as tous les pouvoirs !

— Je n'ai pas celui de pénétrer dans un endroit maléfique.

— Et pourquoi voudrais-tu faire une chose pareille ?

— Des créatures reptiliennes ont enlevé Cindy. Ils veulent la tuer. Le policier magique et Océane ont voulu la secourir, mais ils ont été attaqués !

— Emmène-moi tout de suite à la base de l'ANGE, s'alarma Yannick.

— Mais ils n'y sont pas, Képhas.

— J'ai besoin de m'armer.

Océlus posa les mains sur les épaules de son compagnon sans se soucier des passants. Ils furent aussitôt transportés à Toronto.

Océane courut pour rattraper les deux créatures vertes qui traînaient le corps inanimé de Thierry vers une ouverture menant au sous-sol. Elles poussèrent le policier dans l'escalier et claquèrent la porte au visage de leur poursuivante. L'agente ne craignait plus ces faces de lézards et leurs dents pointues. Elle donna de violents coups de pied dans la porte jusqu'à ce que le loquet finisse par céder. Elle jeta un coup d'œil à l'intérieur. Il n'y avait plus personne.

Son revolver pointé devant elle, elle posa prudemment les pieds sur chaque marche, s'attendant à voir surgir un reptilien à tout moment. Elle ne pensait plus à Océlus ou à la possibilité qu'on lui vienne en aide. De toute façon, on l'avait formée pour qu'elle se débrouillât seule.

En arrivant au sous-sol, elle entendit des incantations de l'autre côté d'une porte en acier. Elle tenta de l'ouvrir, sans succès. Elle ne possédait plus sa montre, ni l'équipement d'assaut que fournissait l'ANGE. Que faire ? Sa tante Andromède lui avait répété toute sa vie que l'être humain était bien plus fort qu'il le croyait. « Suffisamment pour défoncer ce panneau de métal ? » douta Océane.

Quelqu'un descendit l'escalier à toute vitesse. Océane fit volte-face, prête à tirer. Elle soupira avec soulagement en reconnaissant les traits de Yannick, armé jusqu'aux dents.

— Ils sont là-dedans et je n'ai rien pour faire sauter la porte.

Il détacha un sachet de sa ceinture d'armes et le lui tendit. Océane se mit au travail sur-le-champ. Elle déchira l'enveloppe métallique et appliqua un mince filet de pâte blanche sur tout l'encadrement de la porte. Yannick épaula la mitraillette, pour la couvrir.

À l'intérieur de la salle de rituel, on venait d'attacher Cindy sur l'autel et Thierry pendait par les bras à un anneau de métal enfoncé dans le mur.

— Vous n'avez pas le droit de me retenir contre mon gré ! continuait de crier l'agente en se débattant.

Les reptiliens revêtaient un à un leurs longues tuniques rouges en chantonnant la même ritournelle depuis leur arrivée dans cette maison. Ils ne se préoccupaient plus d'elle, du policier inconscient ou de la femme qui avait tiré du revolver à l'étage supérieur. Maintenant qu'ils avaient joué leur rôle, il ne leur restait qu'à attendre le maître.

À bout de forces, Cindy arrêta de remuer sur la table de pierre froide. Elle se tordit le cou pour voir l'homme suspendu au mur du fond. « Le policier du Vatican ! » le reconnut-elle. C'était elle qui avait retrouvé les antécédents de ce casse-pieds lorsqu'il avait commencé à apparaître sur toutes les scènes de crimes à Montréal.

— Monsieur Morin, réveillez-vous ! hurla-t-elle.

Elle crut le voir tressaillir, mais il ne revint pas à lui pour autant.

— Monsieur Morin, je vous en conjure ! Nous allons mourir si vous ne vous réveillez pas !

Les disciples vêtus de rouge encerclèrent l'autel.

— Je suis employée par le gouvernement canadien ! invoqua Cindy. Je vous ordonne de me libérer tout de suite !

C'est alors qu'elle vit le visage d'un des reptiliens sous son large capuchon incarnat. Ses yeux lumineux la regardaient fixement, comme ceux d'un serpent. Cindy hurla de terreur. Son cri strident parvint aux oreilles de ses collègues qui se hâtaient de lui venir en aide.

Immobile, Yannick attendait patiemment qu'Océane termine son laborieux travail. Elle fixa le dernier morceau gommé au chambranle et y planta une petite antenne. Son compagnon la fit aussitôt reculer contre le mur opposé et s'accroupit en la protégeant dans ses bras.

— À trois, déclara Océane en prenant la minuscule boîte noire des mains de Yannick.

Elle fit mentalement le décompte et pressa le bouton au centre du détonateur. Il y eut une petite explosion. Le feu courut autour de la porte avec une pluie d'étincelles, mais remplit la petite pièce de fumée. Yannick libéra Océane. Il ne fit qu'un pas. Un bras puissant le frappa à la tête, le projetant contre le mur. Assommé, il s'effondra sur le plancher. Sa collègue ramassa en vitesse la mitraillette qui avait glissé plus loin. Lorsqu'elle se releva, elle se figea. Le reptilien devant elle ne ressemblait à aucun de ceux qu'elle avait vus jusqu'à présent. Il était blanc comme neige avec des yeux rouge sang.

— Si vous faites un pas de plus, je vous fauche en deux, l'avertit la jeune femme.

— Un Neterou ne s'attaque jamais à un roi Dracos, grogna Kièthre.

— Remontez cet escalier très lentement, ordonna-t-elle.

— Ton sang est différent…

— Vous n'aurez pas le temps d'y goûter.

L'albinos demeura immobile, fixant son regard ophidien dans celui de sa proie. Océane sentit alors ses bras s'alourdir. « Non ! » résista-t-elle. Bientôt, elle dut mettre toute son énergie à combattre la fatigue qui s'emparait d'elle. Elle ne vit même pas s'avancer le Dracos. Dans un geste d'une rapidité étonnante, il planta le bout de ses griffes dans son cou. Océane s'affaissa comme une poupée de chiffon.

...036

Le roi Dracos huma le contour de la porte d'acier et reconnut l'odeur des explosifs. Il saisit la poignée et arracha la porte sans aucune difficulté, la laissant retomber derrière lui. Elle s'écrasa à un centimètre à peine de la tête de Yannick, qui gisait sur le sol, le front ensanglanté.

Kièthre pénétra dans la salle de rituel. En apercevant le sacrifice qui l'attendait, il découvrit ses dents pointues pour former un sourire cruel. Les cris de Cindy s'étouffèrent dans sa gorge. Le nouveau venu n'avait pas pris la peine de cacher son horrible visage de lézard sous un capuchon. Il était tout blanc, massif, et marchait lourdement. Elle comprit, en constatant à quel point il était différent des autres, qu'il devait être le chef de la bande.

— Je vous en supplie, laissez-moi partir, hoqueta-t-elle.

L'albinos s'arrêta près d'elle et contempla son visage baigné de larmes. Du revers d'une griffe, il caressa sa joue au teint de pêche.

— Tes amis sont braves, lui dit-il d'une voix âpre. Ils sont venus à ton secours, même s'ils savaient qu'ils allaient mourir.

— Pourquoi faites-vous ça ?

— J'ai besoin de ton sang pour conserver mon immortalité.

Il poussa un sifflement strident qui ressemblait au son d'une lame que l'on ferait glisser sur du métal. Deux des esclaves se précipitèrent à l'extérieur de la pièce. Ils revinrent quelques secondes plus tard en tenant Océane par les bras. Deux autres reptiliens sortirent à leur tour.

— Non ! protesta violemment Cindy.

— Nous allons commencer par elle, puis ce sera son compagnon.

Les disciples traînèrent Yannick dans la salle. Son visage et ses épaules étaient couverts de sang.

— Je me laisserai égorger, mais je vous implore de les libérer, pleura Cindy.

Ce n'était pas du tout ce que voulait entendre le Dracos. Plus une victime était terrorisée, plus son sang procurait un état d'exaltation.

— As-tu déjà vu l'intérieur d'un être humain ? fit-il en ouvrant ses doigts armés de griffes.

— Pitié ! cria Cindy.

Thierry Morin battit des paupières, reprenant lentement conscience. Les images que captaient ses yeux étaient encore floues, mais il reconnut tout de suite l'odeur du Dracos.

Kièthre demanda à ses disciples de tendre les bras d'Océane de chaque côté de son corps. En observant la réaction de Cindy, il approcha très lentement la main de la gorge de son amie.

— Lâchez-la, ordonna calmement une voix de la porte.

Les reptiliens pivotèrent vers l'entrée de la salle où se tenait un homme qu'on n'avait pourtant pas invité. Il portait des habits qui auraient pu en faire un banquier ou un grand financier, mais en réalité, c'était un directeur de l'ANGE.

— Cédric ? s'étonna l'un des disciples reptiliens.

Sous le coup de la surprise, ce dernier reprit sa forme humaine. Cédric reconnut tout de suite le visage d'Andrew Ashby. Il vit aussi le sabre d'exécution appuyé derrière lui, sur le mur.

— Viens t'agenouiller devant moi et je te ferai goûter son sang, le tenta le roi Dracos.

— Non, monseigneur, protesta Ashby, c'est un traître ! Il a tué tous ceux qui travaillaient pour lui !

— Est-ce vrai, Neterou ? ronronna Kièthre, impressionné.

Cédric s'approcha de l'albinos sans la moindre crainte. Il savait que c'était risqué, mais on ne pouvait vaincre un roi par la force.

— Pourquoi ne veux-tu pas que je la mette en pièces ? demanda ce dernier.

— C'est ma fille.

Un vent de panique courut parmi le groupe.

— Qui est sa mère ?

— C'est une des favorites de la reine, mentit Cédric.

L'albinos ordonna aussitôt à ses esclaves de la déposer sur le sol. Même le plus puissant des rois craignait la souveraine. Les Neterou étaient tout en bas de la hiérarchie reptilienne, mais lorsque la reine leur ordonnait de s'accoupler avec une de ses préférées, ils grimpaient d'un échelon.

— Je t'offre le sang de qui te plaira, se radoucit Kièthre.

Cédric promena lentement son regard sur l'assemblée en concevant son plan.

— Lui, indiqua-t-il en pointant Thierry qui faisait semblant d'être toujours inconscient.

— Il n'est pas tout à fait humain, l'avertit le roi.

— C'est justement ce qui m'attire.

Les disciples laissèrent passer Cédric. Il traversa la salle et s'arrêta devant le prisonnier. Le Naga ouvrit les yeux et fixa intensément le directeur de l'ANGE. Ils n'étaient pas issus du même croisement, mais ils voulaient tous les deux la même chose : s'affranchir du joug des Dracos. Cédric prit le sabre appuyé sur le mur.

— Que fais-tu ? s'inquiéta l'albinos.

— Je veux boire son sang par ses poignets.

— Le flot est plus important dans la gorge.

— Je ne suis pas pressé.

Malgré les protestations des disciples, Cédric trancha les liens qui retenaient le Naga. Thierry fit mine de tomber sur ses genoux, mais en tombant il arracha l'arme des mains du directeur de l'ANGE et le repoussa si violemment qu'il s'écrasa sur le sol.

Le policier se transforma alors en reptile d'un vert très clair. Avec une grâce et une souplesse hors du commun, il fit tournoyer le sabre au-dessus de sa tête et l'abattit sur les esclaves qui tentaient de l'empêcher de s'en prendre à leur roi.

— C'est le traqueur ! cria l'un d'eux avant que sa tête soit sectionnée de son corps.

Kièthre évalua rapidement la situation. En quelques minutes, le Naga aurait éliminé toute résistance. Il ne restait que très peu de temps pour conserver son immortalité. Il s'approcha de l'autel et se pencha pour mordre Cindy au cou. Un bolide sorti de nulle part frappa sa tête de plein fouet, juste au moment où il allait planter ses crocs dans la chair tendre.

L'albinos fut projeté vers l'arrière. Son dos heurta le mur de pierre. Son attaquant était tombé sur ses genoux devant lui : c'était Cédric. Pour sauver Cindy, il avait bondi sans réfléchir. Kièthre saisit sa gorge d'une seule main et le souleva de terre. Le directeur de l'ANGE se mit à suffoquer. C'est alors que se produisit une étonnante métamorphose. Lui qui n'était jamais arrivé à se transformer par sa seule volonté, il vit ses mains se couvrir d'écailles. Cependant, elles n'étaient pas vertes comme celles des autres Neterou : d'un bleu ardoise, elles brillaient sous les feux des torches.

Les coutures de ses habits cédèrent sous la pression de ce changement morphologique. De longues griffes blanches poussèrent au bout de ses doigts. Avec un grondement menaçant, il enfonça ses pieds dans l'abdomen du Dracos pour se libérer de son emprise. Une lutte sans merci s'engagea entre les deux reptiliens.

Thierry abattit le dernier Neterou et se tourna vers sa véritable cible. Mais comment atteindre le Dracos sans blesser Cédric ? Ils roulaient sur le sol en se mordant et en se griffant. Il valait mieux attendre l'issue de ce combat. Le policier détacha Cindy qui poussa un cri de frayeur, croyant que le nouveau venu voulait la manger.

— Je suis dans votre camp, la rassura-t-il. Ramenez Océane en haut. Je me charge du professeur Jeffrey.

Sans parvenir à faire taire sa frayeur, Cindy obéit tout de même au Naga. Elle se pencha sur son amie, lui tapota le visage jusqu'à ce qu'elle revienne à elle, puis l'aida à marcher jusqu'à la sortie. Quant à Thierry, il hissa Yannick sur son épaule.

Océlus, qui faisait les cent pas dans le stationnement, s'empressa de soigner les blessures des agents dès qu'ils émergèrent du manoir. Avant d'y retourner, le traqueur s'assura qu'aucun danger ne guettait le groupe à l'extérieur.

— Rendez-vous à l'appartement d'Océane, ordonna-t-il.

— Il y a des caméras, protesta faiblement l'agente qui reprenait des forces.

— Océlus sait les neutraliser, la rassura Cindy.

Thierry fonça dans la maison. Lorsqu'il arriva sur la dernière marche, il remarqua tout de suite l'absence de bruits de lutte. Il se précipita dans la salle de rituel : le reptilien bleu gisait sur le sol, haletant. Le Naga lui vint tout de suite en aide. Ce n'était ni une blessure ni les griffes anesthésiantes du roi serpent qui avaient mis Cédric hors de combat, mais le manque de poudre d'or dans son système. Il s'affaiblissait de seconde en seconde.

— Rattrapez-le, souffla-t-il.

Thierry sortit d'abord de sa ceinture un petit flacon contenant un liquide blanc. Il le déboucha et le versa dans la bouche ouverte de son congénère.

— Je reviendrai, assura-t-il.

Son sabre à la main, il se laissa diriger par ses sens aiguisés. Kièthre avait emprunté un passage secret dissimulé derrière une tapisserie représentant une tête de dragon. Le Naga se glissa dans l'ouverture et atterrit sur le sol humide. Sans perdre une seconde, il s'élança à la poursuite du tyran. L'obscurité totale du tunnel ne le gêna d'aucune façon. Il courut avec toute la puissance de ses muscles reptiliens pour finalement aboutir à une échelle qui grimpait vers le plafond. Il entendit alors rugir le moteur d'une voiture.

— Non ! tonna-t-il.

Il grimpa les échelons à toute vitesse. La limousine lui passa sous le nez avant qu'il puisse l'arrêter.

...037

Après avoir refermé les blessures d'Océane et de Yannick, Océlus se tourna vers Cindy pour savoir où se trouvait l'appartement de l'aînée. Elle ne le savait évidemment pas. Il revint donc vers Océane. Le Témoin possédait la faculté de faire voyager tout le groupe dans l'espace, à condition d'avoir une destination. Il posa doucement les paumes sur les tempes de l'agente et lui demanda de visualiser son immeuble et son appartement. Océane fit de son mieux, mais ce lieu de résidence était plutôt récent et son esprit n'avait pas accumulé beaucoup de détails. Elle parvint toutefois à lui faire voir le nom de la rue suspendu aux feux de circulation, l'adresse en grosses lettres sur la marquise de l'immeuble, puis le numéro sculpté dans la porte de l'appartement.

Océlus demanda aux deux femmes de se tenir la main et d'agripper les bras de Yannick qui chancelait. En un instant, ils se retrouvèrent dans le salon d'Océane. La seule présence du Témoin brouilla les images des caméras installées un peu partout. Il fit coucher son compatriote sur le sofa et poursuivit son travail de réanimation. Océane se laissa tomber dans la bergère, tandis que Cindy s'asseyait sur le sol, près d'elle.

— Que s'est-il passé ce soir ? demanda-t-elle en tremblant. Pourquoi tous ces hommes portaient-ils d'horribles masques ?

— Ce n'étaient pas des masques, Cindy, l'éclaira Océane.

— Les reptiliens de Vincent existent vraiment ?

L'aînée hocha faiblement la tête. Le venin qui circulait dans son sang mettrait encore de longues heures à s'évaporer.

— Il y en a des bleus, des blancs et des verts ?

— Et probablement bien d'autres couleurs encore.

— Sur notre planète ?

— Je commence à croire que la Terre est une mégamétropole de notre système solaire, ou un grand port spatial.

La plus jeune arqua les sourcils, sidérée.

— Où atterrissent-ils ? s'enquit-elle en toute innocence.

— Aux pôles, je pense.

Cindy n'en croyait pas ses oreilles. Vincent lui avait bien parlé de créatures recouvertes d'écailles qui vivaient dans des grottes souterraines, mais jamais de lézards géants qui venaient de l'espace. Il n'y avait rien non plus dans les bases de données de l'ANGE sur le sujet.

— Ils m'auraient vraiment vidée de mon sang ? frissonna-t-elle.

— Ils se nourrissent de chair humaine, confirma Océane.

Cindy s'évanouit sous le regard impuissant de sa collègue. Toute la pièce tournait autour de la pauvre Océane comme dans un manège, et elle devait sans cesse combattre la lourdeur de ses paupières.

Yannick sursauta sur le sofa, revenant complètement à lui.

— Ne bouge pas, recommanda Océlus. Je n'ai pas fini de soigner ta blessure.

Habitué aux interventions médicales de son ami, le professeur d'histoire demeura immobile jusqu'à ce que le traitement soit terminé.

— Voilà, c'est fait, annonça enfin Océlus.

L'agent se redressa prudemment et observa les deux femmes : Cindy dormait sur le tapis et Océane semblait flotter sur son propre nuage.

— Toute une opération de sauvetage, maugréa Yannick, découragé.

— Vous êtes tous saufs, c'est ce qui compte, répliqua Océlus.

Le professeur voulut savoir ce qui s'était passé après qu'il eut percuté le mur, mais le Témoin n'ayant pu pénétrer dans le manoir, il n'en avait aucune idée.

— Pourquoi nous avoir tous ramenés ici ? l'interrogea Yannick, insatiable.

— C'est ce que le policier du Vatican m'a demandé. Il n'avait pas sa forme habituelle, mais je suis certain que c'était lui. Il retournait dans la maison pour aller chercher ton patron, celui qu'on avait emprisonné dans la neige.

— Quoi ? Cédric était là ?

— Je l'ai libéré de sa prison en Arctique et je l'ai ramené au Québec. Tout à l'heure, je suis allé le chercher quand j'ai vu que vous ne sortiez plus de la maison maléfique.

Yannick n'y comprenait plus rien. Océlus s'agenouilla près de Cindy et la prit dans ses bras. Il ne chercha pas à la réveiller. Il se contenta d'admirer son beau visage.

— Bien que je nage dans la plus grande confusion, je crois que nous devrions retourner lui prêter main-forte, Océlus, recommanda Yannick.

— Il a dit qu'il nous rejoindrait ici. Nous ne devons plus laisser Cindy seule.

Yannick aurait aimé seconder Thierry, mais il ne savait même pas où le trouver. Seul Océlus aurait pu l'y transporter, mais quand ce disciple avait pris une décision, il était bien difficile de le faire changer d'avis.

La limousine de James Sélardi s'arrêta devant le restaurant où l'attendaient un grand nombre de ses partisans. Durant le trajet entre la banlieue et le centre-ville, il avait nettoyé ses plaies et changé ses vêtements. Il ne lui restait plus qu'à se composer un sourire malgré sa cuisante défaite des mains d'un Neterou et d'un Naga. Tous ses esclaves avaient été tués. Il lui faudrait reconstituer une autre secte et trouver une victime aussi délicieuse que Cindy Bloom. Le roi Dracos était furieux, mais pas complètement découragé.

Le chauffeur ouvrit la portière au politicien, qui s'empressa d'attacher son manteau, même s'il n'avait que quelques pas à faire pour franchir la porte. Sélardi reconnut quelques visages parmi les hommes et les femmes qui l'acclamèrent à son entrée dans le salon privé. Il flaira même des Neterou dans le groupe. On lui avait réservé un siège et il s'empressa de s'y rendre.

— Ta plate-forme électorale est audacieuse, mais cela ne m'empêchera pas de t'appuyer, lui dit un homme d'affaires bien connu de Toronto.

Sélardi s'abreuva de tous leurs compliments, à défaut de sang. Il but le vin après y avoir ajouté un peu d'or et mangea pour faire plaisir à ses amis. Petit à petit, les affreux souvenirs de cette soirée s'effacèrent de sa mémoire. Il utilisa plutôt son énergie à identifier ses futurs esclaves. Lorsque vint le moment de partir, il se dirigea vers les toilettes des hommes. Ne discernant aucune présence reptilienne, il se risqua seul dans la pièce et s'arrêta net en levant les yeux sur le mur opposé où on avait écrit un message :

J'AURAI TA TÊTE, DRACOS.

Si le Naga avait réussi à entrer dans le restaurant sans qu'il le sache, il pourrait le traquer n'importe où. Sélardi tourna les talons et se dépêcha de rejoindre les derniers fêtards qui quittaient l'endroit. Il sauta dans sa limousine et fila tout droit à la maison où avait eu lieu le carnage.

Thierry Morin aurait pu attendre le moment propice pour frapper le tyran, caché dans le béton des toilettes du restaurant, mais son cœur le poussa plutôt à retourner au manoir du culte satanique, afin d'aider Cédric. Le policier avait donc écrit sa menace sur le mur avec une bombe de peinture qu'il avait ramassée dans la ruelle, puis avait rebroussé chemin.

Lorsqu'il le trouva, le directeur de l'ANGE avait repris sa forme humaine. Son sang bleu avait séché sur ses nombreuses plaies et ses vêtements étaient en lambeaux. Il était parvenu à grimper l'escalier et s'était assis sur le porche, prostré et profondément malheureux. Le policier prit place à côté de lui.

— Quand j'ai accepté de faire partie d'une organisation secrète, c'était pour fuir tout ceci, confessa Cédric.

— Tu n'acceptes donc pas qui tu es.

— Je ne veux pas être un monstre, mais j'en suis un.

— Ce n'est pas parce que tu es d'une race différente que tu es un monstre, mon frère. La moitié des habitants de cette planète ne sont pas des êtres humains à cent pour cent.

— Où sont Cindy, Yannick et Océane ?

— Océlus les a emmenés.

Thierry aida Cédric à se relever, puis il le fit marcher jusqu'à sa voiture.

— Je vais te trouver des vêtements, te laisser te laver, et ensuite, je te ferai une surprise.

— J'ai vécu suffisamment d'émotions fortes pour aujourd'hui.

— Celle-là te plaira.

Les deux hommes venaient à peine de quitter le quartier lorsque la limousine de Sélardi s'engagea dans l'entrée du manoir. Puisqu'il connaissait bien les lieux, le politicien s'empara des vidéos qu'avaient enregistrées les caméras de surveillance, puis il mit le feu au manoir.

Dans le petit appartement dégarni du Naga, Cédric passa un long moment à nettoyer ses plaies sous l'eau chaude de l'étroite douche. Thierry lui fit ensuite cadeau d'une tenue un peu plus sportive que ce qu'il portait habituellement, mais le directeur de l'ANGE n'allait certainement pas s'en plaindre. Le policier versa alors un peu de poudre dans une bouteille d'eau et la lui tendit. Cédric l'avala d'un seul trait.

— Tu as un fournisseur ? voulut savoir Thierry.

— Plus depuis que la base de Montréal a été détruite.

— Dans ce cas, je m'occuperai de toi.

Reconnaissant, Cédric suivit une fois de plus l'inspecteur à sa voiture.

— Je ne savais pas exactement ce que j'étais avant de rencontrer la reine, se confia Cédric tandis que le policier l'emmenait rejoindre ses amis.

— Ton odeur est celle d'un Neterou, mais une fois métamorphosé, tu deviens quelque chose de totalement différent. Je ne connais pas encore tous les métissages inventés par les Dracos, mais je me doute que tu es tout en haut de la hiérarchie. La reine ne perd pas son temps avec les Neterou.

— Je ne suis pas sûr de vouloir savoir d'où je viens.

— Pourtant, la connaissance est le premier pas vers le salut.

— Océane m'a dit que vous étiez un *varan*.

— Premièrement, entre hybrides ramant dans la même galère, je pense qu'on peut se tutoyer. Deuxièmement, c'est exact, je suis un exécuteur. Contrairement à toi, j'ai su assez jeune que j'étais un Naga.

— Qu'est-ce qu'un Naga ?

— C'est un croisement entre Dracos et Pléadiens.

Cette révélation sembla ébranler le directeur.

— Eh oui, il y a de la vie sur les autres planètes, mon cher Cédric.

Ils s'arrêtèrent devant l'immeuble où logeait Océane, où l'inspecteur espérait retrouver le reste de la bande.

— Tu as dit au Dracos qu'Océane était ta fille, se rappela Thierry. Est-ce vrai ?

— C'est un grand secret que je ne suis pas prêt à partager avec elle.

— Je comprends.

Cédric inspira profondément et sortit de la voiture.

...038

Dans la soirée, les agents de l'ANGE s'étaient ressaisis. Contents d'être réunis, ils conversèrent sur ce qui s'était passé depuis l'affectation des deux femmes à Toronto. Cindy serra tout le monde dans ses bras et prépara un repas sommaire avec le peu de victuailles qu'elle trouva dans le réfrigérateur d'Océane. Pendant qu'ils mangeaient, Yannick leur raconta ce qui lui était arrivé à Jérusalem. Assis près de Cindy, Océlus l'écoutait dans un silence coupable. Dans son temps, la vie était tellement moins compliquée.

Lorsque la sonnerie de l'accès au vestibule retentit, Océane se rendit jusqu'au micro près de la porte, regrettant d'avoir perdu son revolver dans l'assaut du manoir.

— Qui est là ? demanda-t-elle sur un ton qui ne prêtait pas à rire.

— C'est le prince charmant, répondit une voix rassurante.

Elle appuya aussitôt sur le bouton qui déverrouillait la porte du hall, et ouvrit celle de l'appartement. Lorsque l'ascenseur arriva finalement à son étage, elle fit un geste pour se précipiter dans les bras de Thierry, mais elle se ravisa en le voyant en compagnie de Cédric Orléans.

— Ils t'ont libéré ? se réjouit-elle.

— Pas tout à fait.

Le directeur de Montréal comprit qu'elle faisait partie de la surprise que lui avait préparée Thierry Morin.

Océane laissa entrer son patron et embrassa son amant à la sauvette.

Un large sourire apparut sur les lèvres de Cédric lorsqu'il trouva Cindy et Yannick en parfaite santé. Ne s'embarrassant guère du protocole, la recrue l'étreignit comme s'il eût été un vieil ami. Le professeur d'histoire se contenta de lui serrer chaleureusement la main. Quant à Océlus, il lui adressa un salut timide d'un mouvement de la tête.

— Après ce qui s'est passé ce soir, je ne croyais plus revoir aucun de vous vivant, avoua Cédric en ressentant une grande joie, ce qui était nouveau pour lui.

Cindy le tira jusqu'au sofa du salon.

— Il nous reste des macaronis au fromage, offrit-elle.

— Tu es bien gentille, mais je n'ai pas faim.

Thierry choisit un fauteuil éloigné, afin de laisser le détenu reprendre contact avec les siens. Il couvait Océane du regard, conscient qu'il devrait bientôt la quitter pour repartir à la chasse.

Avant d'être bombardé de questions, Cédric expliqua qu'il avait été enlevé de la base Arctique III par Océlus, et temporairement relogé à Montréal. Lorsque le Témoin était venu l'avertir que ses agents étaient en grande difficulté à Toronto, il n'avait pas hésité une seconde à l'y accompagner.

— Nous faisons toute une équipe ! s'exclama Cindy. Un directeur qui s'est enfui de prison, un agent qui est supposé être mort, une agente rebelle qui a perdu sa montre dans un bizarre accident de la circulation, et une autre qui a failli servir de repas à des hommes lézards !

— Il suffit que tu t'absentes quelques semaines pour qu'on fasse le bordel, le taquina Océane.

— Je ne sais pas ce que je pourrais faire pour vous, leur dit Cédric, mais personnellement, je dois me rendre aux autorités de l'ANGE.

— Non ! protesta Cindy. J'ai réussi à prouver que personne n'est venu déposer des explosifs dans notre base. Il y avait suffisamment de munitions dans l'arsenal pour faire autant de dommages.

— As-tu réussi à découvrir l'identité de celui qui y a mis le feu ?

— Pas encore, mais je m'y mettrai dès demain.

— Il y a des règles à observer chez l'ANGE, surtout pour un directeur, lui rappela Cédric. Je ne serais pas digne d'occuper ce poste si je tentais de m'y soustraire.

— Il a raison, l'appuya Yannick.

— Pendant que j'y pense, fit soudainement Thierry.

Il détacha une chaînette de son cou et la tendit à Océane.

— Tu l'as oubliée chez moi.

Yannick reconnut le bijou qu'il avait offert à la jeune femme, lorsqu'ils étaient passionnément amoureux. Son cœur acheva de se briser.

— Excusez-moi, murmura-t-il en quittant le groupe.

Océlus semblait être le seul à avoir ressenti sa peine. D'un mouvement de la main, il s'assura que les caméras continueraient d'être aveugles en son absence et disparut. Il se matérialisa devant Yannick qui venait de sortir de l'appartement et qui marchait en direction de l'ascenseur. Un fleuve de larmes coulait sur ses joues.

— Elle t'aime encore, Képhas, voulut le consoler son ami.

— Je n'ai pas la force de me battre pour la reconquérir.

— Vous avez cessé de vous voir parce que vous étiez tous les deux membres de cette agence. Mais tu n'en fais plus partie maintenant.

— Tu voudrais que je perde les pouvoirs qu'il me reste ?

— Non, je veux seulement ton bonheur.

— Les joies terrestres nous ont été refusées à l'instant même où nous avons accepté notre mission, mon ami. J'ai été trop bête pour le comprendre.

Yannick contourna Océlus et poursuivit sa route.

— Où vas-tu ? s'inquiéta ce dernier.

— Je n'en sais rien... n'importe où.

Son compatriote s'empressa de le rattraper avant qu'il appuie sur le bouton de l'ascenseur.

— Dis-moi où tu veux aller et je t'épargnerai du temps.

— Ramène-moi à Jérusalem, hoqueta Yannick.

Océlus posa les mains sur ses épaules, mais au lieu de le transporter en Terre sainte, il le déposa sur une rue de Montréal, devant un escalier de bois enneigé qui grimpait vers une porte entourée de petites lumières de Noël.

— Où sommes-nous ? s'énerva le professeur.

Océlus sauta par-dessus la petite clôture de fer forgé et grimpa en vitesse sur le perron. Il appuya sur la sonnette.

— Je reviendrai plus tard, annonça-t-il à son ami avec un large sourire.

Il s'évapora.

— Yahuda ! le rappela Yannick, paniqué.

La porte s'ouvrit. En peignoir, les cheveux défaits, Chantal cligna des yeux pour distinguer les traits de l'homme qui la regardait du trottoir.

— Yannick ? s'étonna-t-elle. Sais-tu quelle heure il est ?

Il monta lentement les marches et s'immobilisa devant celle qui avait partagé ses aventures en Galilée.

— Pourquoi pleures-tu ? Que s'est-il passé ?

Désemparé, il l'attira dans ses bras et éclata en sanglots amers.

Puisque ni le directeur de Montréal, ni ses agentes mutées en Ontario ne portaient de montres de communication, Cédric décida de se rendre en personne à la base torontoise. Océane et Cindy indiquèrent tout de suite leur désir de l'accompagner.

— Où est Yannick ? s'étonna Cédric.

Pensant qu'il était allé à la salle de bains, il ne s'était pas inquiété de son absence. Cependant, il les avait quittés depuis plusieurs minutes déjà. Cindy remarqua aussi qu'Océlus n'était plus là. Que manigançaient-ils tous les deux ?

— Il n'est plus dans l'appartement, leur apprit la recrue, stupéfaite.

— S'il avait l'intention d'aller où que ce soit, il nous l'aurait dit, affirma Océane, qui le connaissait mieux que quiconque.

— Je suis persuadé qu'il nous rejoindra plus tard, fit Cédric, pour ne pas les alarmer davantage.

Il connaissait le tempérament indépendant de son meilleur agent. Yannick avait certainement une bonne raison d'être parti sans les prévenir. Thierry offrit de les conduire là où ils voulaient aller. Cindy savait bien que l'entrée de leur base ne devait jamais être divulguée à des étrangers, mais ce policier était leur allié. Elle lui demanderait tout de même de les laisser descendre un peu avant d'arriver au château. De cette manière, il ne les verrait pas utiliser la porte secrète.

Thierry comprenait la décision de Cédric de se livrer à ses supérieurs. Il admirait sa loyauté envers son propre groupe. Il suivit les directives de Cindy qui, en fin de compte, leur fit faire un grand nombre de détours inutiles dans la ville, et arriva enfin en vue des tours.

— Nous ferons le reste à pied, décida-t-elle.

— C'est comme vous voulez, assura Thierry.

Pendant que Cindy et Cédric sortaient de la voiture, Océane se tourna vers le policier.

— Le professeur, c'était ton ancien amour ? demanda-t-il.

— Ouais... Ce n'était pas très malin de me remettre ma chaîne devant lui.

— Je suis vraiment navré.

Elle l'embrassa sur le nez.

— Je vais aller donner un coup de main à Cédric. Essaie de ne pas mettre tes pieds dans le plat.

Avant qu'il puisse protester, elle le quitta et courut rejoindre son directeur et Cindy sur le trottoir.

...039

James Sélardi rentra chez lui sans faire de bruit et arma tous les systèmes d'alarme qu'il possédait. Il s'enferma dans le salon-bibliothèque et fit glisser un panneau de bois derrière lequel se cachait un petit réfrigérateur. Il n'aimait pas boire du sang qui avait séjourné pendant quelques jours sur ces tablettes, mais ce soir-là, il n'avait pas vraiment le choix. Il reprit son aspect reptilien, le temps d'ingurgiter quelques bouteilles du précieux liquide, puis redevint humain.

Il mit ensuite l'appareil vidéo sous tension et y inséra le premier enregistrement. Il vit ses défunts disciples préparer la salle de rituel pour l'important sacrifice. Tout avait été fait dans l'ordre. Puis l'écran ne montra plus rien. Il fit donc avancer la séquence plus rapidement jusqu'à l'arrivée de ses gardes du corps. Cindy se débattait comme un diable dans l'eau bénite, mais elle ne parvenait pas à s'échapper. La vidéo s'interrompit sur cette image.

Sélardi visionna donc la deuxième. Il reconnut les visages de tous ceux qui franchissaient le seuil de la maison, tous de loyaux sujets. Puis, les trouble-fête étaient arrivés : l'agente de l'ANGE était accompagnée d'un homme qui portait un sabre d'exécution. Il avait rapidement été mis hors de combat et attaché par les poignets à un des anneaux de métal où la secte suspendait ceux qu'elle martyrisait.

Attiré par l'énergie de Cindy, le roi Dracos n'avait pas vraiment remarqué le masque humain du Naga. Il figea donc l'image et imprima ses traits dans sa mémoire. Son visage lui était pourtant familier. Où l'avait-il déjà vu ? Sélardi rencontrait tellement de gens dans une journée...

Il pressa à nouveau la touche de pause et regarda la suite de cette désastreuse soirée. Un autre agent de l'ANGE était arrivé de nulle part pour seconder la femme. Ils avaient réussi à faire exploser l'encadrement de la porte de métal. C'est alors que Sélardi était lui-même arrivé et avait neutralisé assez facilement les deux humains.

L'intervention du Neterou avait tout gâché. Pourquoi avait-il choisi de boire le sang du Naga ? L'avait-il délibérément détaché ? Ces deux races n'entretenaient aucun contact : il était impossible qu'ils se connaissent avant de se retrouver tous les deux dans cette pièce. D'ailleurs, le traqueur avait violemment frappé le Neterou en se libérant.

Sélardi émit un grognement de mécontentement en voyant le Naga massacrer ses esclaves. Aucun d'entre eux ne s'était défendu.

— Tous victimes de leurs propres croyances, siffla-t-il entre ses dents.

Les Dracos étaient mille fois plus intelligents que tous ces bâtards qu'avaient créés leurs ancêtres. Les traqueurs n'étaient pas des héros invincibles. C'étaient des reptiliens comme les autres, sauf qu'ils étaient plus arrogants.

Sélardi vit alors Cédric s'élancer. Il s'était propulsé par-dessus l'autel pour l'empêcher de mordre sa proie et l'avait frappé à la tête avec ses pieds joints. Il assista alors à sa métamorphose.

— Pourquoi ne se transforme-t-il pas à la manière des Neterou ? s'étonna Sélardi. Pourquoi est-il bleu ?

Le roi Dracos n'ayant pas passé suffisamment de temps dans ce monde depuis son départ des dimensions invisibles, il ne pouvait pas savoir qu'il y avait au moins une dizaine de races hybrides, encore moins connaître leur position dans la hiérarchie. Tout ce qui comptait pour lui, c'était de régner sur chacune d'entre elles.

Ses disciples ne lui avaient parlé que des Nagas et des Neterou. Sélardi savait peu de choses sur le croisement entre les Dracos et les Pléadiens, excepté que les gènes de ces derniers avaient primé. Ces grands hommes blonds venus d'un coin perdu de la galaxie prêchaient la paix et l'harmonie. Ils désiraient que chaque homme soit le maître de sa propre destinée.

— Foutaise, gronda le politicien.

Les humains étaient des animaux grégaires qui suivaient docilement les impulsions du groupe. Ils avaient besoin de chefs pour les diriger. Les Dracos leur rendaient service en leur imposant leur idéologie.

Sélardi immobilisa à nouveau l'image sur le visage de Thierry Morin et le prit en photo avec son mobile. Il se rendit ensuite à son ordinateur et fit une demande spéciale aux forces policières. Il leur transmit la photo du Naga et leur demanda de l'identifier pour lui. Le policier de garde voulut tout de suite savoir si la vie du politicien était en danger. Sélardi répondit que non, qu'il cherchait simplement à identifier cet homme qu'il avait vu pendant la convention. Quelques instants plus tard, il reçut une réponse.

— Un policier du Québec... quelle magnifique couverture pour un Naga. Et si le prédateur devenait maintenant la proie ?

Il descendit au sous-sol de sa maison et approcha les lèvres de la tuyauterie sous le garage pour lancer un défi au meurtrier de son clan.

Après avoir quitté les agents de l'ANGE, Thierry Morin était retourné à son appartement. Il n'avait pas le droit de communiquer avec son mentor, ni par téléphone, ni autrement. Pourtant, il brûlait de savoir de quelle race était Cédric Orléans. La plupart des reptiliens étaient de couleur verte, les Neterou étant les plus foncés. Les purs Dracos étaient généralement blancs ou argentés.

Il se coucha sur le lit. Il méritait bien de se détendre après cette épuisante nuit. Bientôt le soleil se lèverait et il devrait se remettre à la poursuite du roi, le seul qu'il n'avait pas réussi à éliminer. Mais il n'eut pas le loisir de se reposer bien longtemps. Des sifflements stridents le firent sursauter. Ils ne pouvaient provenir que de la gorge de l'entité qui s'était emparée de Sélardi, car ses serviteurs étaient tous morts.

Courroucé, l'albinos le conviait à un combat singulier dans un parc au nord-est de la ville. Thierry jeta un coup d'œil au petit réveille-matin sur la caisse de bois. Il ne lui restait que trente minutes pour trouver cet endroit. En vitesse, il se défit de ses vêtements, enfila la longue robe beige de son rang et attacha la ceinture en respectant le rituel que lui avait enseigné son mentor. Il nettoya la lame de son sabre et se mit en route.

À cette heure de la nuit, personne ne fréquentait cette oasis de verdure au milieu de la ville. Même les canards, qui étaient restés au pays malgré la neige, dormaient sur la berge de l'étang à demi gelé. Sous sa forme humaine, Thierry souffrait du froid. Sa peau de reptile, surtout lorsqu'il devait se battre, le tenait davantage au chaud.

Le policier contourna la nappe d'eau si silencieusement qu'il ne réveilla même pas les palmipèdes serrés les uns contre les autres. Il écoutait les bruits de la nuit, à la recherche d'un faible sifflement ou du frottement des écailles de la queue d'un reptile sur le sol. Ses sens l'alertèrent du danger bien avant qu'il voie le politicien à l'autre bout de l'étang.

— Monsieur Sélardi, s'annonça le Naga.

— Inspecteur Morin.

— Je suis flatté que vous connaissiez mon nom. Malheureusement, vous ne serez pas en mesure de le répéter à qui que ce soit après cette nuit.

— Qui vous envoie ?

— Personne ne m'a demandé de faire ce sale travail. Je suis né avec ce besoin viscéral d'anéantir tous les oppresseurs qui croisent ma route.

— Du sang Dracos coule dans vos veines, monsieur Morin. Vous devez obéissance à vos rois.

— Que faites-vous de mon sang de Pléadien ?

— Ce ne sont que des rêveurs qui n'ont même pas laissé de traces sur cette planète.

— Détrompez-vous, Sélardi. Ils ont bâti des cathédrales qui sont devenues de magnifiques monuments intemporels. S'ils n'ont pas réussi à apaiser le cœur des hommes, ils leur ont au moins légué d'importants traités de philosophie.

— Ces belles paroles leur permettent-elles de manger et de survivre ? Ceux de ma race sont venus sur la Terre pour organiser ces primates et les faire profiter de notre technologie.

— En leur montrant comment l'utiliser pour s'entretuer dans des guerres insensées ? N'allez pas croire que nous ne connaissons pas vos stratagèmes. Vous créez des conflits sur cette planète pour nourrir vos semblables qui vivent dans une autre dimension. Lorsque nous vous aurons tous détruits, les humains pourront enfin prendre leur propre destin entre leurs mains.

Thierry fit glisser du fourreau le sabre qu'il portait sur le dos. Les deux hommes se transformèrent en reptiliens, l'un blanc et l'autre vert clair. Le Naga fit tournoyer la lame au-dessus de sa tête sans impressionner le Dracos. Ce dernier, bien campé sur ses jambes, attendait que son adversaire se rapproche. Il n'était pas armé, car il se croyait suffisamment rapide pour mordre le traqueur à la gorge avant qu'il puisse le frapper.

Toutefois, il n'était pas le premier roi que Thierry affrontait. Il connaissait leurs tactiques et leurs feintes. Il avait même failli y laisser sa peau les premières fois. Le Naga fit mine de porter un coup. Kièthre s'élança comme un débutant. Thierry n'eut qu'à faire un pas à droite pour éviter sa charge. Il aurait pu le décapiter au moment où il fonçait dans le vide, mais il se contenta de sectionner sa longue queue. Le Dracos poussa un terrible cri de douleur et fit volte-face, ses yeux rouge sang chargés de haine.

Thierry tenait son sabre à deux mains, certain que le reptilien foncerait sur lui comme un taureau. Kièthre perdait beaucoup de sang. S'il n'agissait pas rapidement, il ne pourrait pas vaincre son opposant. Il découvrit ses dents menaçantes. La puissance des mâchoires des Dracos était légendaire. Thierry devait se garder de faire preuve d'imprudence durant cette exécution, car même s'il avait l'avantage, il risquait aussi de se faire arracher un bras.

— Tu n'es pas le redoutable assassin que craignent les superstitieux Neterou, cracha Kièthre. Tu n'es qu'un demi-sang plus habile que les autres.

Le Naga refusa de se laisser influencer par ces paroles empoisonnées. Il demeura immobile et attentif. Son adversaire s'était mis à trembler. Thierry n'attendit pas plus longtemps. Il fondit sur le Dracos comme un oiseau de proie, sautant dans les airs pour lui planter sa mince lame dans le crâne. Kièthre s'écrasa face la première dans la neige. Une nappe de sang bleu sombre apparut sous son cou.

— Je fais partie des protecteurs de la Terre ! rugit le Naga, même si sa victime ne pouvait plus l'entendre.

Il retira brusquement le sabre de la boîte osseuse du reptilien, le leva très haut dans les airs et l'abattit sur sa nuque, lui tranchant la tête d'un seul coup. Il traîna ensuite le corps par ses vêtements et le jeta dans l'étang. La force de l'impact brisa la glace.

Thierry attendit qu'il ait coulé dans l'eau froide, puis revint s'agenouiller devant le regard figé de Kièthre. Il enfonça ses griffes dans son front et en retira ce qui ressemblait à une petite bille brillante. Il s'agissait d'une glande que seuls les membres de la royauté des Dracos possédaient : elle prouverait qu'il avait bel et bien abattu sa cible.

Le policier déposa son trophée dans une petite bouteille transparente, qui contenait déjà la glande du roi auquel Sélardi avait succédé, puis il lança la tête sanglante dans le trou où avait disparu le corps. S'efforçant de respirer de plus en plus lentement, Thierry détendit tous ses muscles avant de reprendre sa forme humaine. Son haleine formait de petits nuages de vapeur devant son visage et le froid commençait à s'insinuer dans son vêtement de cérémonie. Le Naga avait terrassé un autre tyran, mais il en restait encore des centaines à traquer et à éliminer…

Il lui fallait maintenant rentrer en Italie pour faire son rapport à son mentor et recevoir de nouvelles directives. Avant de prendre l'avion, il voulait revoir Océane. Il ignorait si son travail le ramènerait bientôt en Amérique, mais il ne devait pas la perdre. Comment lui annoncer son départ ?

...040

La base de Toronto était en alerte depuis la fin de l'après-midi, lorsque les techniciens avaient finalement remarqué que leur directeur n'était pas dans son bureau et que sa montre reposait sur sa table de travail.

Tous les scénarios terroristes furent alors envisagés. Aaron Fletcher, le chef de la sécurité, scruta toutes les vidéos à la loupe pour vérifier si un assassin de l'Alliance s'était infiltré dans la base afin d'enlever le directeur. Ils trouvèrent des images plutôt troublantes.

— Monsieur Korsakoff vient d'arriver, annonça l'ordinateur central.

— Faites-le conduire aux Renseignements stratégiques, répondit Fletcher, incapable de détacher son regard de l'écran.

Andrew Ashby avait lui-même enlevé sa montre. Il était ensuite entré dans l'ascenseur privé de son bureau.

— Ordinateur, montrez-moi sur les plans de la base l'emplacement de tous les ascenseurs.

Les diagrammes se succédèrent à l'écran. Curieusement, il n'y avait aucune autre sortie dans le bureau du directeur, à part la porte principale.

— Je veux savoir où mène l'ascenseur privé de monsieur Ashby.

— Information non disponible.

— De quelle façon puis-je obtenir cette information ?

— Cette information a été effacée.

Fletcher étouffa un juron. Il devait savoir où était allé Ashby. Sa vie en dépendait !

— Activez le programme de récupération de ces données, exigea-t-il.

— Ce programme a été endommagé.

— Et puisque personne n'est entré dans la base pour enlever le directeur, on peut supposer que c'est lui qui a causé ces dégâts, fit remarquer le technicien.

— Ordinateur, transmettez la dernière séquence à Kevin Lucas, ordonna Fletcher. Dites-lui que nous sommes incapables de localiser Andrew Ashby.

— Transmission en cours.

La division canadienne conservait habituellement les données enregistrées par toutes les bases provinciales. Elle serait sûrement en mesure de leur fournir les plans qu'Ashby avait effacés.

Michael Korsakoff fit alors irruption dans la vaste salle des Renseignements stratégiques. Il venait justement de s'entretenir avec le chef canadien. Aaron Fletcher lui résuma ses propres recherches, qui demeuraient malheureusement infructueuses.

— Les capteurs vous ont-ils appris quelque chose ? voulut savoir Korsakoff.

— J'y travaille depuis le début de la soirée, l'informa un autre technicien. C'est un travail monstre de retrouver un membre de l'ANGE qui ne porte pas sa montre.

Korsakoff ne le savait que trop bien. Fletcher lui fit visionner les images qui l'avaient poussé à sonner l'alarme.

— Attention : rôdeurs à proximité de l'entrée du jardin.

— Mettez en visuel, ordonna Fletcher.

Il faisait nuit dehors, mais les reflets de la lumière sur la neige éclairèrent suffisamment les visages des intrus pour que Korsakoff puisse les identifier.

— C'est incroyable, siffla-t-il entre ses dents. Qu'on aille les chercher et qu'on les conduise à la salle de conférences.

Le chef de la sécurité relaya cet ordre à son équipe. Quelques minutes plus tard, Cédric Orléans, Océane Chevalier et Cindy Bloom prenaient place autour de la grande table. Ils ne savaient pas où était allé Yannick Jeffrey et ne pouvaient pas non plus communiquer avec lui avant le retour d'Océlus.

Michael Korsakoff et Aaron Fletcher les rejoignirent sans tarder.

— Par quoi devrais-je commencer ? tonna le chef nord-américain. Par ton évasion d'Arctique III ? Par la disparition du corps de Yannick Jeffrey de la morgue à Jérusalem ? Pourquoi ne portez-vous plus vos montres, mesdemoiselles ? Où étiez-vous passée, mademoiselle Chevalier ? Pourquoi cherchiez-vous à entrer ici tous les trois ? Et par le plus grand des hasards, sauriez-vous pourquoi Andrew Ashby a quitté précipitamment cette base ?

— Andrew Ashby est mort, laissa tomber Cédric.

Avec beaucoup de simplicité, il lui raconta que le directeur torontois faisait partie d'un culte satanique et qu'il avait orchestré l'enlèvement de Cindy Bloom afin qu'elle leur serve de sacrifice.

— Es-tu certain de ce que tu avances, Cédric ?

— Je l'ai vu de mes yeux lorsque je me suis porté au secours de Cindy avec Océane.

Ce n'était pas tout à fait vrai, mais la vérité les aurait probablement fait interner tous les trois. Il leur faudrait éventuellement relier James Sélardi à cette affaire. « Chaque chose en son temps », se dit Océane. Cindy montra alors les marques qu'avaient laissées les liens sur ses poignets.

— Qui t'a fait sortir d'Arctique III ? poursuivit Korsakoff.

— Je te l'expliquerai en réunion extraordinaire avec Mithri Zachariah et les autres chefs continentaux.

Ce que Cédric avait parfaitement le droit d'exiger. Ces rencontres n'étaient jamais sous écoute, ce qui les rendait on ne peut plus confidentielles.

— Je lui transmettrai ta demande, accepta le grand chef. En attendant, je vous demanderais de ne pas quitter cette base, de façon conventionnelle ou autrement.

Océane réprima tout de suite un sourire pour ne pas attiser sa curiosité.

— Il est tard, conclut Korsakoff. Allez vous coucher.

Il quitta la salle de conférences. Un technicien remit de nouvelles montres aux trois rescapés.

— Est-ce qu'elles ont des micros, celles-là ? demanda Cindy en bâillant.

— Non, répondit Fletcher. Je n'ai jamais compris pourquoi monsieur Ashby vous avait fait fabriquer des montres spéciales.

— C'est plus clair, maintenant ? railla Océane.

Cédric se leva, signalant à ses agentes qu'il était fatigué. Fletcher les conduisit lui-même à la salle de formation et les laissa choisir leurs chambres. Dans un geste qui réconforta l'âme du directeur montréalais, Fletcher lui serra chaleureusement la main, signalant ainsi qu'il ne le croyait pas coupable des crimes dont on l'accusait.

Cindy s'enferma dans la première chambre et sauta tout de suite sous la douche. Les horribles scènes de son enlèvement se remirent à jouer dans son esprit et elle éclata en sanglots. Elle entendit alors grincer les anneaux du rideau de plastique sur la tringle et fit volte-face, prête à se battre. Le visage souriant d'Océlus la tranquillisa aussitôt. Elle se jeta dans ses bras et le serra de toutes ses forces.

— C'est fini, susurra-t-il à son oreille.

337

Il l'enveloppa dans le drap de bain et la ramena sur le petit lit.

— Perdrez-vous votre immortalité si je vous embrasse un tout petit peu ? hoqueta-t-elle.

— Non. Mais pour le reste, il me faudra trouver un volontaire.

— Tant que ce n'est pas monsieur Korsakoff...

— Vous aimez bien celui qui a un nom celte, n'est-ce pas ?

— Aodhan ? Oui, il a vos yeux.

— Alors, je le retrouverai en temps opportun.

Il déposa un doux baiser sur les lèvres de la jeune femme en y ajoutant un peu de sa magie personnelle : un baume destiné à lui faire oublier ses tourments de la soirée.

○

Océane s'assit sur le lit de sa chambre en réfléchissant aux derniers événements. Même si elle ne fréquentait plus intimement Yannick, elle n'avait pas apprécié que Thierry rappelle au pauvre homme que leur amour était interdit. Elle avait travaillé si fort pour que son ancien amant et elle puissent collaborer à l'Agence en toute amitié.

Elle aurait voulu bavarder avec Yannick cette nuit-là, le rassurer, mais elle ne savait même pas où le trouver. Océlus n'était pas revenu non plus. Peut-être étaient-ils retournés à Jérusalem tous les deux. Cette pensée lui donna le frisson.

Elle songea ensuite à sa relation avec Thierry Morin, un tueur qui se servait d'un sabre japonais pour éventrer des hommes lézards. Il était tellement plus attirant sous sa forme humaine... Mais combien de temps encore pourrait-il conserver cette apparence ? L'ANGE ne permettait pas à ses agents d'entretenir des rapports amoureux entre eux, mais elle ne leur défendait pas d'avoir des aventures à l'extérieur, à condition de ne pas révéler leur véritable identité.

— J'ai enfreint toutes les règles depuis que je fais partie de l'Agence, soupira-t-elle.

Elle interrogeait ses sentiments à l'égard du traqueur lorsqu'on frappa trois petits coups à sa porte. Elle crut que c'était Cindy qui ne voulait pas dormir toute seule, ce qui n'aurait pas été étonnant après avoir presque servi de repas à cet horrible roi serpent. Elle sauta du lit et alla ouvrir. À son grand étonnement, c'est Cédric qu'elle trouva devant elle.

— J'aimerais te parler, chuchota-t-il.

De toute façon, elle n'avait pas envie d'être seule. Elle le fit entrer et referma la porte. Il y avait une caméra de surveillance dans la chambre, mais pas de micro. Personne ne s'étonnerait de voir Cédric bavarder avec une de ses agentes. Ils prirent place tous les deux sur les couvertures, puisqu'il n'y avait pas d'autres meubles dans la pièce.

— Que sais-tu de tes parents ? fit-il.

— Tu me demandes ça au beau milieu de la nuit et tu t'attends à une réponse brève ?

— Je cherche seulement à savoir ce qu'on t'a dit.

Elle fronça les sourcils, alarmée.

— Es-tu en train de me dire que tu sais des choses que j'ignore ?

Cédric rassembla son courage.

— Il y a un peu plus de trente ans, alors que je travaillais dans un cabinet d'avocats de Montréal, j'ai rencontré la plus belle femme de tout l'univers.

— Toi, tu as été amoureux ?

— Follement, mais pour des raisons que je t'expliquerai plus tard, cette relation n'a pu se poursuivre. Ce qu'il t'importe de savoir, en ce moment, c'est que cette femme s'appelait Andromède Chevalier.

— Pas vrai ? lâcha Océane, stupéfaite. Mais ma tante était mariée...

— Ton oncle Gianni venait de mourir.

— Andromède m'a dit qu'elle n'avait jamais regardé un autre homme après sa mort, se rappela Océane, de plus en plus confuse. Si elle t'a aimé à la folie, il me semble qu'elle m'en aurait parlé. Nous n'avions pas de secrets l'une pour l'autre. Et puis, elle prenait des photos de tout le monde. Je t'aurais vu quelque part dans ses albums.

— Elle a eu une bonne raison de ne pas en prendre.

— Laquelle ?

— Elle était enceinte de toi au moment où l'Agence a jugé préférable de me faire disparaître. On lui a fait croire que j'étais mort dans un accident.

— Qu'a-t-elle fait du bébé ?

— Elle l'a donné à son frère pour qu'il l'élève comme sa propre fille.

Océane ouvrit la bouche pour parler, mais aucun son ne franchit ses lèvres tellement sa gorge se serrait.

— Je voulais juste que tu saches la vérité, s'excusa Cédric. Quand tu seras revenue de ta surprise, je te ferai d'autres confidences.

Il se leva et quitta la chambre, la tête basse. La jeune femme était en un si grand état de choc qu'elle ne chercha même pas à le retenir. Tout ce qu'elle avait vécu avec Simon et Lucie Chevalier n'était qu'un mensonge ? Mais Andromède ne l'avait pas vraiment abandonnée, puisqu'elle avait passé beaucoup de temps avec elle durant son enfance et son adolescence. « Pourquoi certaines personnes ont-elles des vies normales et d'autres, non ? » se désola-t-elle.

Un bruissement attira son attention à sa droite. Elle sursauta en voyant Thierry Morin traverser le mur, en complet et cravate.

— Qu'est-ce que tu viens faire ici ? s'alarma-t-elle. Il y a des caméras de surveillance partout !

— Je suis venu te dire au revoir.

Il l'attira dans ses bras et l'embrassa avec amour.

— Où t'en vas-tu ?

— Je dois retourner auprès de mon mentor pour lui remettre la preuve que j'ai fait mon travail.

— Tu as tué le roi Dracos ? se réjouit-elle.

— C'est lui qui m'a provoqué en duel. Je n'ai même pas eu à le traquer.

Thierry était rayonnant comme un chasseur ayant abattu un gros gibier.

— Tu reviendras ? minauda Océane.

— Oui, mais je ne sais pas quand.

— Dis-lui de t'indiquer d'autres reptiliens à traquer au Canada.

Ils s'embrassèrent encore un moment.

— Ne sois pas triste, l'encouragea Thierry.

— Si tu savais tout ce qui m'arrive…

Il prit place avec elle sur le lit, l'invitant à se confier.

— Je viens d'apprendre que mes parents ne sont pas mes vrais parents et que je suis la fille de mon patron, soupira-t-elle.

— Cédric m'a en effet avoué qu'il était ton père. Est-ce qu'il t'a aussi dit qu'il était reptilien ?

« Je suis encore en train de faire un cauchemar », voulut se convaincre la jeune femme. Elle secoua violemment la tête, non pas pour répondre à la question de Thierry, mais pour montrer son désaccord.

— C'est probablement ce qui m'attirait tant chez toi, ajouta le policier pour la rassurer.
— Mon monde est en train de s'écrouler et tu me fais la cour ?

Thierry l'étreignit avec force, ne sachant plus quoi dire pour atténuer le choc.

...041

Ayant réussi à faire accepter à Océane qu'elle n'avait qu'une fraction de sang reptilien dans les veines, Thierry Morin se mit en route pour l'Italie. Dans l'avion, il revit le visage effrayé de sa belle amie et se rappela sa propre réaction lorsqu'il avait appris qu'il n'était pas humain. Il n'avait pas osé avouer à Océane qu'il ignorait tout à fait de quelle race était Cédric. Elle était suffisamment bouleversée.

Une fois à Rome, il se rendit tout droit au Vatican. Il ne portait que sa valise, ayant caché son sabre dans un mur de béton de la ville de Toronto. En fait, depuis le début de sa carrière, il en avait dissimulé un peu partout dans le monde, car il ne savait jamais dans quelle ville l'enverrait son mentor.

Il montra sa carte d'identité au gardien à l'entrée d'un vieil immeuble et descendit au sous-sol. Il exerça une légère pression au milieu d'une fresque sculptée sur un des murs de la crypte. Une dalle du plancher glissa sur le côté, dévoilant un escalier. Thierry s'enfonça dans les profondeurs sans la moindre hésitation.

Il déposa sa valise à l'entrée de la petite chambre où il avait grandi, et se défit de ses vêtements civils pour enfiler une longue tunique couleur sable. À pas de loup, il longea l'étroit couloir qui menait aux appartements de Silvère Morin. Son maître était assis devant sa table de travail. Il venait tout juste de tremper une longue plume dans l'encrier et s'était mis à écrire sur un parchemin qu'il relierait certainement plus tard, pour en faire un autre livre.

Thierry s'agenouilla sur les carreaux et attendit que Silvère se tourne vers lui. Il n'avait jamais besoin d'annoncer sa présence. Son mentor le savait lorsqu'il était là. Le vieux sage déposa sa plume et pivota sur son fauteuil. Ce jour-là, il n'avait pas adopté sa forme reptilienne, car il lui était plus facile d'écrire avec sa main humaine.

— Je suis content de te revoir, Théo.

Silvère utilisait parfois la version grecque du prénom de son pupille lorsqu'il était très content de lui.

— Tu as déséquilibré la communauté Dracos, poursuivit-il avec un sourire de satisfaction.

Sous sa forme humaine, il ressemblait à un vieillard aux cheveux blancs, mais Thierry avait appris à ne pas se fier aux apparences. Il lui tendit la petite bouteille qui renfermait les glandes des rois serpents.

— Deux en si peu de temps, bravo.

— Quand me laisserez-vous traquer la reine ? l'implora Thierry.

— Un peu de patience, mon enfant.

— Je suis suffisamment habile maintenant pour anéantir n'importe quel Dracos et vous le savez.

— La reine n'est pas n'importe quel Dracos, Théo. Elle a des charmes que les rois ne possèdent pas.

— Vous croyez vraiment qu'elle pourrait influencer un Naga ?

— Oh que oui ! Elle est séduisante et très dangereuse, lui apprit Silvère. Ses griffes contiennent des substances aphrodisiaques qui brisent la résistance de toutes ses victimes.

— Je lui couperai les mains.

Silvère se mit à rire avec bonté.

— Ce que j'aime le plus en toi, c'est ton dévouement.

Il caressa doucement le visage de cet enfant qu'il avait élevé lui-même et qui était devenu un adulte responsable et consciencieux.

— Tout s'est bien passé au Canada ?

— Je n'ai pas eu besoin de faucher le Dracos qui régnait sur Montréal, car il a péri dans l'explosion. J'ai donc poursuivi ma route jusqu'à Toronto, où j'ai finalement réussi à traquer le roi. Quand j'ai su que ses disciples en avaient invoqué un autre, je suis resté pour le tuer à son tour.

— Bien...

— Maître, vous m'avez souvent parlé des autres hybrides. Je connais leurs noms, mais je ne sais pas comment les identifier.

— Je t'ai surtout décrit les Dracos et les Neterou parce qu'ils sont ceux que tu rencontreras le plus souvent. Est-ce que tu aurais vu un reptilien de souche différente, par hasard ?

— J'ai fait la connaissance d'un homme dont les écailles sont bleu gris et très brillantes lorsqu'il se métamorphose.

— Un Anantas, donc. Ce sont les principaux rivaux des Dracos. Eux aussi veulent conquérir le monde. Heureusement, il n'y en a qu'une poignée sur la Terre.

— Sont-ils aussi dangereux que les Dracos ? Devrai-je un jour les traquer eux aussi ?

— C'est possible, mais tu as encore bien des choses à apprendre d'ici là. Va te reposer, jeune guerrier. Bientôt, je t'indiquerai ta prochaine mission.

Thierry s'inclina jusqu'à ce que son front touche le plancher, en signe d'obéissance.

À découvrir dans le tome 3...

Perfidia

L'explosion d'une partie de la ville de Montréal avait porté un rude coup à l'économie du Québec. La province avait reçu de l'aide financière de plusieurs des pays industrialisés mais, six mois après la tragédie, elle commençait à peine à s'en remettre. Les équipes d'urgence avaient réussi à stopper les fuites de gaz et à réparer les conduites d'eau, les lignes téléphoniques et les fils électriques autour du cratère géant, qui ressemblait à celui qui avait suivi l'effondrement des tours jumelles, à New York.

Les autorités montréalaises avaient dressé une haute clôture tout autour du vaste trou, mais avaient choisi une enceinte grillagée métallique plutôt qu'une palissade, pour que la population n'oublie pas ce qui s'était passé. Elles avaient aussi annoncé qu'au début de l'été, des camions commenceraient le remblayage, et placardé un peu partout les plans des quartiers qui y seraient établis.

C'était le début du printemps, mais il faisait encore froid à Montréal. Les gens portaient toujours leurs manteaux d'hiver et leurs bottes, et maugréaient contre la rigueur du climat. Planté devant la clôture argentée, Yannick Jeffrey ne ressentait toutefois pas la morsure du vent. Il ne regardait pas dans la crevasse. En fait, il ne regardait nulle part.

Ce Témoin de la fin des temps avait eu de nombreuses identités, de nombreuses citoyennetés et de nombreuses maisons depuis deux mille ans. Pourtant, c'était le loft qu'il avait habité à Montréal, au cours de ces dernières années, qui lui manquait le plus. Dans ce sanctuaire fortifié, gardé par un puissant ordinateur, Yannick avait trouvé suffisamment de paix pour se plonger dans tous les vieux livres qu'il avait collectionnés au fil du temps. Malheureusement, ce loft avait été pulvérisé en même temps que la base de l'ANGE, ainsi que tout ce qui se trouvait au-dessus de celle-ci.

Depuis un moment, le professeur d'histoire se remémorait chacun des visages de ses anciens élèves. Le cégep avait disparu lui aussi, emportant ceux qui s'y trouvaient au moment du drame. Les journaux disaient que les survivants avaient été inscrits dans d'autres collèges, mais ils ne parlaient pas de leur état de détresse.

Des bras entourèrent la taille de Yannick, le sortant de sa rêverie. Chantal, la jeune touriste qu'il avait rencontrée en Judée, s'appuya contre son dos pour le réconforter. Yannick aurait bien aimé lui rendre son amour, mais il craignait de perdre ce qui lui restait de pouvoirs divins. De toute façon, depuis le début de sa longue vie, l'amour n'avait servi qu'à le rendre malheureux.

– Il y a dans ton cœur un trou aussi grand que celui-là, soupira-t-elle.

– Beaucoup de gens sont morts ici, assassinés par les forces du Mal.

– Ce massacre n'est qu'en partie responsable de ton chagrin.

Yannick ferma les yeux. Une larme s'en échappa et glissa lentement sur sa joue.

– J'aimerais tellement soigner la blessure que tu tentes désespérément de cacher à tout le monde, lui chuchota Chantal.

– Je t'ai déjà expliqué que...

– Arrête de trouver des excuses pour repousser l'amour, Yannick. Tu étais l'un des disciples de Jésus. Il vous a certainement répété des centaines de fois que c'est la plus belle émotion d'entre toutes.

– Il m'a aussi confié une mission.

– T'a-t-il demandé de l'accomplir seul ?

– Pas exactement, mais tu as vu de quoi ces démons sont capables. Je serais égoïste d'exposer qui que ce soit à leur venin, juste pour avoir de la compagnie.

– Jésus est mort pour nous. Nous serions bien ingrats de ne pas en faire autant pour lui.

– Il n'est pas mort pour nous, il a vécu pour nous. Ce n'est pas la même chose.

– Allons bavarder quelque part où il fait plus chaud.

Elle ne lui donna pas le choix et glissa sa main dans la sienne, puis l'entraîna vers la rue.

Imprimé à Barcelone par :
EGEDSA

*Composé par Nord Compo Multimédia
7, rue de Fives, 59650 Villeneuve-d'Ascq*

Imprimé en Espagne
Dépôt légal : Novembre 2015
ISBN : 979-10-224-0125-8
POC 0100